KB017215

힌트, 하늘을 나는 교실

차례

등장인물

모모세 가논

"이게 암호라면 풀어 보고 싶다."
178센티미터의 키에 활발한 성격을 지녔다. 배구부 동아리였으나
부상으로 관두고, 우연히 도서관 당번을 맡게 된다.

다와라 사쿠타로

"선생님은 우리에게 뭘 감추고 계신 건가요?
도서관을 좋아해서 고등학교 3년째 도서 위원을 하고 있다.
소심한 성격과 달리 모모세를 도와 사건을 파헤친다.

나라 요시키

"저에게는 누나가 있습니다."
학교 체육 대회에서 분장하는 걸 싫어해 도서관으로 숨어들었다.
하지만 그에게는 작은 비밀이 있는데…….

에모리 호타루

"사쿠타로가 변한 이유를 이제야 알겠다."
체육 대회 실행 위원으로 '토요일의 댄스'가 그대로 유지되길 바란다.
그리고 사쿠타로를 유독 차갑게 대한다.

군지 가즈미

모모세의 담임 선생님으로 책의 비밀에 얽혀 있는 듯하다.
하지만 사건을 외면하고, 무언가를 감춘다.

이부키

학교 사서이자 교직원이다.
아이들이 푸는 『하늘을 나는 교실』에 숨겨진 비밀을 아는 듯하다.

미이케 마키오

도서 검색 프로그램을 만든 사람이자 노아고등학교 졸업생이다.
사건과 관련해 모모세와 사쿠타로에게 도움을 준다.

가사하라 미도리코

노아고등학교 학생회장으로 책임감이 강하다.
'토요일의 댄스'를 함께 즐길 수 있도록 돕는다.

사사노 고

수수께끼가 담긴 『하늘을 나는 교실』을 대출한 학생이다.
오래전 사고로 목숨을 잃었다.

*

월요일의
책

*

도서관 창문으로 배가 떠 있는 바다가 보였다.

　근처의 건물이나 나무가 시야를 가리지 않은 덕에 넓게 펼쳐진
은빛 파노라마를 볼 수 있었다. 이내 숨이 멎는 듯했다. 거의 2년
반이나 다닌 고등학교에 이런 절경을 감상할 수 있는 장소가 있다
는 걸 오늘 처음 알았다.

　얇은 천을 두른 듯 뽀얗고 아련한 빛이 머무르는 바닥으로 에어
컨 소리가 빨려 들어갔다. 이 방은 어쩜 이리도 고요하고 시원한
걸까. 학교 북쪽 건물 4층까지 올라오는 동안 흘린 땀이 금세 말
라 버렸다.

　"실례하겠습니다."

　나는 다시 한번 인사를 하고 인기척이 없는 방으로 들어섰다. 큰
책장이 여럿 줄지어 있는 복도와는 다르게 이 방에는 자습이나 독
서를 위한 책상과 책장이 똑같은 방향으로 놓여 있었다. 당연하게
도 어느 책장에나 크고 작은 여러 책들이 빼곡하게 꽂혀 있었다.
세상에는 이렇게 많은 책이 있다는 것과 또 이것을 읽는 사람들도

있구나, 하고 새삼 놀랐다.

하지만 이 방에서 가장 놀라운 부분은 역시 창문으로 내다보이는 거대한 파노라마일 것이다. 나는 새삼스레 창문 밖 경치로 눈을 돌렸다.

"바다로 꽉 찬 창문이라니. 이쯤 되면 창문이 아니라 액자라고 해도 되지 않을까?"

카운터 밑에서 교복 차림을 한 학생이 불쑥 튀어나왔다. 이 방에 혼자 있는 줄 알았던 나는 너무 놀라서 꽥 소리를 지르고 말았다. 마치 땅속에서 솟아난 듯 눈앞에 나타난 남학생은 머리를 정중하게 숙였다.

"놀라게 해서 미안해. 3학년 4반 도서 위원 다와라 사쿠타로야. 카운터 밑에서 작업하느라 누가 온 줄도 몰라서 인사가 늦었어."

그는 내가 미처 말을 꺼내기도 전에 자기소개를 이어 갔다.

"3학년 3반 모모세 가논 맞지? 혹시 대회에 참여하고 싶다면 지금이라도 접수해. 공식적으로는 마감됐지만 작품이 많을수록 좋으니까."

"대회?"

그의 시선을 따라 옆쪽 벽을 쳐다보았다. 거기에는 형형색색의 그림을 그려 넣은 엽서가 가득 붙어 있었다. 가까이 다가가서 살펴보니 독후 감상문이었다.

"노아고 도서관 연례행사인 '독서 감상 그림 편지 대회'를 모른다고? 여기에 붙어 있는 건 작년 우수작들. 그 아래는 올해 출품작이야. 도서 위원들과 선생님 그리고 사서 선생님이 심사하셔."

나는 황급히 고개를 저었다.

"아, 아니야. 내가 오늘 여기 온 건 우리 반 도서 위원이 나한테 대타를 부탁해서……."

"사치 대신에 도서 당번을? 가논 네가?"

나보다 키가 10센티미터 정도 작아 보이는 이 남학생은 발뒤꿈치를 들고 나를 머리끝에서 발끝까지 쭉 훑어봤다. 그러더니 조금도 주저하지 않고 말을 내뱉었다.

"거참, 의외네."

"무슨 뜻이야?"

나는 욱해서 되물었다. 물론 글 읽기에 취미가 없는 건 맞다. 3학년하고도 9월이 된 지금까지 도서관을 이용해 본 적이 없으니까. 더군다나 도서관이 어느 건물에 있는지조차 몰랐다. 오늘은 사치한테 물어서 겨우 찾아온 것이다. 아무리 그래도 그렇지, 오늘 처음 만난 사이에 '의외'라는 말을 들을 이유는 없지 않나?

그는 내 말에 동요하는 기색도 없이 이런, 하며 머리를 긁적였다.

"가논은 여자 배구팀 에이스잖아. 전형적인 체육 계열 말이야. 고교 마지막 체육 대회까지 일주일도 안 남은 이 시기에 도서 당번 같은 걸 대신할 만큼 한가하지는 않을 것 같아서."

"……아아."

빵빵하게 부풀어 오른 풍선이 갑자기 바늘에 찔려 터진 듯했다. 나의 분노는 그렇게 순식간에 사그라졌다.

"나 이번 체육 대회는 못 나가. 그래서 도서 당번 정도는 대신해 줄 여유 있어."

최대한 아무렇지도 않은 척했는데 목소리가 조금 떨리고 말았다. 난처하다. 나는 순간 고개를 숙였다. 그러곤 무릎 위에 닿는 교복 주름치마 밑으로 뻗은 왼쪽 다리를 내려다보았다. 여자로서는 큰 편인 255 사이즈의 실내화가 딱 맞았다. 이 다리로 1, 2학년 때도 계주를 뛰었다. 그래서 3학년 때도 선수로 뽑힐 자신이 있었다. 당연히 뛸 생각이었다. 춤은 잘 추지 못하지만 마지막 '토요일의 댄스'에서는 마음껏 춤출 생각이었다. 그런데…….

어색한 침묵이 흐르자 나는 황급히 화제를 돌렸다.

"저기, 우리 이전부터 알던 사이인가?"

"아니. 한 번도 같은 반 된 적 없어. 가논은 이과이고 나는 문과라서 선택 과목도 겹치지 않으니까. 우리 둘이 대화한 건 이번이 처음 아닐까?"

"그럼 어째서 나한테…….."

친한 척하면서 막 이름을 부르는 거야? 하고 내가 묻기도 전에 그가 명쾌하게 말했다.

"가논은 키가 커서 어디서나 눈에 띄거든. 그래서 이름이나 반, 소속 동아리도 자연스럽게 알게 됐어."

입에서 어휴, 하는 소리가 흘러나왔다. 내 키는 확실히 보통 남학생보다도 크다. 178센티미터라 사람들 눈에 잘 띄다 보니 학교나 복잡한 길에서 기꺼이 이정표가 되기도 했다. 솔직히 초등학교 때부터 살다시피 한 배구 코트를 벗어나면 큰 키가 도움이 된 적은 없다. '가논'이라는 예쁜 이름도 나와는 어울리지 않아서 신경이 쓰였는데, 그걸 이리도 콕 집어서 지적하다니.

"그랬구나. 나는 그쪽을 전혀 모르고 있어서 살짝 놀랐네."

나는 '전혀'를 힘주어 말하며 한껏 내려다보는 시선으로 그를 힐끗 흘겼다.

"사쿠타로라고 불러 줘. 넌 그냥 가논이라고 부르면 돼?"

"아니. 모모세로 부탁해. 친구들도 그렇게 부르니까."

나의 쌀쌀맞은 대답에 사쿠타로는 살짝 머쓱해했다.

"그럼 모모세, 오늘부터 한 주간 잘 부탁해."

"잘 부탁한다니, 어라? 나와 사쿠……타로 단둘이 당번인 거야?"

"응. 원래 도서 당번은 네 명이 하는데, 체육 대회 전 일주일 동안은 도서관 이용자가 확 줄어서 두 명씩만 하고 있어. 도서 위원들도 체육 대회 준비를 하고 싶어 하는 것 같고."

마치 남 일인 것처럼 말하는 투에 나도 모르게 또 질문했다.

"사쿠타로는? 체육 대회 준비는 안 해도 돼?"

"나름대로 하고 있어. 도서 위원회 쪽을 우선하는 건 반 애들도 인정했고."

"허." 하고 나는 감정이 실려 있지 않은 맞장구를 쳤다. 노아고등학교 최대 행사라 불리는 체육 대회보다 도서 위원회 쪽이 더 재미있다는 사람은 처음 봤다.

그때 복도 쪽 창문을 통해 음악과 함성이 들려왔다. 방과 후 체육 대회 준비와 연습이 시작되었나 보다. 나도 모르게 그 소리에 귀를 기울였다.

전교생이 참여하는 체육 대회 준비는 여름 방학, 정확히 말하면 1학기 기말시험이 끝나면 시작됐다. 이번 주 토요일, 그 결전의 날을 앞두고 한 주가 시작되는 월요일인 오늘부터 교내는 축제 분위기로 한껏 들떠 있다. 선생님들도 체육 대회가 있을 때는 어쩔 수 없다는 표정으로 숙제를 대폭 줄일 뿐만 아니라, 일부 수업도 자습으로 돌려 학생들에게 시간을 내준다.

문득 내 몸이 음악에 맞춰서 흔들리고 있다는 걸 깨닫고는 깜짝 놀라 멈췄다. 그리고 무슨 말이 들려오기 전에 먼저 입을 열었다.

"그건 그렇고, 뭘 해야 해?"

사쿠타로는 머리를 어루만지며 카운터를 둘러보았다.

"이번 주에는 책 정리와 반납, 그리고 대출 작업 정도가 아닐까 싶어. 금방 익힐 수 있을 거야. 나중에 컴퓨터랑 도서 검색기 작동 법도 가르쳐 줄게."

"네, 잘 부탁함다."

내가 머리를 숙이자 사쿠타로는 노골적으로 기죽은 듯한 표정을 지으며 뒤로 한 발짝 물러섰다.

"……운동부 사람들은 가끔 그런 말투를 쓰더라."

"그래? 별생각 없이 한 건데. 경쾌한 느낌으로 말하려다 보니까 그럴지도."

"가끔 알아듣지도 못하게 큰 소리로 말할 때는 호통 치는 건가 싶어서 여전히 주눅 들 때가 있어."

"너무 겁이 많은 거 같슴다."

나는 웃어넘기며 이어서 질문했다.

"사쿠타로는 무슨 동아리야?"

"안 들었어. 딱히 하고 싶은 게 없어서. 방과 후 활동은 도서 위원회 정도랄까."

"정말? 그럼 3년 동안 계속 도서 위원만 하는 거야? 책을 그렇게 나 좋아한다고?"

평소 책을 잘 안 읽는 나는 줄지어 있는 책장을 둘러보며 감탄했다. 사쿠타로는 겸연쩍은 듯 양손을 가슴 앞에서 저었다.

"아냐, 그렇지 않아. 내가 책을 많이 읽지는 않거든. 사실 좋아하는 건 책보다 도서관이지."

나는 사쿠타로의 얼굴을 다시금 쳐다보았다. 무슨 말을 하고픈 건지 잘 모르겠지만, 그가 지금까지 내 주변에서는 볼 수 없었던 부류의 사람이라는 것만큼은 알 것 같았다.

그로부터 두 시간 동안이나 도서 당번이 해야 할 일과 관련 기계의 작동 방법을 배웠다. 그러는 동안 도서관에는 단 한 명의 학생도 찾아오지 않았다.

"맨날 이렇게 한가해?"

"이번 주만 특별히. 보통은 꽤 붐비지. 사실 독서보다는 자습하러 오는 학생이 많긴 하지만."

특히 모의고사 기간이나 시험 기간에는 좌석 쟁탈전이 일어날 정도라고 했다. 사쿠타로가 도서관 인기에 대해 열심히 역설하고 있던 그때, 도서관 출입문 열리는 소리가 들렸다. 고개를 돌려 보니 처음 보는 어른이었다. 둥근 얼굴에 동그란 안경을 끼고 짧은 파마머리를 한 모습이었다.

"수고가 많네."

"안녕하세요. 직원회의는 벌써 끝났어요?"

"응. 선생님들도 체육 대회로 정신이 없어서서 간단히 하고 끝낸 거 같아."

그녀는 미소를 머금고 사쿠타로의 질문에 답하며 걸어왔다.

"오늘 대출과 반납은?"

"지금까지는 단 한 건도 없습니다. 이용자도 보시는 것처럼 참담

한 상황이고요."

그녀는 사쿠타로의 한탄을 가볍게 받아넘기며 동그란 안경을 가운뎃손가락으로 눌러 올렸다.

"그럼 여기는 너한테 맡길게. 나는 이번 주엔 준비실에 박혀서 그동안 쌓아 두었던 잡무를 한 번에 해치울 작정이거든. 만약 무슨 일 있으면……."

"연락드리겠습니다. 참, 소개해 드릴게요. 이번 주 저와 함께 도서 당번을 해 줄 3학년 3반 모모세 가온 학생입니다."

그녀의 동그란 안경이 그제야 나를 향했다.

"……3학년 3반 도서 위원은 사치 학생 아니었나?"

"네, 그 사치의 대타입니다."

나는 이렇게 답하면서도 왜 대타를 하게 됐는지에 대한 질문을 받을 거라 지레짐작했다. 하지만 그녀는 "그래?" 하고는 더 이상 묻지 않았다. 그러자 사쿠타로가 나를 향해 말했다.

"이쪽은 이부키 씨. 자그마치 20년이 넘도록 우리 학교에서 사서로 계셨어. 말하자면 학교 도서관의 주인이셔. 모르는 게 있으면 여쭤 봐."

"저기, 사서라는 건…… 도서관 선생님인가요?"

초등학생 같은 질문을 한 것임이 분명했다. 사쿠타로와 이부키 씨는 마주 보며 서로에게 대답을 양보하려는 듯했다. 결국 이부키 씨가 설명했다.

"사서는 그냥 사서야. 교사의 자격은 없어. 학교 사서와는 별도로 사서 교사라는 게 있는데 교사 자격이 있어서 수업도 할 수 있어. 노아고의 그건 군지 가즈미 선생님이고."

"가즈미? 군지 가즈미 선생님? 정말요? 우리 담임선생님인데, 도서관 선생님이셨구나. 몰랐어요."

나의 흥분한 목소리를 이부키 씨는 건조하게 받아넘겼다.

"그래? 그럼 나는 이만."

준비실 문이 쾅 하고 닫혔다. 문 옆으로 유리창이 있었지만 블라인드가 쳐져서 안이 보이지 않았다. 나는 사쿠타로에게 작은 목소리로 속삭였다.

"이부키 씨 왠지 화나신 거 같지?"

"아니. 저게 평소 모습인걸. 필요 이상의 말은 하지 않거든."

"설령 그렇다 쳐도 너무 무뚝뚝하시잖아."

사쿠타로는 거침없이 말하는 나를 어이없다는 표정으로 바라보며 이부키 씨를 감쌌다.

"학교 사서는 엄청 바빠. 게다가 요즘은 내년도 예산 자료를 준비하고 있대. 사실 여름 방학 동안 작성해 두려고 했다던데, 가즈미 선생님이 바빠서……."

끝도 없이 계속될 것 같은 설명이었다. 나는 이부키 씨 말투를 흉내 내며, "그렇구나." 하고 얼렁뚱땅 받아넘겼다.

이후에도 도서관 이용자는 좀처럼 나타나지 않았다. 그 덕분에 나는 사쿠타로에게 서가 정리를 할 때 기준이 되는 청구 번호 읽는 법과 십진분류법에 관해 배울 수 있었다. 물론 완벽하게 이해했다고 볼 수는 없다. 앞으로 한 주간 실전을 통해 익혀 볼 예정이다. 도저히 안 될 때는 사쿠타로나 이부키 씨에게 도움을 청하면 될 일이었다.

사쿠타로는 도서 검색기 설명에 특히나 많은 시간을 할애했다.

대부분은 작동 방법이 아니라 검색기에 관한 자랑이었다. 들자 하니 노아고 졸업생이 대학인가 대학원인가에서 만든 프로그램으로, 노아고만의 독창적인 기계라고 한다.

"제목, 작가명, 키워드로 검색하는 건 물론이고, 독자의 기분이나 목적에 맞춰서 추천 도서가 표시되는 메뉴도 있어. 딱히 읽고 싶은 책이 없는 사람도 선택하기 쉽도록 친절하게 설계돼 있어."

"와."

"모모세 같은 사람도 읽고 싶은 책을 발견할 수 있지 않을까? 한번 사용해 볼래?"

'모모세 같은 사람'이라니, 꼭 그런 식으로 말해야겠냐? 나는 고개를 좌우로 흔들며 "사양할게."라고 정중하게 거절했다. 하지만 사쿠타로는 멈추지 않고 말했다.

"신착 도서를 어떤 분야로 나눌지는 담당 도서 위원과 이부키 씨가 의논해서 정할 수 있어. 나는 1학년 때부터 참여해 왔는데, 무척 즐거운 작업이야. 새 책도 읽을 수 있고."

사쿠타로의 동그란 눈이 반짝반짝 빛나고 있었다. 내가 "뭐야, 역시 책을 좋아하잖아."라고 말하자, 사쿠타로는 얼굴을 붉혔다.

"글쎄, 그런가? 그럴……지도 모르겠다. 게임이나 애니메이션에 더 시간을 많이 쓰지만."

사쿠타로와 나란히 카운터로 걸어갔다. 그러면서 나는 팔꿈치를 90도로 굽힌 채 팔을 앞에서 뒤로 천천히 돌리기 시작했다. 어깨에서 우두둑하는 소리가 들렸는지 사쿠타로가 겁먹은 얼굴로 돌아봤다.

"뭐 하는 거야?"

"견갑골 스트레칭. 어깨의 가동력을 높여 두면 스파이크 타점도 높일 수 있고, 코스를 가려서 때리기도 쉬워지거든."

사쿠타로는 "스파이크."라고 중얼거리더니 의아하다는 듯 나를 바라보았다.

"배구 동아리 은퇴한 거 아니었어?"

"했어. 오래전에."

은퇴 시합은 출전도 못 한 채, 라고는 마음속으로 덧붙였다. 나는 사쿠타로를 따라 카운터로 들어가 의자에 걸터앉았다. 사쿠타로가 무슨 말을 하고 싶은지 대충은 알고 있다. 그런데 그 운동이 지금 무슨 의미가 있냐? 대체로 이런 뉘앙스일 것이다. 솔직히 나도 답을 잘 모르겠다. 지금으로서는 대학생이나 사회인이 되고 나서 배구를 계속할 생각은 없으니까. 아무 의미가 없는지도 모르겠다. 하지만 나는 요즘 곰곰이 생각하곤 한다. 의미 있는 것만을 하며 사는 인생은 의외로 꽉 막힌 인생이 아닌가 하고.

사쿠타로는 더 이상 말을 걸지 않고, 조금 떨어진 의자에 앉더니 책을 펼쳤다. 상반신 운동을 계속하는 나와 책을 읽고 있는 사쿠타로. 조용한 도서관에는 에어컨 소리만이 울려 퍼졌다. 그 순간 정적을 가르듯이 복도 창문으로 음악이 날아들었다.

"에스, 에이, 티, 유, 알, 디, 에이, 와이, 나이트, 에스, 에이……."

손장단에 맞춰 쩌렁쩌렁한 목소리가 울리더니 이어 빠른 박자의 드럼과 기타 소리가 파도처럼 몰아쳤다. 마음을 사로잡는 멜로디도 흘러나왔다. 계속 반복되는 가사인 'Saturday Night'는 한 글자씩 또렷하게 발음하거나 흥얼거리며 따라 하기 쉬웠다. 실제로 스피커에서 흘러나오는 음악에 맞춰서 노래하는 몇 명, 아니 수십 명은 되는 듯한 학생들의 목소리가 내 귓전을 때렸다.

"새터데이 나이트."

내가 억양 없이 중얼거리자, 사쿠타로는 책에서 눈을 떼고는 귀에 손을 가져다 댔다. 밖에서 들려오는 소리를 이제야 알아차렸다는 듯이 "아." 하고는 고개를 끄덕였다. 그가 나를 바라보았다.

"토요일의 댄스 연습도 절정이군……. 왜? 내가 뭐 이상한 말이라도 했어?"

"아니, '토댄'을 풀어서 말하는 애는 처음이라서."

'토요일의 댄스', 일명 '토댄'은 노아고 창립 때부터 40년 이상이어져 온 전통 종목으로 체육 대회의 하이라이트다. 'Saturday Night'라는 노래와 안무는 동일하지만, 대열 짜임새나 이동 방법 외에도 주제에 맞는 의상 등으로 각 반의 개성을 마음껏 발휘할 수 있다. 또한 심사로 점수를 매기기 때문에 재학생은 물론 가족이나 졸업생, 심지어 구경 온 동네 사람들도 매년 기대하는 종목이다. 물론 계주나 장애물 경주 등 다른 경기도 많다. 하지만 학생들이 특히 많은 시간과 공을 들이는 종목이 바로 토댄이었다.

이렇듯 모두가 애정과 자긍심을 가지고 토댄이라고 줄여 부르는 것을 굳이 풀어서 말하는 것에 나는 반발심과 거리감을 느꼈다.

"난 생략하는 거 안 좋아해서."

사쿠타로는 느긋한 말투로 말하고는 손에 들고 있던 책으로 다시 시선을 내렸다. 나는 갑자기 궁금해서 물어보았다.

"그 책은?"

"이노우에 야스시의 『아스나로 이야기』야."

사쿠타로는 책의 표지를 보여 줬다. 뒤표지의 오른쪽 밑에 '노아고등학교'라고 인쇄된 바코드 라벨이 붙어 있었다.

"대출 기간은 2주. 세 권까지. 다 못 읽으면 한 주 연장도 가능해. 모모세도 빌려 갈래?"

"아니야……. 오늘은 짐도 좀 많고."

내가 에둘러서 거절하려는 걸 눈치챘는지, 사쿠타로는 꽤 큰 눈동자 위로 눈꺼풀을 깜박거렸다.

"책 싫어해?"

"싫어하진 않아. 가끔 읽어. 진짜 가끔 맘 내킬 때만."

"그럴 땐 어떤 기준으로 책을 고르는데? 혹시 좋아하는 작가 있어? 아니면 좋아하는 장르나 누군가의 추천을 받는다든지?"

잇따른 질문에 조금 난감해졌다. 독서나 책에 관해 내가 할 수 있는 말이라곤 여러 번 우려낸 차를 물로 더 우려낸 것만큼 가치가 없는 것임을 잘 알고 있다.

"배구 선수가 쓴 에세이라든가, 배구 교본, 배구 만화 같은 거."

"배구 이외에는?"

"그 외에는…… 유행하는 거. SNS나 교실에서 화제가 되고 있으면 흥미가 생겨."

"그럼, 모모세가 지금까지 읽은 것 중에 가장 재미있었던 책은?"

"그게…….'라는 말과 동시에 말문이 막혀 버렸다. 가장 재미있었던 책을 고를 정도로 책을 많이 읽은 적이 없었다. 그렇게 말하려던 순간, 머릿속에 갑자기 한 권의 책 표지가 떠올랐다.

"셜록 홈스."

"뭐? 셜록 홈스가 SNS에서 인기라고? 더더군다나 요즘?"

"아니, 내가 초등학교 때 처음 읽었던 책."

"그렇구나."라며 사쿠타로가 크게 고개를 끄덕이고는 "셜록 홈스 중 어떤 거?"라고 질문을 덧붙였다.

"어떤 거라니, 셜록 홈스면 그냥 셜록 홈스지."

"아니, 그러니까…… 내가 묻고 싶은 건 책의 제목 말이야. 『주홍색 연구』라든지 『네 개의 서명』 『바스커빌가의 개』와 같은 시리즈 작품이 여러 가지 있잖아."

"아, 그렇게 많이 있구나. 미안. 나는 한 가지밖에 읽지 못했어. 그러니까, 제목은 기억나지 않지만 붉은 머리를 한 사람들이 많이 나오는 이야기였어."

"『빨간 머리 연맹』이다!"

사쿠타로는 힘차게 소리 지른 뒤 악수라도 할 듯한 기세로 몸을 앞으로 기울였다.

"나도 셜록 홈스를 좋아해서 시리즈는 거의 다 읽었거든. 멋지지. 안개 낀 도시의 명탐정이라니."

"응. 멋져."

이제야 도서관이라는 장소에 어울릴 만한 책 이야기를 간신히 나눌 수 있었던 것 같다. 고마워, 셜록 홈스.

*

오후 5시 45분. 하교 시간인 6시 30분이 가까워져서인지 바깥이 소란스러웠다. 체육 대회 준비를 마친 학생들이 귀가 채비를 시작한 것 같았다. 그때까지 전혀 인기척 없이 쥐 죽은 듯 조용하던 이부키 씨가 도서 준비실에서 나왔다. 이부키 씨는 카디건 앞자락을 여미며 에어컨을 향해 걸어가 전원을 껐다. 그런 다음 각자 쉬고 있는 나와 사쿠타로를 쳐다보았다.

"오늘은 아무도 안 올 거야. 뒷정리랑 청소 좀 부탁해."

"네." 하고 힘차게 답한 사쿠타로는 나에게 지시를 내렸다.

"내가 바닥을 쓸고 창문이 잘 잠겼는지 확인할게. 모모세는 카운터 주변을 치워 줄래? 카운터 닦을 걸레는 내가 들고 올게."

"아니, 잠깐만. 그렇게 하면 사쿠타로 일이 많지 않아?"

사쿠타로는 "응?" 하며 고개를 갸우뚱하더니 내 왼쪽 다리를 힐끗 내려다봤다.

"왜냐하면, 모모세는 다쳤잖아."

알고 있었구나. 이럴 수가. 나는 순간 얼굴에 경련이 일어나는 걸 느꼈다. 사쿠타로는 신경 쓰는 기색 없이 말을 이었다.

"1학기 때 모모세가 목발 짚은 걸 본 적이 있거든. 그리고 지금도 왼발을 감싸듯 조심스럽게 움직이고, 운동도 상반신만 하고 있잖아. 체육 대회도 못 나간다고 하니까 난 그냥 무리하지 않는 게 좋겠다 싶어서."

섬세함과는 거리가 먼 사람이라고만 생각했는데, 이토록 예리하고 세심하게 배려해 주다니. 나는 어색하게 굳어 버리고 말았다. 그동안 키가 크다는 이유만으로 힘쓰는 일을 맡는 경우가 많아서인지, 이런 마음 씀씀이에는 익숙하지 않았다.

우리가 주고받는 대화가 들렸는지 이부키 씨가 쳐다보는 듯했다. 나는 단념한 채 기르고 있던 단발머리의 안쪽 목덜미를 쓰다듬었다.

"그게, 실은 여름 전 동아리 활동을 하다가 조금 다쳐서……. 앗,

그래도 이제 목발도 안 하고 평소처럼 걸을 수 있는데."

"목발? 뼈라도 부러졌니?"

"왼쪽 발목 박리 골절이랑 인대에 손상을 조금 입었어요."

이부키 씨의 질문에 나는 '조금'이라고 말했지만, 그녀는 아픔을 상상할 수 있다는 듯 손으로 뺨을 감싸고는 눈살을 찌푸렸다.

"그거 큰일이네."

"솔직히 짜증 났죠. 배구부 은퇴 시합도 관객석에서 응원해야 했고, 고교 마지막 여름 방학 동안엔 거의 외출도 못 하고."

동아리 선수들 전원이 참가하는 디즈니 리조트 여행도 눈물을 삼키며 취소했다. 또 모처럼 수강하게 된 입시 학원 인기 강사의 하계 강습도 인터넷 강의로 바꿀 수밖에 없었다. 끝도 없이 푸념을 늘어놓는 나를 제지하듯, 이부키 씨는 동그란 안경 렌즈를 반짝이며 물었다.

"체육 대회는?"

"의사가 운동이라면 전부 하지 말라고 해서."

더 이상 설명 안 해도 알 수 있었는지 이부키 씨의 눈동자가 나를 또렷이 바라보았다. 처음으로 눈을 마주친 것 같았다. 어설픈 위로는 받고 싶지 않다고 생각했다. 이부키 씨는 내 예상과는 전혀 다르게 사무적으로 "지금도 아파?"라며 간호사처럼 물었다.

"계단 오를 때나 한쪽 발에만 힘을 주면 조금요."

"그렇다면 사쿠타로가 정한 대로 분담하는 게 좋겠네. 모모세 학생은 카운터 주변 청소를 부탁해."

그렇게 말하는 이부키 씨의 표정은 읽을 수가 없었다. 어느새 해가 지고 창밖은 어두워져 있었다. 은빛으로 반짝이던 바다에도 어둠이 내려앉았다. 불과 얼마 전까지만 해도 이 시간쯤이면 여전히 밝았는데, 가을 기운이 확연히 짙어지고 있었다. 가을의 등 뒤에는 겨울이 바짝 달라붙어 있었다. 그다음 봄이 오기는 할까……. 그건 시험 결과에 달려 있겠지. 순간 잿빛 벽이 나에게로 확 다가오는 것만 같아서 크게 심호흡했다.

이부키 씨는 빙글 뒤돌아서더니 문을 향해 걸어갔다. 아마도 전기 스위치를 켤 모양이었다. 천장에 나란히 달린 여러 개의 형광등이 하얀빛으로 파르르 떨리다가 켜졌다.

이부키 씨는 준비실로 다시 들어갔다. 나는 사쿠타로가 가져다준 걸레로 카운터 위를 닦기 시작했다. 딱히 더럽지는 않아서 걸레질은 5분도 안 돼 끝나 버렸다. 사쿠타로는 수고스럽게도 모든 의자를 책상 위로 올리고 바닥을 정성스럽게 쓸고 있었다. 풀 먹인 듯 빳빳한 흰 셔츠를 입은 뒷모습에서 그가 열심인 것이 전해졌다. 우리 학교는 바지만 교복으로 입으면 위에는 어떤 색의 폴로셔츠를 입어도 무방한 느슨한 교칙이 있다. 근데 사쿠타로는 굳이 흰셔츠를 입고, 말을 줄여서 하지 않아 일종의 신념과도 같은 게 느껴졌다. 청소라면 피하고 싶은 나는 왠지 겸연쩍어져서 맡은 곳이라도 좀 더 깨끗하게 닦으려고 애썼다.

연필꽂이 안에 쌓인 먼지와 지우개 가루를 버리고, 방금 그것이 놓여 있던 자리 주변으로만 둥글게 닦았던 곳도 제대로 다시 닦았다. 내친김에 서류 넣는 수납장 밑도 들어 올리자, 책 한 권이 풀썩하고 바닥에 떨어졌다. 틈에 끼어 있었던 모양이다. 나는 황급히 그 책을 집어 들고 표지를 봤다.

『하늘을 나는 교실』이라는 책 제목은 어디선가 들어 본 적이 있었다. 당연히 읽은 적은 없지만. 실뜨기 실을 둥글게 뭉친 곳에 눈, 코, 입을 그려 넣은 듯한 표지의 삽화가 산뜻하고 귀여웠다. 캐스트너라는 작가의 이름으로 보아 외국 작품인 것 같았다.

나는 들고 있던 책을 뒤집어서 뒤표지를 확인했다. 예상한 대로 오른쪽 밑에 바코드 라벨이 붙어 있었다. 노아고의 소장 도서였다.

나는 이어서 카운터에 놓여 있는 컴퓨터를 조작했다. 조금 전 사쿠타로에게서 배운 것을 써먹을 좋은 기회인 셈이다.

『하늘을 나는 교실』은 '대출 가능'으로 나왔다. 추측건대 이 책은 전산상으로는 반납되어 서고에 있는 것으로 나오지만, 도서 위원이나 이부키 씨가 서고로 가져가는 걸 빠뜨린 듯했다.

그럼 내가 제자리에 가져다 놔야지, 하고 생각했다. 나는 책등에 붙어 있는 '등록 번호 라벨'을 확인한 다음, 그 번호가 있는 서가로 다가갔다. 라벨에 적힌 숫자와 히라가나는 전국 도서관에서 통용되는 십진분류법으로 설정된, 말하자면 책의 주소와도 같은 것이다. 이것을 알면 서가의 어느 곳에 책을 꽂아 놓으면 되는지 알 수 있다고 사쿠타로가 가르쳐 주었다.

『하늘을 나는 교실』은 문고본이기 때문에, 숲처럼 빽빽하게 늘어선 거대한 책장이 아니라 자습용 책상과 가까운 곳에 꽂아 두어야 했다. 신착 도서용 문고본 책장은 내 가슴 정도로 높이가 낮았지만, 옆으로는 꽤 길었다. 종이접기로 만든 공룡이나 토끼 등의 장식이 놓인 비어 있는 칸도 있어서 앞으로 책들이 더 늘어나도 괜찮을 듯 보였다.

"캐스트너, 캐스트너, 캐스트너."

나는 저자명을 주문처럼 중얼거리면서 나란히 꽂혀 있는 책의 책

등에 손가락을 가져다 댔다. 그러고는 하나하나 짚어 가며 『하늘을 나는 교실』이 들어가야 할 위치를 찾았다.

이윽고 캐스트너의 저작물이 줄지어 있는 코너에 다다른 나는 "엇!" 하고 소리를 지르고 말았다. 바로 그 자리에는 내가 들고 있는 『하늘을 나는 교실』과 똑같은 책이 떡하니 자리 잡고 있었던 것이다.

전산상으로 『하늘을 나는 교실』은 딱 한 권뿐이었다. 좀 전에 확인했으니 틀림없었다. 나는 서가에 꽂힌 책을 끄집어내서 손에 든 책과 비교해 보았다. 언뜻 봐도 거의 차이가 없었다. 어느 한쪽이 특히 오래되었다든가 손상된 흔적은 보이지 않았다.

"도대체 어떻게 된 거지?"

나는 책장을 훌훌 넘겨보았다. 서가에 꽂혀 있던 책은 딱히 이상이 없었다. 이번엔 카운터 틈에서 나온 책도 마찬가지로 펼쳤다. 절반쯤 넘겼을 때, 갑자기 그 안에서 하얀 종잇조각이 팔랑하고 떨어졌다.

놀라서 그것을 주워 들고 살펴보니 스프링 노트를 찢은 조각이었다. 거기에는 누군가가 직접 쓴 듯한 글씨가 쓰여 있었다.

방주는 필요 없어.
다 큰 개구쟁이들아 토댄을 부숴 버려!

처음 봤을 때 '혹시 암호?' 하는 마음에 피가 끓어올랐던 건 조금 전 사쿠타로와 셜록 홈스 얘기를 해서인지도 모르겠다. 이 문장이 무얼 의미하는 건지는 몰라도 '토댄을 부숴 버려'라는 다소 난폭하면서도 직설적인 말이 토댄은 물론 체육 대회에 전혀 참가할 수 없는 나의 울분을 풀어 주었다. 주눅 들기만 했던 마음에 뜨거운 불을 지핀 것이었다.

"이게 암호라면 풀어 보고 싶다."

"뭐? 지금 뭐라고 했어?"

내가 중얼거리는 걸 들었는지 사쿠타로의 목소리가 날아들었다. 뒤돌아보니 창가에서 빗자루를 든 채 의아하다는 표정을 짓고 있었다. 나는 조금 전 사쿠타로에게서 느낀 세심한 관찰력을 떠올리고는 도움을 구했다. "이거, 이거."라며 쪽지를 팔랑거리면서 가까이 다가오라는 신호를 보냈다.

단번에 달려온 사쿠타로는 내가 내민 쪽지를 손에 들고 물끄러미 내려다보았다. 지나치게 꼼꼼히 보는 거 아닌가 하는 생각이 들 무렵, 그가 고개를 들었다. 깜빡깜빡 소리가 나는 듯한 착각이 들 정도로 크게 움직이던 동그란 눈이 나를 향했다.

"이거 어디서 났어?"

바로 그거야, 라고 생각한 나는 쪽지를 발견한 과정을 간략하게 설명했다.

"그래서 말인데, 이 책을 빌린 사람을 찾을 수 없을까?"

"뭐라고?"

"이건 분명 그 사람이 쓴 암호라는 생각이 들거든."

"암호라니……."

"토댄이 토요일의 댄스라면 체육 대회에 얽힌 암호인 거잖아. 주말에 있을 본 경기 전에 돌려줘야지. 내친김에 무슨 뜻인지도 물어보고 싶고."

"그 사람한테 '당신 메모를 허락 없이 읽었어요.'라고 고백할 셈이야? 말도 안 돼."

나는 '프라이버시'라는 게 있잖아, 하는 표정으로 일장연설을 하려는 사쿠타로의 어깨를 붙잡고 흔들었다.

"그치만 신경 쓰이잖아. '방주'라는 게 뭘까? '다 큰 개구쟁이들'은 또 누구고? '토댄을 부숴 버려'라는 건 무슨 뜻일까? 모든 게 수수께끼잖아. 혹시 이 쪽지를 발견한 사람이 풀어 주기를 기다리는 건 아닐까?"

"저기 말이지, 아까부터 '암호'니 '수수께끼'니 하는데……. 추리 소설을 너무 읽어서 그런 거라고 하기엔 책을 또 그다지 많이 읽는 것도 아닌데. 왜 집착하는 거야? 탐정 놀이라도 할 참이야?"

사쿠타로는 그렇게 말하고 나를 쏘아보았다. 하나도 무섭지 않았다. 나는 도전적으로 고개를 끄떡였다.

"맞아. 왜냐하면 체육 대회에서도 왕따를 당해서 내가 지금 참가할 수 있는 거라곤 탐정 놀이뿐이거든."

사쿠타로의 입에서 어휴, 하는 소리가 흘러나왔다. 그렇게 우리는 잠시 서로를 노려보았다. 사쿠타로는 이내 어깨를 떨구더니 숨을 내뱉었다.

"미리 말해 두지만, 추리 소설 속에서 수수께끼 풀겠다고 함부로 나서는 풋내기들은 거의 살해당하는 운명에 처하지."

"셜록 홈스처럼 훌륭한 단짝이 있는 명탐정이라면 죽지 않고 수수께끼를 풀 수 있어."

"셜록……."

사쿠타로가 어처구니없다는 듯 몸을 떨었다. 나는 두 권의 『하늘을 나는 교실』을 양손으로 들어 올렸다.

"전산에는 한 권밖에 없는 소장 도서가 두 권이 나온 것도 좀 이상하지 않아?"

"신착 도서를 등록할 때 실수한 거겠지. 데이터를 작성하는 건 사람이고, 사람은 때로 실수도 하니까."

당연하다는 듯한 얼굴로 말하는 밉상스러운 녀석이었다. 넌 단짝 실격이야. 나는 혀를 차며 사쿠타로가 들고 있던 쪽지를 빼앗았다. 원래 있던 책에 쪽지를 다시 끼운 다음 두 권의 책을 겹쳐 들고 뒤돌아섰다. 마음 같아서는 당장 뛰고 싶었다. 내가 전력 질주하면 분명 녀석보다 빠르겠지만 지금은 무리였다. 어쩔 수 없이 왼발을 조심하며 천천히 걷기 시작했다. 사쿠타로한테 따라잡히기 전에 큰 소리로 외쳤다.

"이부키 씨! 이부키 씨!"

"야, 바보야! 이부키 씨까지 끌어들이지 마."

크게 당황해서 어쩔 줄 몰라 하는 사쿠타로의 목소리가 자연스럽게 커졌다. 그 순간 준비실 문이 열리더니 이부키 씨가 안경테를 만지작거리며 나왔다.

"도대체 무슨 일? 왜 그러는데?"

"학교 도서관에서 똑같은 책을 두 권 주문하는 경우도 있나요?"

같은 책을 좌우 양손에 들고 질문하는 나를 보더니 이부키 씨는 미간을 살짝 찌푸렸다.

"인기 있는 베스트셀러이고 모두가 읽고 싶어 하는 책이라면 다섯 권 매입하기도 해."

"그럼, 이 책은요?"

내 기세에 눌린 듯 이부키 씨는 고개를 가로저었다.

"이전 명작들은 기본적으로 한 권씩만 소장하는 걸로 알아."

"현재 두 권이 있어요. 둘 다 학교 바코드가 붙어 있고요."

이부키 씨는 가까이 다가와서 두 권을 찬찬히 비교했다. 그러고는 『하늘을 나는 교실』……이 두 권이라." 하고 중얼거리더니 얼굴에 그늘을 드리운 채 생각에 잠겼다.

"근데 카운터 위는 자주 청소하나요?"

"늘 오늘처럼 해. 하루 업무가 끝나면 당번이 닦아 내지. 본격적인 도서관 대청소는 장기 휴무에 들어가기 전에 도서 위원 전원이 하고."

생각에 빠져 있는 이부키 씨를 대신해서 사쿠타로가 답했다. 나는 이부키 씨가 주목하도록 메모가 끼워져 있는 쪽의 『하늘을 나는 교실』을 높이 치켜들었다.

"이 책은 카운터에 놓여 있었어요. 수납장 사이에 끼어 있었던 모양인데, 일부러 그걸 들어 올려서 제대로 청소하기 전까지는 눈에 띄지 않았던 거죠."

나는 이부키 씨와 사쿠타로가 책에 집중할 때 천천히 말했다.

"여름 방학 전 대청소라면 분명 카운터 위 수납장도 움직여서 닦았을 테니까……. 누군가 책을 몰래 두고 간 건 대청소했던 날부터 어제인 일요일 사이겠네요."

"그런데 이 책을 왜 몰래 두고 가야 했던 거지?"

이부키 씨의 물음이었다. 나는 머릿속에 떠오르던 가설을 털어놓았다.

"그 책을 반납한 사람은 같은 제목의 책이 이미 서가에 있고, 전산상으로도 대출 가능하다는 걸 알고 있었던 것 아닐까요? 그래서 정식으로 반납하면 오류가 나고, 도서 위원이나 사서 선생님이 이상하게 생각해서 어찌 된 일인지 조사하겠죠. 그러면 이 책이 두 권 있다는 게 탄로 날 거고, 반납한 사람으로서는 그게 달갑지 않았다든지…….”

머릿속의 생각을 한꺼번에 쏟아내고 나니 은근히 기분이 좋아졌다. ‘어때? 이런 게 바로 추리 아니겠어?’『빨간 머리 연맹』을 읽어 둬서 다행이지 뭐야. 거듭 고마워, 셜록 홈스.

홈스를 향한 나의 고마움을 가로막듯이, 사쿠타로가 “왜 달갑지 않은데?”라고 냉정하게 물었다.

“응? 그것까지는……. 아, 자기가 반납한 책이 이것저것 조사당하는 게 싫었던 것 아닐까? 뭔가 엄청나게 복잡한 사정이 있는 책이라서…….”

나 스스로도 너무 넘겨짚었나 싶었다. 하지만 이부키 씨와 사쿠타로는 아무런 대꾸도 하지 않았다.

“모모세, 두 권 다 내가 맡아도 될까? 준비실에 있는 컴퓨터로 대출 정보를 확인한 다음 상황을 파악하고 필요한 조처를 해 둘 테니까.”

이부키 씨는 진지한 표정으로 손을 내밀었다.

“엥?” 하며 나는 단숨에 머쓱해졌다. 은퇴 시합도 여름 방학도 체육 대회도 빼앗긴 마당에, 눈앞에 굴러 들어온 이 재미있는 수수께끼마저 빼앗긴단 말인가? 그건 너무 하잖아. 울부짖음에 순간 몸이 뜨거워졌다.

“누가 이 책을 빌렸는지 조사하신다고요? 저도 같이 하면 안 될까요?"

"……같이 조사해서 어쩌려고?"

이부키 씨의 어조는 질문이라기보다 따지는 듯한 말투였다. 사쿠타로가 뒤에서 내 셔츠를 살짝 당기는 게 느껴졌지만, 개의치 않고 한 발 더 나아갔다.

"그 책을 반납한 사람한테 물어보고 싶은 게 있어서요."

"그건 안 돼. 프라이버시는 보호되어야만 하니까. 학교 사서라 해도 그런 일엔 개입할 수 없어."

쌀쌀맞은 대답이었다. 뒤에 서 있던 사쿠타로가 "그것 봐." 하고 속삭였지만, 나는 계속 물고 늘어졌다.

"하지만 컴퓨터 기록에 남아 있잖아요?"

"그건 그렇지만."이라며 또다시 어두운 표정을 지은 이부키 씨는 한숨을 내쉬고는, 나를 똑바로 바라보았다.

"설령 어떤 학생이 방금 반납한 책 속에 만 엔짜리 지폐가 끼워져 있었다고 치자. 그걸 발견한 사서나 도서 위원이 아직 그 주변을 거닐고 있는 학생을 쫓아가서, '만 엔짜리 지폐 학생 거죠?'라고 묻는 것도 원칙적으로 금지돼 있어. 개인 프라이버시라는 건 그만큼 엄격하게 보호되어야 하니까."

나는 예까지 들면서 자세하게 설명해 주는 이부키 씨의 강변에 넘어가 묵묵히 책을 넘겼다. 그리고 내 뒤에서 계속 애태우던 사쿠타로에게는 쪽지가 끼워져 있던 책을 건넸다.

"뭐야?"라는 사쿠타로와 이부키 씨의 목소리가 겹쳤다.

나는 사쿠타로가 들고 있는 책을 가리키며, "책 빌릴게요."라고 선언하듯 말했다.

"그러니까 대출 기간인 2주 동안 이 책은 제가 가지고 있겠습니다. 아, 가능하면 체육 대회가 끝나는 한 주 안에 반납하고 싶긴 하지만."

도서관 안이 쥐 죽은 듯 고요해졌다. 밖에서는 여전히 흥분된 목소리들이 떠들썩하게 울리고 있었지만, 더 이상 신경 쓰이지 않았다. 세 사람 사이의 정적을 깨뜨린 것은 사쿠타로였다.

"왜 이런 일을 하는 거야?"

"왜? 그런 건 모르겠어. 나중에 알게 될 수도 있고, 아니면 끝까지 모를 수도 있고. 하지만 애당초 모든 행동에 이유가 있어야 하는 거야?"

내 질문에 답하는 대신, 사쿠타로는 실내화로 바닥을 끄는 듯한 걸음걸이로 카운터를 향해 걸어갔다. 그러고는 컴퓨터를 켜고 내 학생증을 받은 뒤 대출 절차를 밟아 주었다. 이부키 씨는 꼼짝도 하지 않고 상황을 지켜보고 있었다.

사쿠타로는 입력을 끝내고 학생증과 함께 『하늘을 나는 교실』을 나에게 쥐여 주었다.

"이제 노이고 도서관의 『하늘을 나는 교실』은 대출 중입니다."

그렇게 말한 다음 사쿠타로는 이부키 씨를 향해 깊이 고개를 숙였다. 왠지 진심으로 미안해하는 것 같아서 나도 당황한 나머지 고개를 숙였다.

이부키 씨는 아무 말도 하지 않고 어깨를 움츠렸다. 그리고 자기 손에 들린 책을 내려다보고는 준비실로 되돌아갔다. 그러고는 문을 열고 등을 보인 채 크게 소리쳤다.

"도서 당번들, 수고했어. 조심히 귀가하도록."

*

4층에서 1층까지 계단을 내려오는 동안 사쿠타로는 계속 내 옆에 있었다. 왼발을 조심하며 느릿느릿 내려가는 나를 재촉하지도 않았다. 대신 한마디도 하지 않고 가끔 엄지손톱을 물어뜯곤 했다.

전교생이 하교를 마쳐야 하는 오후 6시 30분이 지난 시간이었다. 교내의 불빛은 대부분 꺼져 있었다. 우물쭈물 머물러 있다가는 선생님들한테 혼나거나 까딱 잘못하면 체육 대회나 동아리 활동에 불이익을 당할 수 있기에, 남아 있던 학생들은 앞다퉈 출입구를 향해 뛰어갔다.

나와 사쿠타로는 남쪽 건물로 이어지는 통로를 지나 2, 3학년 신발장이 있는 출입구를 통해 밖으로 나왔다. 체육관을 정면으로 바라보며 걷다가 왼쪽으로 꺾어 분수대가 있는 연못과 이름 모를 수목, 꽃이 심어진 화단을 바라보며 잠시 걸었다. 두 그루의 큰 나무 사이로 교문이 나타났다.

"수고 많았어."

사쿠타로가 교문을 나오자마자 인사했다. 나는 허를 찔린 듯 반사적으로 "수고했습다."라고 동아리 친구들과 담당 선생님에게 하던 인사로 답했다. 하지만 곧바로 앗, 이 녀석은 이런 것에도 주눅 들지 싶어서 입을 틀어막았다.

사쿠타로는 작게 한숨을 쉬고는 아까와는 달리 빠른 속도로 역을 향해 걸어갔다. 나는 금세 뒤처졌다. 벌레 소리가 더욱 크게 들렸다. 뒤에서 걷던 나는 엉겁결에 말을 걸었다.

"아까는 고마웠어."

이윽고 사쿠타로의 발이 멈췄다. 천천히 뒤돌아본 그의 얼굴은 가로등 불빛이 닿지 않아서 표정을 알기 어려웠다. 나는 가까이 서 있는 가로등에 나방들이 들러붙어 있는 모습을 올려다보며 말을 이었다.

"책 대출해 줘서 고마웠어."

"……수수께끼 정말로 풀 생각이야?"

"물론."이라고 말하며 고개를 끄떡이는 나에게, "어떻게?"라는 긴장된 목소리가 날아왔다.

"그건……. 오늘 밤에 생각해 볼게."

나의 답변에 실망한 건지 어이가 없는 건지. 사쿠타로의 어깨가 축 처졌다. 그러곤 그대로 가 버리는 건가 싶었는데, 또다시 목소리가 들려왔다. 조금 전보다는 한층 부드러운 목소리였다.

"이왕 빌린 거니까 잘 읽어 봐."

"응. 그럴게."

'뭔가 단서가 있을지도 모르니까.'라고는 마음속으로 덧붙였다.

내 대답에 잠시 얼떨떨해하는 듯했으나 사쿠타로는 다시 뒤돌아서서 잰걸음으로 지하철역을 향해 사라졌다. 나도 지하철 타니까 같이 가도 되는데.

나는 상관없어, 라고 생각하며 평소 속도로 걷기 시작했다.

*

화요일의
컴퓨터

*

수업 시작을 알리는 종이 울렸다. 교실로 들어가자 무라키 사치가 다가왔다.

"모모세, 늦었네."

"응. 밤늦게 잠들었어."

내가 하품하며 답했다.

"배구 시합 중계라도 있었어?"

사치가 다시 물었다.

"아니야. 월드컵은 아직 멀었지."

"그럼, 뭐야? 설마 시험공부?"

사치는 눈을 억지로 끌어올리는 듯한 표정을 지었다.

"올해가 우리의 마지막 체육 대회잖아. 그러니까 이번 주는 공부 같은 거 잊고 집중하자."

"하지만 내가 출전할 수 있는 경기가 없잖아."

"아, 미안. 그랬었지."

사치가 둥글게 만 밤색 머리를 흔들며 태연하게 사과했다. 그다지 잘못했다고 생각하지 않는 듯한 사죄였다. 그래도 얼굴을 보니 나의 짜증도 금세 사그라졌다.

"게다가 누구 때문에 도서관 당번 활동도 대신 해야 하고."

그래도 일단 말은 해 두기로 했다. 오늘 잠이 모자란 원인은 『하늘을 나는 교실』을 단숨에 읽은 탓이었다.

"그래 맞아. 그 얘기."

사치가 말하며 몸을 앞으로 내밀었다. 샴푸인지 향수인지, 향긋한 비누 냄새 같은 향이 솔솔 피어올랐다.

"듣고 있어?"

사치의 목소리에 번쩍 정신을 차렸다. 그녀의 얼굴이 어느새 눈앞까지 다가와 있었다.

"미안. 뭐?"

"뭐라니? 그니까 도서 당번 활동은 어땠냐고."

"신경 써 주는 거야?"

"아무래도 그렇지. 미안하게 생각하고 있어. 고쿠타로와 함께 당번을 해야 하니까."

"고쿠타로?"

"4반 도서 위원 사쿠타로 말이야. 걔는 도서실에서 도서 위원으로 일하는 걸 너무 좋아하거든. 그래서 혹시나 네가 휘둘리지는 않았나 걱정돼서."

사치에게서는 조금의 악의도 느껴지지 않았다. 하지만 뭔가 걸리는 게 있었다. 나는 천천히 고개를 가로젓고는 말했다.

"괜찮아. 도서 당번이 해야 할 일도 친절하게 알려 줬잖아. 오히려 고맙게 생각하고 있어."

"그랬구나. 그럼 됐어."

사치는 뭔가 성에 차지 않는다는 얼굴로 말을 이어 가려 했다. 때마침 종소리가 울렸다. 사치의 입이 닫혔다. 그대로 자리로 돌아가려는 사치의 등 뒤에 대고 나는 다급하게 물었다.

"근데 왜 고쿠타로라고 불러?"

사치는 뒤돌아보더니 깔깔 웃으며 고개를 끄떡였다.

"걔 초등학교 때부터 계속 같은 애한테 고백하더라고. 그래서 지치지 않는 '고백의 사쿠타로'란 뜻에서 고쿠타로."

"진짜? 몰랐네."

나는 사쿠타로의 얼굴을 떠올렸다. 이런 식의 주목을 받는 일이 의외라고 생각했다.

"고쿠타로랑 같은 학교 다녔던 애가 SNS에 그 사실을 폭로하자마자 순식간에 학교 전체에 퍼졌어. 모모세는 배구에만 몰두했으니 소식을 모르나 보네."

사치의 목소리에 힘이 빠진 듯했다. 나는 그 얼굴을 마주 봤다. 사치가 나를 딱하다는 듯 바라보고 있었다.

실제로 내가 노아고를 지원한 이유는 현립 고등학교치고는 넓은 체육관이 세 개나 있어서였다. 그곳에서 매일 실내 배구 연습을 할 수 있었다. 나는 아침, 점심 그리고 방과 후 훈련과 자율 훈련 등 시간만 나면 공을 만졌다. SNS를 할 시간도 한정되어 있었고, 머릿속은 '다음 경기의 로테이션을 어떻게 짤까?', '어떻게 하면 서브를 더 잘 받아 내지?' 하는 생각으로 가득 찼을 뿐이었다. 그래서 사치를 포함한 반 친구들과 교내에 떠도는 소문을 들을 기회도 적었다. 그런데 고교 생활의 가장 마지막 순간에 다치다니. 이렇게 동아리 활동을 은퇴할 줄 누가 알았을까. 하여간 너무 운이 없다니까. 사치의 동정 어린 목소리가 들리는 듯했다. 나는 내 왼발에 시선을 떨군 채 우물거리는 목소리로 물었다.

"상대는 우리 학교 학생?"

"응. 우리와 동급생에 나와 같은 응원부였던 에모리 호타루."

"에모리구나."

그 여학생에 관해서는 머릿속이 온통 배구로만 꽉 찬 나도 알고 있다. 얼굴이 예뻐서 학교의 중요 행사 곳곳에서 늘 눈에 띄는 자리에 앉아 있었다. 다시 말해 교내 최고의 스타인 것이다. 그런 에모리 호타루와 사쿠타로가 같이 있는 모습은 미안하지만 상상하기 힘들었다. 나는 조급하게 물었다.

"에모리의 답은?"

"매번 '미안해'라는 한 가지 답변."

"……그렇겠지. 아니면 계속 고백할 리가 없으니까. 그렇다 쳐도 보통 한 번 거절당하면 마음이 꺾이지 않나?"

"그렇지! 게다가 하필이면 남녀 학생 모두가 동경하는 에모리에게 고백하니까 한층 더 소문이 퍼진 거야. 걔도 진짜 귀찮을 거야."

"좋아하는 사람한테 차이고, 귀찮다는 소리 듣고, 완전히 지옥이 따로 없겠네."

사치는 양손을 머리 위로 펴 들더니 누군가를 덮치는 듯한 몸짓을 했다.

"사치, 떠들지 마라!"

그때 교실 문이 열렸다. 담임인 가즈미 선생님이 호통을 치며 들어왔다.

*

나는 점심시간이 되자마자 서둘러 북쪽 건물로 갔다. 점심 도시락은 쉬는 시간에 먹어 둬서 문제없었다. 일찍 도시락을 먹는 건 1학년 때부터 점심시간에 동아리 자율 연습을 해 왔기 때문에 익숙했다.

매년 이 시기에는 학교가 체육 대회 준비 때문에 분주하다. 다른 학생들도 모두 일찍 점심밥을 먹어서인지 점심시간이 시작되어도 교내를 오가는 학생들의 모습이 보였다. 나는 왼발을 조심하면서 계단을 오르고 있었다. 그때 누군가가 가벼운 발걸음으로 계단을 내려왔다.

"어이, 모모세. 다리는 좀 어때?"

내가 있는 곳보다 두 단 정도 높은 곳에 다리가 긴 날씬한 형체가 멈춰 섰다. 나는 계단의 단 차이에다가 185센티미터가 넘는 키 큰 상대를 쳐다보기 위해 턱을 들어 올렸다.

"가즈미 선생님! 이제 괜찮아요. 도서관에 계셨어요?"

"응. 이부키 씨와 간단히 의논할 게 있어서."

"그렇군요. 사서 교사라서 힘드시겠어요."

내가 어제 막 들었던 단어를 말하자, 가즈미 선생님의 눈이 동그래졌다.

"그걸 어떻게? 사쿠타로한테 들었구나. 이번 한 주 동안 도서 당번을 한다며?"

가즈미 선생님은 의문이 풀렸는지 미소를 지었다.

"모모세가 사치의 도서 당번을 대신해 주다니. 잘할 수 있겠어?"

"일은 일이니까요. 국어를 싫어하고 책도 그다지 안 읽지만, 맡았으니 해야죠."

나는 딱 부러지게 말했다. 그러곤 다리에 가해지는 체중을 조심스럽게 분산하며 한 계단 더 올라갔다. 바닥에 선명하고 짧은 그림자가 흔들렸다.

"오오."

가즈미 선생님은 억양 없이 감탄하면서 찰랑거리는 머리를 쓸어 올렸다.

"그야 뭐 국어나 책은 싫어도 도서 당번 일은 흥미로울지도. 도서 위원 중에는 재미있는 애들도 많으니까."

"……그거 사쿠타로 얘기인가요?"

"아니, 일반적으로 말이야. 나도 고교 시절 도서 위원이었고."

선뜻 고백하는 가즈미 선생님을 향해 "으악!" 하고 내 본심을 드러내 버렸다.

"으악이라니? 모모세, 그건 좀 실례인걸."

"가즈미 선생님 이미지랑 도서 위원이 어딘가 좀 안 맞아서요."

"모모세가 생각하는 나의 이미지는 어떤데?"

"날라리요."

"그건 더 실례인데."

가즈미 선생님의 표정은 여전히 웃고 있었다.

"근데 회의는 끝나셨나요?"

"이부키 씨 덕분에 초고는 얼추 형태를 갖췄는데, 더 자세한 부분은 방과 후에 협의해야 해."

나는 가즈미 선생님의 말을 들으며 한 계단 더 올라갔다. 드디어 같은 단에 서자 키 차이가 줄었다.

"그럼 도서관에서 하실 건가요?"

"응. 카운터 뒤 준비실에서 할 생각인데. 왜, 불편해?"

나는 주저하지 않고 "네." 하고 답하며 고개를 끄덕였다.

"사쿠타로와 준비실 정리 정돈을 하자는 이야기가 나와서요. 선생님도 아시다시피 이맘때는 도서관에 오는 학생이 거의 없으니까 도서 위원들이 한가하잖아요."

순간적으로 지어낸 새빨간 거짓말이었다. 나는 평소에도 얼굴에 감정이 그대로 드러난다는 말을 종종 들어왔다. 그래서 행여 거짓말이 탄로 날까 고개를 숙이고는 교복에 묻은 먼지를 손으로 툭툭 털었다.

"맞아. 그러고 보니 폐가식* 서가의 책과 신문 등이 제대로 정리되어 있지 않더라."

내 거짓말이 의외로 설득력이 있었나 보다. 가즈미 선생님은 마치 아픈 곳을 찔린 듯한 표정으로 긴 손가락으로 더듬던 목에서 우두둑 소리를 냈다. 왼손 약지에는 은색으로 빛나는 단순한 디자인의 결혼반지가 끼어 있었다.

작년 4월 가즈미 선생님이 노아고로 전임해 왔을 때다. 그의 잘생긴 외모는 여학생들 사이에서 화제가 되었다. 하지만 "만나서 반가워요. 난 국어 담당 군지 가즈미예요. 사랑하는 아내, 그리고 금붕어와 함께 살고 있어요."라는 첫인사와 함께 모두의 관심이 순식간에 사라졌다. 내가 아는 한, 그 후 가즈미 선생님을 진지하게

---

*서가를 열람자에게 공개하지 않고 일정한 절차에 따라 책을 빌려주는 도서관 운영 제도.

좋아하는 학생은 없었다.

"대단하네, 모모세."

난데없는 칭찬이 당황스러웠다. 다행히 가즈미 선생님한테는 들키지 않고 넘어간 것 같았다.

"스스로 일을 찾아서 하고, 나쁘지 않네. 나는 잘 못하지만."

가즈미 선생님은 농담처럼 말하고는 이부키 씨를 교무실이나 회의실로 불러내겠다고 말했다.

"이부키 씨를 내가 있는 곳으로 부르려니까 좀 긴장되는데."

"무서운 분이신가요?"

"무섭다기보다, 상당히 어려운 사이라서."

가즈미 선생님은 진지한 표정으로 중얼거리다가 내 얼굴을 보고는 정신을 차린 듯 평소처럼 미소를 지었다.

"그럼."

그러곤 인사와 함께 리드미컬하게 계단을 내려갔다.

*

사쿠타로한테 할 이야기가 많았지만, 막상 도서관 문 앞에 서니 꼼짝할 수 없었다. 그때 계단을 엄청난 속도로 뛰어 올라오는 발소리가 들렸다. 소리는 4층까지 올라와서도 멈추지 않더니 그대로 복도를 지나 점점 이쪽으로 다가왔다. 내가 놀라서 돌아봄과 동시에 발소리의 주인이 도서관 앞에 도착했다.

"실례지만, 점심시간에 도서관 열려 있나요?"

그 사람은 숨을 몰아쉬면서 큰 소리로 물었다. 키는 나보다 작지만 170센티미터는 넘어 보였다. 베이지색으로 염색한 개성적인 머리 스타일과 중성적인 얼굴 생김새와 체격으로는 성별을 구별하기가 어려웠다. 내 눈길을 사로잡은 건 차림새였다. 방금 목욕 마친 듯 큰 목욕 수건을 가슴 위부터 두르고 있었다. 수건 밖으로 살짝 드러나 있는 뾰족한 어깨는 가쁜 숨을 쉴 때마다 오르락내리락했다. 나는 당황해서 눈을 내리깔고 문을 열었다.

"열려 있어. 들어와."

나보다 먼저 뛰어 들어간 그 사람은 뒤따라 들어가려던 나를 답답하다는 듯이 잡아당겼다. 그런 뒤 문을 쾅 닫았다.

"저기요!"

나는 하마터면 넘어질 뻔했다. 갑작스러운 소란에 카운터에 있던 사쿠타로와 이부키 씨가 이쪽을 바라봤다.

"미안해요. 빨리 문을 닫고 싶어서."

머리를 푹 숙이며 사과하는 그 사람은 파란색 실내화를 신고 있었다. 노아고는 학년에 따라 실내화와 휘장에 사용하는 색이 정해져 있어서 1학년임을 알 수 있다. 덧붙이자면 올해 3학년은 녹색, 2학년은 붉은색이다.

"혹시 목욕탕에서 도망쳐 온 사람이야?"

사쿠타로가 정색하고 물었다. 나 같으면 발끈했을 텐데 1학년생은 얼굴을 붉히며 목욕 수건을 주섬주섬 들어 올렸다.

"죄송합니다. 밑에 운동복 반바지 입고 있어서 괜찮아요."

뭐가 괜찮다는 거지? 아마 그 자리에 있던 세 명 모두 마음속으로 이렇게 반문했을 것이다. 다만 아무도 그 말을 입 밖으로 꺼내지 않은 건, 학생의 목소리가 너무나도 가냘프게 떨리고 있었기 때문이다. 이부키 씨가 준비실로 가더니 비닐 포장지에 든 새 티셔츠를 가지고 나왔다.

"이 티셔츠를 입어. 도서관에 복장 규정은 없지만 목욕 수건만으로는……. 본인이 불편할 테니까."

1학년 학생은 들릴 듯 말 듯 한 목소리로 감사하다고 말하고는 티셔츠를 받았다. 이부키 씨가 준비실에서 갈아입도록 해요, 라고 일러줬다. 그 학생은 고분고분 따르며 문 너머로 사라졌다. 머지않아 붉은색 티셔츠와 학교 반바지 운동복을 입은 모습으로 나타났다. 목욕 수건은 가지런히 접어서 팔에 두르고 있었다.

"티셔츠는?"

"도서관에서 입을까 해서 가지고 왔는데……. 너한테 빌려줄게. 남성용 XL 사이즈라 잘 맞을 거야."

실제로 붉은색 티셔츠는 체격이 작은 1학년 학생에겐 너무 클 정도였다. 티셔츠 앞면에 있는 다섯 남자의 그림은 찌그러진 채 인쇄돼 있었다. 그림 밑에 꿈틀꿈틀 기어가는 듯한 필기체로 적힌 작은 영문 글자도 멋스러움과는 거리가 멀었다. 그래도 1학년생은 안심한 듯한 표정으로 머리를 숙였다.

"감사합니다. 그럼 잘 입겠습니다."

아까보다는 꽤 굵어진 목소리다. 겨우 한숨 돌렸다고 생각한 그때였다. 이번에는 계단 쪽에서 목소리가 울려 퍼졌다.

"요시키……. 요시키……. 어디 있는 거야?"

"요시키, 나와 봐……."

여러 명이 한 사람의 이름을 부르고 있었다. 분명히 사람을 찾고 있는 것이었다. 나와 사쿠타로 그리고 이부키 씨의 시선이 일제히 가까이 서 있는 1학년생한테 쏠렸다.

"학생이 '요시키'인가?"

사쿠타로의 물음에 1학년생은 경계하는 듯한 표정으로 고개를 끄떡였다.

"1학년 1반 29번, 나라 요시키입니다."

"좋아. 거기 숨어 있어. 뒷일은 우리가 잘 처리할 테니까."

사쿠타로는 망설임 없이 그렇게 말한 다음 카운터 밑을 가리켰다. 나라 군은 어리둥절한 듯 머리를 흔들었지만, 발소리가 가까워지는 걸 듣고는 이내 각오를 다지는 듯했다. 그러고는 카운터를 뛰어넘어 밑으로 들어갔다. 그러는 사이 떨어뜨린 목욕 수건은 이부키 씨가 잽싸게 집어 들고는 준비실 안으로 사라졌다. 딱히 할 일이 없었던 나는 안을 들여다보지 못하도록 카운터 앞에 장승처럼 우뚝 서서 방문자들이 오기를 기다렸다. 역시나 머지않아 문이 열렸다.

"실례합니다."라며 한 무리의 학생들이 안으로 들어왔다. 선두에 선 남학생을 따라 파란 실내화를 신은 열다섯 명 정도의 남녀 학생들이었다.

"네. 무슨 일인데요?"

맨 처음 들어온 남학생이 나의 녹색 실내화를 내려다보다가 서서히 시선이 올라오기 시작했다. 이내 자기보다 훨씬 높은 곳에서 내가 힐끗 흘겨보자, "그게." 하며 더듬거리듯 말했다. 대신 뒤에 있던 여학생이 물었다.

"반 친구를 찾고 있어요. 목욕 수건을 두른 1학년 남학생 못 보셨나요?"

"못 봤는데."

"이상하다. 도서관 말고는 도망칠 만한 곳이 없는 것 같은데."

고개를 갸우뚱하고 있는 나라 군의 반 친구들에게 사쿠타로가 다가갔다. 그러고는 뒤에 서 있는 학생들에게도 시선을 보내며 상 냥하게 물었다.

"이왕 도서관에 왔는데, 책이라도 빌려 갈래?"

"아, 아뇨. 우린 토댄 연습이 있어서."

1학년생들은 그러지 말고, 하며 자꾸 앞으로 나오는 사쿠타로를 상대하는 것이 성가신 듯 보였다.

"실례했습니다."

그들은 머리를 숙이고는 서둘러 도서관 밖으로 물러났다. 사쿠 타로는 '어때?' 하고 뽐내듯 뒤돌아섰다. 나는 사쿠타를 칭찬해 줄 지 말지 정하지 못하고 있었다. 바깥에서는 1학년생들의 목소리가 들려왔다.

"……봤지? 방금 그 사람 고쿠타로였지?"

"그래, 맞아. 고쿠타로가 도서 위원이었구나. 그거 흥미롭네."

말소리는 멀어지고 사라졌다. 나는 사쿠타로에게 아무 말도 할 수가 없었다. 사쿠타로는 그런 나를 동그란 눈으로 빤히 쳐다보다 1학년생의 이름을 불렀다.

"나라 군, 이제 괜찮아. 반 친구들 돌아갔어."

"감사합니다."

카운터 아래에서 불쑥 나온 나라 군은 베이지색의 머리를 둥글 게 매만지며 한숨을 쉬었다. 나와 사쿠타로의 시선을 느꼈는지 붉 은 티셔츠 옷자락을 만지작거리며 고개를 옆으로 홱 돌려 버리기도 했다. 몸짓은 여자애 같지만, 조금 내려간 입꼬리는 또 남자애 같기도 했다. 사쿠타로는 마치 나라 군과 교대하듯 다시 카운터 안으로 들어가서 입을 열었다.

"그래도 도서관에 왔는데 책이라도 빌려 가지 않을래? 대출 기간은 2주. 세 권까지. 다 못 읽으면 한 주 더 연장도 가능해."

나라 군의 반응이 미지근했다. 사쿠타로는 포기하지 않고 큰 소리로 말했다.

"학교에서 어디로 가 있으면 되는지, 무엇을 하면 되는지 모르거나 혼자 있고 싶을 때 도서관에 와서 빌린 책을 읽도록 해."

"빌릴게요."

나라 군은 바로 답했다. 그리고는 큰 티셔츠를 하늘거리며 책장을 향해 걸어갔다. 잠시 후 어깨가 처진 채 카운터 앞으로 되돌아왔다.

"저기……. 미안한데, 추천 도서 같은 거 있을까요?"

나는 동지여, 라고 마음속으로 외쳤다. 그렇지. 이런 방대한 책 더미 속에 던져지면 어찌할 바를 모르는 게 당연해. 세상엔 읽고 싶은 책이 늘 있는 인간만 살고 있는 건 아니라고. 사쿠타로는 "음……." 하며 머리를 가로젓더니, 이윽고 웃어 보였다.

"내가 재미있다고 생각하는 책은 얼마든지 소개해 줄 수 있지만, 오늘은 나라 군이 주체적으로 고르는 게 좋을 거 같아."

"하지만……."

나라 군은 눈살을 찌푸리며 책장 숲을 돌아봤다. 사쿠타로가 카운터를 나오더니 따라오라고 손짓했다. 나도 그들을 뒤따랐다. 아르바이트 리더의 일솜씨를 견학하는 새내기 아르바이트생의 마음

가짐으로.

사쿠타로가 제안한 것은 바로 도서 검색기였다. 나라 군이 검색기에 손을 가져다 대자 화면이 밝아졌다. 시작 메뉴로 '소장 도서 검색'과 '책 소믈리에'라는 두 개의 아이콘이 떴다. 사쿠타로는 어리둥절해하는 나라 군을 보고, "모모세 학생, 설명 부탁해요."라고 나에게 지시를 내렸다.

나는 살짝 긴장하고 나라 군 쪽으로 다가섰다. 어제 사쿠타로에게서 배운 검색기 사용법을 알려줘야 했다.

"무슨 책을 읽으면 되는지, 무슨 책을 읽고 싶은지 모를 때는 우선 '책 소믈리에'를 선택하는 거야."

설명을 들은 나라 군은 검색기를 조작했다. 화면이 바뀌고 첫 질문이 나타났다.

"세계는…… 다음에 오는 문장은 어느 것일까요?"

나는 질문을 소리내어 읽었다.

'아름답다', '암울하다', '자신의 것'이라는 세 가지 선택지를 두고, 나라 군은 망설이고 있는 듯 보였다. 그러더니 정답을 알려 주길 바라는지 내 얼굴을 힐끗힐끗 올려다보았다. 사쿠타로는 나를 데리고 돌아서서 나라 군에게 등을 보인 채 소리쳤다.

"우리는 안 볼 테니까 나라 군이 마음에 드는 답을 골라 봐."

사쿠타로는 그렇게 말하고는 나를 향해 "삼지선다 문제는 몇 개가 나올까요?" 하고 물었다.

"아마…… 세 개?"

"정답. 세 개야. 딱 세 개의 질문에 답하는 것만으로 노아고 도서관 소장 도서 3만 권 중에서 다른 누구도 아닌 자기 마음에 드는 한 권을 찾아낼 수 있어. 바로 이것이 우리 졸업생이 만들어 낸 독창적인 검색 시스템 '책 소믈리에'란 말씀."

사쿠타로는 여전히 나라 군에게 등을 돌린 채 자랑스럽게 말했다. 그러나 나라 군은 다른 각도에서 감동한 듯했다. 갑자기 목소리가 작아지더니 혼잣말로 빠르게 중얼거리기 시작했다.

"겨우 세 개의 질문으로? 그럴 리가. 그런 프로그래밍을 도대체 누가?"

나라 군은 말하던 중 무언가가 생각난 듯 놀라서 숨을 멈췄다. 나와 사쿠타로가 동시에 뒤돌아보자 나라 군은 소장 도서 검색기를 등지고 눈을 반짝이며 서 있었다.

"아까 우리 졸업생이 시스템을 만들었다고 했죠?"

"응. 대학교에서 컴퓨터 분야를 공부하던 선배가 연구인가 뭔가 하는 목적으로 만들었다고 했어. 사서인 이부키 씨가 알려줬어. 왜? 어려운 프로그램인가?"

"소스 코드를 안 봐서 확실하진 않아요. 뭐 프로그램 자체는 간단할지도. 하지만 3만 권이나 되는 데이터를 순식간에 선별하는 방법을 생각해 낸 발상과 지식이 엄청 대단하다 싶어서요. 혹시 그 졸업생, 미이케 마키오 씨 아닌가요?"

"어? 그 사람이 우리 학교 졸업생이라고?"

사쿠타로가 몸을 앞으로 내미는 동시에, 나는 "누구?" 하며 고개를 갸우뚱거렸다.

"미이케 마키오. 프로그래머이자 시나리오 작가 그리고 기획가라는 여러 방면에서 활약 중인 게임 제작자인데. 모른다고?"

사쿠타로는 답답하다는 듯이 나를 바라보았다.

"글쎄. 처음 듣는 이름인데. 꽤 유명한 사람인가?"

내 말에 나라 군과 사쿠타로는 낙담한 표정을 지었다.

"대부분 중고생은 알 텐데요? 유튜브 채널 구독자만 해도 100만 명 넘는데."

나라 군은 어이없다는 듯 말했다.

"그렇구나. 미안. 나는 그 분야는 잘 몰라서……."

내가 머쓱해하자 사쿠타로가 서둘러 수습했다.

"아니야, 흥미 없는 분야의 지식을 쌓는 게 오히려 드문 일이지. 나도 배구 선수의 이름이나 얼굴은 전혀 모르니까."

"그렇지?" 하고 사쿠타로가 나라 군에게 동의를 구했지만, 그는 듣고 있지 않았다. 조금 전과는 완전히 다른 사람이 된 듯 계속해서 열띠게 이야기했다.

"저는 사진부와 프로그래밍 동호회 양쪽에 참여하고 있어요. 미이케 마키오 씨는 프로그래밍 동호회 선배예요. 동아리 방에 그의 고교 시절 사진과 사인이 남아 있으니까 분명해요. 고등학생 때부터 프로그래밍 실력이 뛰어났다니까요."

"과연. 그리고 보니 '책 소믈리에'의 질문 자체가 재치 있고, 그에 대한 답변이 책의 복선이 되기도 하는 등 공을 들인 게 보이더라니. 마치 게임과도 같은 장난기가 느껴진다고나 할까. '책 소믈리에'를 만든 사람이 미이케 마키오라는 설은 꽤 설득력이 있네."

사쿠타로가 고개를 끄덕였다.

"실례지만, 이거 몇 번 해 봐도 될까요?"

나라 군은 들뜬 마음으로 검색기로 되돌아갔다.

"얼마든지."

나라 군은 책을 고르는 것이 아니라 미이케 마키오의 프로그래밍을 마음껏 즐기는 듯했다. 나는 둘을 상대하는 게 귀찮아져 카운터로 되돌아갔다. 멀리서 사쿠타로가 대화의 흐름을 계속 이어 갈 수 있도록 나라 군에게 자연스럽게 질문하는 목소리가 들렸다.

　"조금 전 여기 온 친구들이 나라 군을 위협하거나 괴롭혀?"

　나도 궁금한 질문이었다. 하지만 뒤돌아보고 싶은 걸 꾹 참고, 의자에 걸터앉았다. 그러고는 온 신경을 집중해서 나라 군의 대답을 기다렸다.

　"제가 아이들에게 왕따당하고 있느냐는 질문인가요?"

　"왕따라는 말은 너무 가벼워서 개인적으로는 좋아하지 않지만, 뭐 그런 셈이지."

　사쿠타로의 말이 끝나가도 전에 나라 군은 "아뇨."라고 딱 잘라 말했다.

　"그 친구들은 다 같이 체육 대회를 즐기고 싶어 해요. 애들이 저에게 상처를 주는 게 아니라, 오히려 제가 상처를 줄 것 같아서 도망친 거예요."

　"어? 아니, 미안. 그게 무슨 뜻이야?"

　망연자실한 사쿠타로의 목소리가 들려왔다.

　"토댄에서는 전교생이 분장을 하고 춤추잖아요?"

　"응, 그렇지. 각 반마다 주제를 정해서 그날 단 하루의 축제를 위해 의상이나 소품으로 쓸 종이 모형도 만들고 옷감 염색까지 구성원 모두가 담당해야 하니까 큰 부담이 되지. 하지만 반 구성원의 결속력도 강해지고, 고생한 만큼 그날을 즐기는 학생도 많으니까."

나라 군은 사쿠타로의 무미건조한 의견에 전적으로 동의하면서도, "하지만."이라고 운을 뗐다.

"우리 반 분장 주제는 '야구장'이에요. 야구 선수를 포함해 구장에서 일하는 사람으로 분장해서 춤추는 거거든요."

"지난 3년간 한 번도 못 본 주제인데? 재미있겠다."

사쿠타로의 말에 담긴 호감을 눈치챈 듯, 나라 군은 떨떠름한 표정을 지었다.

"많은 사람이 야구를 좋아하고 각 구단의 유니폼을 입는 것만으로도 알록달록 화려하게 보이니 나쁘지 않죠. 하지만 저는 맥주 판매원 분장을 해야 해서."

"맥주 판매원이라면 맥주 통을 짊어지고 관객석을 누비고 다니는 거?"

"실제 판매원의 복장이 어떤지는 모르겠지만, 저는 스커트에다가 크롭 티셔츠를 입고 배도 드러내야 해요. 여장하는 거죠."

"음."

어울리겠는데. 사쿠타로는 분명 그렇게 말하려 했던 것 같다. 하지만 나라 군의 얼굴을 보고는 차마 말할 수 없었겠지. 나는 카운터에 있다가 참다못해 뒤돌아봤다.

"여장은 싫어?"

나의 단도직입적인 질문에 나라 군의 시선이 흔들렸다. 미이케 마키오라는 선배 이야기를 할 때와는 하늘과 땅 차이일 만큼 어두운 표정으로 고개를 끄떡였다.

"싫죠. 평소에 여자로 자주 오해도 받았어요. 여성복을 입을 수 있는 체격인 데다 체육 대회 분장이라는 특수한 상황에서 사람들이 기대하고 있다는 것도 이해할 수 있어요. 그래도……."

나라 군은 말꼬리를 흐리고는 잠시 고민하더니, "재미있을 것 같은 생각이 전혀 안 들어요."라고 불쑥 내뱉었다.

"그래도 마음을 다잡으며 재봉틀로 옷을 만들고 화장품도 빌리며 준비했는데. 오늘 점심시간 때 반 아이들과 처음으로 준비한 의상을 입고 막상 춤추려고 하니…… 그럴 수가 없었어요. 그래서 수영 수업 때 사용한 목욕 수건으로 몸을 둘둘 말고 교실에서 도망친 거예요."

나라 군은 그렇게 말하고는 부끄러운 듯 어깨를 움츠렸다. 그 모습이 마치 어미를 잃은 어린 사슴 같았다.

점심시간 종료 5분 전을 알리는 예비종이 울렸다. 사쿠타로가 움찔하며 떨고 있는 나라 군에게 물었다.

"이제 어쩔 생각인데?"

"교실로 돌아가야죠. 반 아이들이 걱정할 테고, 의상도 맞춰 보지 못했으니까."

"여장하는 게 싫다고 말하면 안 돼?"

내가 견딜 수 없어 말참견을 했다. 사쿠타로가 째려봤다. 나라 군은 붉은 티셔츠의 옷자락을 붙잡고 한숨을 내쉬었다.

"뭐라고 말하겠어요. 다들 나쁜 뜻으로 그런 게 아닌데. 제가 괜히 문제를 일으켜서 반 분위기가 나빠지면 그건 또 그것대로 괴로운 일이잖아요."

나는 그렇구나, 하고 중얼거리고는 침묵했다. 여장이 싫다는 나라 군이, 남자가 여장하면 재밌겠다고 생각하는 반 아이들처럼 존중받았으면 좋겠다고 생각했다.

"그건 그렇고, 책 소믈리에 선택은 끝났어?"

사쿠타로가 화제도 목소리 톤도 싹 바꾸고는 갑자기 질문을 던졌다. 나라 군은 홀린 듯한 표정으로 긴 제목을 말했다. 사쿠타로는 고개를 끄덕이고 책장 쪽으로 달려갔다. 되돌아온 그는 『현관의 도어 스코프 구멍으로 비추어지는 빛 같은 모습으로 태어났을 터이다』라는 책을 들고 있었다.

"대출 중이 아니라 다행이다. 자, 여기 있어."

사쿠타로가 책을 내밀자 나라 군은 어리둥절해하면서 그것을 받아 들었다. 팔랑팔랑 페이지를 넘겨보던 나라 군의 눈이 휘둥그레졌다.

"이거, 시가집*이다."

"응. 두 명의 작가가 남자 고교생 입장이 되어 느낀 7일간의 일상을 표현한 거야."

사쿠타로가 책의 내용을 거침없이 설명했다. 나와 나라 군은 놀라움을 감추지 못했다.

"읽어 본 적 있어요?"

"딱 한 번. 신착 도서로 들어왔을 때 도서 위원의 '책 소믈리에' 태그 부착 때문에 읽었어. 작년 이맘때였던가. 이런 종류는 처음 읽어 봤는데 꽤 재밌더라."

사쿠타로는 "참고로 지금도 생각나는 시는……." 하며 한 수 읊어 보였다. 그때 나와 나라 군이 "우와!" 하는 목소리가 겹쳤다. 이내 나라 군은 책을 가슴에 안고, "읽어 볼게요."라고 중얼거렸다.

---

*시와 노래를 모아 엮은 책.

"대출하려면 학생증이 필요한데, 지금은 없지?"

사쿠타로가 웃었다.

"죄송합니다."

"그럼 번거롭겠지만, 정보 입력을 위해서 책이랑 학생증을 들고 방과 후에 다시 와 줄래? 대출한 뒤 토댄 연습하러 돌아가도 되고, 그대로 도서관에 있어도 되고."

사쿠타로는 반 친구들의 분위기에 휘둘릴 수도 있는 나라 군에게 장소를 제공해 주었다. 나라 군은 숨을 죽이고는 책과 사쿠타로를 번갈아 보더니 "알겠습니다." 하고 머리를 푹 숙였다.

나라 군이 나가기 전에 준비실 문이 열리더니 이부키 씨가 나왔다. 그녀는 나라 군에게 다가가더니 목욕 수건을 내밀었다. 이부키 씨가 등장한 타이밍을 봐서는 우리 대화를 엿듣고 있었던 게 분명하지만, 어색해하는 기색은 없었다.

"아, 실례했습니다. 그리고 고맙습니다. 티셔츠는 세탁해서 돌려 드릴게요."

나라 군은 사죄하랴, 감사해하랴 이래저래 바빴다.

"내부라는 게 어느 쪽인지 본인 스스로 판단 내리고 난 다음 기다려봐 주세요."

이부키 씨는 나라 군이 들고 있는 책을 가리키며 낮고 차분한 목소리로 읊었다.

"이건 내가 좋아하는 시. 나라 군 마음에 든 시도 알려 줘."

이부키 씨의 둥근 안경 렌즈에 오후의 햇볕이 부딪혀 반사되고 있었다. 나는 그 작은 무지갯빛을 바라보면서 입학 후 지금까지 도서관에 발을 들여놓지 않았던 나 자신을 질책하고 있었다.

*

　방과 후, 도서관에 도착했을 때 이부키 씨는 이미 교무실로 향한 다음이었다. 약속대로 가즈미 선생님이 부른 모양이었다.

　"이부키 씨한테 '고마워, 잘 부탁해요.'라며 준비실 열쇠를 건네받았는데, 어떻게 된 일이야?"

　사쿠타로가 의아하다는 표정으로 나를 맞이했다. 새삼 둘이 서로 마주 보게 되자, 사치가 알려준 소문이 생각났다. 거기에 1학년 생들이 우스갯소리로 말하던 '고쿠타로'라는 호칭도 머릿속에 몽실몽실 떠올라서 마음이 흐트러졌다.

　'나는 이 애를 도서 위원인 사쿠타로로 대하면 돼.'

　스스로 그렇게 타이르고는 입을 열었다.

　"우선 내가 발견한 것 좀 들어 봐."

　"발견?"

　"어제 밤새도록 『하늘을 나는 교실』을 읽어 봤더니, 세상에……."

　일단 하던 말을 멈췄다. 나는 어제 집으로 돌아갈 때부터 잠시도 손에서 놓지 않았던 『하늘을 나는 교실』을 펼쳤다. 그러곤 문제의 메모가 적힌 종이 쪼가리를 집어 올렸다.

　"여기서 말하는 '다 큰 개구쟁이들'이란 말이 책에도 나왔어! 김나지움 기숙학교의 5학년인 15세 주인공 다섯 명의 호칭이야."

　"그래서?"

　사쿠타로는 아무렇지도 않다는 듯 답했다.

　"어라? 사쿠타로도 혹시 알고 있었던 거야?"

　"『하늘을 나는 교실』은 나도 읽어 본 적 있으니까."

"뭐야. 그럼 처음부터 말해 줬어야지."

"아니, 바꿔 말하면 그것뿐이잖아. '방주'도 '토댄'도 그 책 속에는 안 나오니까. 굳이 말할 필요 있나 싶어서."

"아, 그러시겠죠. 별것도 아닌 걸 '발견'이라고 소란 피워 죄송합니다."

나는 힘이 확 빠져 버렸다. 그래서 카운터 뒤에 있는 준비실 문을 가리켰다.

"하지만 나는 더욱더 책을 반납한 사람에 관해 조사하고 싶어졌어. 그 사람이 적어 놓았을 암호 같은 메모의 의미도 말이야."

"그건 안 돼."

사쿠타로는 내 얼굴과 준비실 문을 번갈아 본 뒤 조급한 듯 말했다.

"모모세. 설마 진짜 대출 정보를 조사할 생각이야?"

"응. 진짜로. 그래서 가즈미 선생님께 준비실을 정리한다는 거짓말까지 했어. 그래서 이부키 씨와의 회의는 교무실에서 해 달라고 부탁한 거야."

나는 입을 떡 벌린 채 서 있는 사쿠타로의 손에 들린 준비실 열쇠를 손가락으로 가리켰다.

"그런 이유로 준비실 컴퓨터를 검색해 봐야 하니까 열쇠 넘겨 줘."

"모모세, 안 돼. 불가능한 일이야."

나는 사쿠타로의 말을 들으며 왼발을 조심히 디디며 다가갔다. 그러곤 그의 손에서 열쇠를 낚아챘다.

"사쿠타로는 아무것도 몰랐고 전부 내가 꾸며서 한 짓인 걸로 해 줘."

나는 말을 남기고는 준비실 문을 열고 들어갔다.

준비실은 생각보다 넓었다. 입구의 맞은편 벽 전면에는 도서관에 있는 것과 같은 대형 책장이 늘어섰다. 그 안에는 오래된 전집이나 잡지, 신문 축쇄판 등이 가득 채워져 있었다. 책장 앞에는 문서 파쇄기와 큰 책상이 보였다. 그 위에 책이나 서류들이 난잡하게 쌓여 있었다. 문방구류가 흐트러진 걸 보니 작업용 책상인 것 같았다.

준비실 안을 대충 둘러본 다음, 나는 블라인드가 내려진 붙박이 창 밑에 있는 컴퓨터 책상으로 향했다. 붉은 격자무늬의 천 덮개로 가린 노트북이 눈에 들어왔다. 이부키 씨가 손수 만들었을 천 덮개에 손을 뻗치던 순간이었다. 갑자기 사쿠타로가 앞을 가로막듯이 나타나서는 나보다 한발 앞서 천 덮개를 걷어치웠다.

"내가 할게."

사쿠타로는 나지막한 목소리로 말했다. 그런 다음 의자를 나에게 양보하고 자기는 일어선 채로 노트북을 열었다. 로그인 화면이 뜨자 잽싸게 비밀번호를 입력했다. 소프트웨어가 작동했다. 이윽고 데스크톱 화면이 나타났다. 사쿠타로는 아무 말 없이 연달아 화면을 클릭하더니 대출 정보 자료가 들어 있는 폴더를 손쉽게 열었다.

"찾았다!"

"기뻐하기엔 아직 일러."

사쿠타로는 폴더 안에 들어 있는 서류 정보 중 하나를 가리키며 말했다.

"이걸 열면 대출자의 정보를 알 수 있어."

"그렇구나. 그럼, 당장."

나는 사쿠타로가 가르쳐 준 서류 정보로 커서를 움직여 만반의 준비를 했다. 그러자 컴퓨터 화면 중앙에 하얀 빈칸이 나타났다.

"이거 뭐야? 어떻게 된 거지? 고장났나?"

내가 지금껏 컴퓨터를 다뤄 본 경험이라고는 숙제로 리포트를 쓸 때 부모님 걸 빌리거나 수업 시간에 학교 컴퓨터실에 비치된 걸 사용해 본 정도였다. 그래서 휴대 전화와는 다른 컴퓨터 시스템에 허둥댔다.

"잠금 설정이 돼 있는 거야."

사쿠타로가 짐짓 엄숙한 투로 말했다.

"뭐?"

"노아고 도서관의 보안 대책이지. 거기에 비밀번호를 입력하지 않으면 개인 정보가 담긴 서류는 열리지 않아. 그리고 비밀번호는 도서 위원들도 몰라."

"그럼, 비밀번호를 알고 있는 건 사서인 이부키 씨뿐?"

"가즈미 선생님이 알 수도 있지만, 결국 다 어른들뿐이야."

"그럼 어떻게 해? 너무해. 겨우 여기까지 왔는데."

내가 분개함과 동시에 낙담했다.

"그러니까 안 된다고 했잖아. 수수께끼 풀기가 쉬울 리 없지."

사쿠타로는 어깨를 으쓱했다. 나는 남 얘기하는 듯한 그의 말투에 화가 났다. 좀처럼 포기하지 못하고 키보드를 또닥거리면서 영어와 숫자를 적당히 조합해 보았다. 당연히 맞을 리 없었다.

"참, 비밀번호를 다섯 번 이상 틀리면 컴퓨터 전체가 잠겨 버리니까 조심해."

사쿠타로는 무미건조하게 한마디 던졌다. 나는 작은 비명을 지르고 키보드에서 얼른 손가락을 뗐다.

"이렇게 될 걸 알면서 너는 왜 굳이 컴퓨터를 켜 준 거야? 어째서 기대하도록 했냐고."

"말로 하면 멈추지 않을 테니까. 그러니 직접 보안 시스템을 체험하고 이해하도록 하는 수밖에."

"그러니까 남의 헛된 기쁨을 히죽거리며 바라보고 있었던 거로구나. 악취미네."

"히죽거린 적 없어. 그리고 애당초 남의 컴퓨터를 함부로 열어보겠다는 너한테 '악취미'라는 소리를 듣고 싶지 않은데."

말싸움이 심해지면서 목소리가 커졌다. 바깥에서 저기, 하는 가느다란 목소리가 들려왔다. 곧이어 준비실 문이 열리더니 나라 군이 빼꼼히 모습을 드러냈다.

"어, 음 너는 그……."

나라 군은 꾸벅 머리를 숙이고는 점심시간에 빌려 간 책과 학생증을 손에 들어서 보였다.

"나라 요시키예요. 이 책 대출을……."

"아, 응, 지금 해 줄게."

사쿠타로가 바로 나가려는데 나라 군이 입을 열었다.

"그거, 제가 풀까요?"

사쿠타로가 슬며시 나를 돌아봤다. 나는 의미를 알 수 없어 고개를 갸우뚱했다.

"풀다니, 뭘?"

"컴퓨터 비밀번호요."

나라 군은 내 앞에 있는 컴퓨터를 턱으로 가리켰다. 별일 아니라는 듯한 말투였다.

"아냐, 아냐, 아냐."

사쿠타로가 손을 얼굴 앞에서 크게 흔들었다.

"어디서부터 우리 이야기를 들었는지 모르겠지만, 이건 원래 들여다봐선 안 되는 서류라서……."

"그럼 부탁할게."

나는 사쿠타로의 말을 가로막고 나라 군에게 부탁했다. 나라 군은 성큼성큼 노트북 앞으로 다가오더니, 사쿠타로에게 학생증과 책을 건넸다. 그런 뒤 내가 앉아 있는 의자 옆에 서서 키보드를 향해 가느다란 팔을 뻗었다. 다음으로 눈을 감고 양쪽 손목을 돌리며 심호흡했다.

'참, 여장 문제는 어떻게 되었을까?'라는 생각이 문득 떠올랐을 즈음이었다. 이미 나라 군은 손가락을 바쁘게 움직이고 있었다. 컴퓨터 화면이 어두워지더니 이내 파래졌다. 또 조금 전까지 보였던 화면이 어느새 숫자와 영어로 교체되었다.

"세상에!"

사쿠타로가 비명이라고도 할 수 없는 소리를 질렀다. 나라 군은 조금의 미동도 없이 삐쭉 내민 입술로 휴 하고 숨을 내쉬었다. 긴 손가락들은 키보드 위에서 가볍게 튀어 올랐다. 컴퓨터 화면에 나열된 숫자에 잠시 생각에 잠기는가 싶더니 뭔가를 입력하고 지우고 또다시 뭔가를 입력했다. 나라 군은 겨우 3분 만에 비밀 번호를 알아냈다.

"자, 됐어요."

나라 군은 상체를 일으켜 옆으로 비켜섰다. 내 눈앞에 있는 컴퓨터 화면에는 세밀한 표로 가득 채워진 서류가 펼쳐졌다.

"잠금 해제 성공?"

"네."

"너 정체가 뭐야?"

사쿠타로의 질문에 나라 군이 머리를 살랑거렸다.

"사진부와 프로그래밍 동호회 멤버인 1학년 남학생이요."

"프로그래밍 동호회라는 건 전원이 해커라는 거?"

"이런 건 해킹 축에도 못 들어요. 미이케 마키오 씨는 재학 시절 어느 기업의 보안도 뚫었다던데. 앗, 물론 공개적인 실험에서 말이에요."

나라 군은 화면을 가리키며, "좀 더 복잡한 비밀번호로 하는 게 낫겠다."라고 태연하게 혼잣말했다.

"이제 평소대로 검색 기능을 사용하면 알고 싶은 정보를 찾아낼 수 있을 거예요."

"고마워, 나라 군. 정말 큰 도움이 됐어."

나라 군은 자신의 역할을 다했다는 듯 등을 돌려 자료실을 나가자 사쿠타로가 황급히 뒤쫓아 갔다. 자료실이 조용해졌다. 나는 소중한 기밀 서류의 정보를 날려 버리지 않도록 평소보다 두 배의 시간을 들여서 키보드를 치며 검색했다. 손바닥에 땀이 나서 몇 번이나 치마에 닦았다. 나는 『하늘을 나는 교실』을 읽으면서 멋진 어른의 모습을 그려 낸 소설이라고 느꼈다. 근데 그 책은 고전 명작이자 일반적으로 아동 소설 장르에 포함됐다. 대출 빈도는 3, 4년에 한 번 정도 있을까 말까여서 반납일이 빈칸인 항목도 많았다.

"뭔가 알아냈어?"

사쿠타로가 적절한 타이밍에 되돌아왔다. 나는 메모장에 적어 둔 기록을 내밀었다.

"지금으로부터 딱 10년 전인 9월 8일. 당시 3학년 5반이었던 사사노 고라는 학생이 책을 빌려 간 이후 반납하지 않았어. 그래서 다음 해 5월 신착 도서로 재구매한 거야. 사사노 학생이 반납하지 않을 것으로 생각해서 이부키 씨가 새 책을 구매한 거겠지."

사쿠타로가 꼴깍하고 침 삼키는 소리가 들렸다.

"그러니까 책에 끼워져 있던 메모는 사사노 학생이 남긴 걸 거야. 그와 연락이 닿을 수만 있다면 10년이나 지난 지금 왜 이 책을 도서관에 반납했는지 알 수 있지 않을까. 그리고 암호 같은 메모가 뭘 의미하는지도 알려 줄 텐데."

"너도 확신하는 건 아니구나. 애당초 어떻게 연락할 생각이야?"

"사쿠타로는 걱정이 많아. 해 보면 어떻게든 된다니까. 이것 봐. 개인 정보도 결국 알아냈잖아."

나는 사쿠타로의 쓴소리를 흘려듣고, 휴대 전화를 꺼냈다.

"의외로 드문 이름이라서 검색해 보면 나오지 않을까? 본명으로 SNS 같은 거 하고 있으면 좋겠다."

나는 곧바로 휴대 전화 검색창에 이름을 입력했다. 검색 결과는 열 건. 예상대로 적었다. 그중 아홉 건은 사사노 기미히로, 사사노 기미하루, 사사노 구루미와 같은 이름이었다. 나머지 한 건만 긴 문장 속에 '사사노 고'가 여기저기 언급되어 있었다.

"이게 뭐지?"

나는 휴대 전화에 얼굴을 가까이 대고 말했다. 목소리가 쉬어 있는 게 느껴졌다. 그러곤 사쿠타로에게 휴대 전화를 건넸다.

"남자 고등학생 사사노 고 군(18)이 구출되어 병원으로 옮겨졌지만, 얼마 후 사망한 것으로 확인되었다. 현장은 시에서 건설한 도로로……. 읽을 수 있는 건 이 부분뿐이구나."

사쿠타로는 아무 말 없이 한 번 훑어보고는 다시 소리 내 읽기 시작했다.

"응. 전문을 읽고 싶어서 링크를 따라 들어가 봤는데 기사는 이미 삭제됐고, 캐시에만 남아 있어서……."

"근데." 하며 나는 사쿠타로에게 매달렸다.

"이 사사노 고가 그 사사노 고인 걸까?"

"뭐?"

"사사노 학생이 『하늘을 나는 교실』을 반납하지 못한 이유가……. 이걸까?"

그 순간 사쿠타로의 얼굴에 여러 표정이 나타나더니 이내 사라졌다. 이윽고 고개를 푹 떨구고는 작은 목소리로 "아마도."라고 중얼거렸다.

"대출해 간 사람의 사망으로 인해 도서관 책이 반납되지 않았다. 그래서 이부키 씨가 다음 연도에 바로 같은 책을 구입했다. 이러면 이해가 돼."

나는 책상에 올려 두었던 책을 손에 쥐고, 떨리는 마음으로 꼼꼼하게 확인했다. 어떠한 사건이나 사고에 휩쓸린 사사노 고의 뜻밖의 죽음 옆에 있었던 책이라기엔 너무나도 깨끗했다. 어쩌면 사고 당일 집이나 다른 장소에 두었는지도 모른다. 그렇다면 여기서 의문이 생긴다.

"고3이었던 사사노 학생이 도서관에 『하늘을 나는 교실』을 반납하지 못한 채 사망했다면, 누가 10년 동안이나 책을 보관하다가 올해 갑자기 반납하러 온 걸까? 왜 다시 돌려주려고 한 걸까? 사사노 학생의 유족이 반납한 것이라면 학교 측에도 알렸을 텐데."

"수수께끼가 쉽게 풀린다면 고생 안 해도 되겠지. 우선 우리가 찾고 있는 사사노 본인에게 무슨 일이 있었는지…… 그것부터 분명히 알아보는 게 어떨까?"

사쿠타로는 유난히 조용한 목소리로 말하고는 반대편 벽에 줄지어 선 책장 쪽으로 향했다. 그가 멈춰 선 곳은 신문 축쇄판을 모아 둔 선반 앞이었다. 사쿠타로는 뒤돌아서서 도전적인 눈빛으로 나를 보았다.

"아까 검색되었던 문장은 아마 신문 기사겠지? 인터넷으로 더 이상 찾을 수 없다면 지방 소식지에서 찾으면 돼."

"맞다. 종이에 인쇄된 매체도 있지, 참."

"우리 도서관에는 약 20년 전까지의 신문 축쇄판이 남아 있어. 이부키 씨가 돌아올 때까지 그 책의 대출일 이후부터 차례대로 살펴보자. 서둘러."

나는 즉시 책장 앞으로 다가가서 사사노 학생이 『하늘을 나는 교실』을 대출해 간 해의 9월 축쇄판을 끄집어냈다.

9월 16일 석간신문, 나는 드디어 기사의 전문을 찾아냈다.

16일 오전 8시경, 쓰즈미시 모리노메 5번가. 도로의 옹벽이 무너지면서 토사가 흘러내렸다. 사람이 깔렸다는 119 신고가 있었다. 급히 달려간 소방대원에 의해 남자 고등학생 사사노 고 군(18)이 구출되어 병원으로 옮겨졌지만, 얼마 후 사망한 것으로 확인되었다. 현장은 시에서 건설한 도로로, JR 쓰즈미역으로부터 북동쪽으로 약 1.5킬로미터 떨어진 주택가에 위치해 있다. 근처에 거주하는 한 여성(47)의 이야기에 따르면, 이 길은 가까이에 있는 초, 중학교 학생들의 주요 통학로라고 한다. 그래서 옹벽 쪽의 보도를 따라 도로로 통학하는 학생들이 많다고 전했다. 사고가 일어난 시각은 등교 시간이었지만, 사사노 군 외에 다친 사람은 없었다.

고라이 지방 기상청에 따르면, 현장에서 가까운 미미사와시 관측소에서는 13일 이후의 강우는 관측되지 않았다고 한다.

그날의 지방 석간신문 기사 중에서는 꽤나 큰 토픽이었던 듯 사진까지 첨부되어 있었다. 쓰즈미, 고라이, 미미사와 등 우리 학교 통학권 내에 있는 마을 이름들이 연달아 나와서 마음이 뒤숭숭해졌다.

"책을 빌린 사람은 분명 이 사사노 학생이야."

사쿠타로가 말했다.

"근데 사고가 전혀 기억에 없어. 쓰즈미시는 내가 사는 하마가이시 옆인데."

나는 고개를 끄덕이고는 중얼거렸다.

"10년 전이면 우리가 초등학교 2학년 때였으니까. 모모세도 그땐 반경 30미터 안이 세상의 전부였던 거 아니야?"

사쿠타로가 엄지손톱을 물어뜯으며 말하더니, 이내 내 시선을 의식하고는 급하게 입에서 손을 떼었다.

"일단 사사노 학생이 10년 전 사망했다는 건 알아냈지만 다음은 어떻게 할 건가요, 명탐정?"

사쿠타로가 노골적으로 빈정거리는 어조로 물었다. 나는 애가 타는 마음에 다시 한번 신문 기사로 눈을 돌렸다. 죽은 사사노 학생에 관해 잘 아는 사람의 이름을 유추할 수 있지 않을까 싶어서다. 다시 기사를 읽었지만, 소용없었다. 매치 포인트인가? 싫은데. 이렇게 금방 게임을 끝내고 싶지는 않다. 역전할 수 없어도 좋다. 하다못해 시간이라도 벌고 싶다. 내 눈동자가 흔들리기 시작한 그때였다. 책장에 가지런히 늘어서 있는 대형 서적이 보였다.

"사쿠타로! 저기 진열돼 있는 거 이전 졸업 앨범이지?"

"그렇긴 한데. 사사노 학생을 보고 싶은 거야?"

사쿠타로가 눈살을 찌푸렸다. 나는 고개를 흔들었다.

"사사노 학생은 이미 세상에 없잖아. 그 사람에게 사연을 듣고 싶어도 그럴 수가 없지. 그러니까 사사노 학생 대신 대답해 줄 친구를 찾아내면 어떨까 하는데."

"친구라."

사쿠타로는 한숨을 내쉬며 책장을 따라서 옆으로 이동했다. 노아고 졸업 앨범은 개교 이래 한 해도 빠짐없이 모두 보관하고 있다고 한다. 나는 만약을 위해서 신문 기사를 휴대 전화로 찍어 둔 뒤 축쇄판을 책장에 다시 돌려놓았다.

"10년 전에 고3이었다면 33기니까……."

사쿠타로는 조금의 주저함도 없이 한 권의 앨범을 끄집어냈다. 3학년 전체 반 수는 지금과 같은 여덟 반. 나는 사사노 학생의 대출 기록에 남아 있던 3학년 5반 페이지를 먼저 찾아봤다. 하지만 그의 이름은 없었다.

"앨범 연도는 틀리지 않아. 근데 사정이 있어서 재학 중에 제적당한 학생도 생각해야 해. 사사노 학생이 들어가 있지 않은 것도 그런 이유 때문일까?"

고개를 갸우뚱하고 있는 내 마음을 읽었는지, 사쿠타로가 덧붙였다.

나는 사사노 학생이 졸업 앨범에 없다는 걸 알면서도 다시 한번 5반 페이지를 들여다보았다. 그리고 "으악!" 하고 소리를 지르고 말았다. 사쿠타로는 깜짝 놀라 가슴에 손을 얹은 채 비틀거렸고, 도서실에 있던 나라 군도 "괜찮아요?" 하며 뛰어 들어왔다. 내가 생각한 것보다 소리가 컸나 보다.

"아, 미안."

"도대체 무슨 일?"

"가즈미 선생님이 5반에 있어서 완전 놀랐지, 뭐야."

나와 사쿠타로는 마치 홀린 듯 앨범을 들여다봤다. 나라 군도 가까이 다가왔다.

"진짜네. 가즈미 선생님, 우리 학교 졸업생이었구나. 전혀 눈치 못 챘다……."

사쿠타로가 중얼거리며 입술을 깨물었다. 나는 얼굴이 창백해진 사쿠타로에게 진정하라며 다독였다.

"선생님이 학생들한테 말한 적 없을 거야. 나도 들은 적 없고."

"비밀주의인가. 그건 그렇고, 외모는 지금이랑 똑같네."

나라 군이 기가 막힌다는 듯이 말했다. 앨범 속 가즈미 선생님은 머리색과 스타일이 지금과는 다소 달랐다. 그 외에는 확실히 체격이나 분위기는 20대 후반인 지금과 같은 인상을 풍겼다. 가즈미 선생님은 교복 상의 단추를 멋지게 풀어 헤친 채 카메라를 향해 자연스럽게 웃고 있었다.

"와, 완벽한 고교생 모습이네."

나는 감탄하면서도 고교 시절 가즈미 선생님의 웃음이 지금처럼 복잡해 보이지 않는 것에 왠지 모르게 안도감이 들었다.

"가즈미 선생님한테 여쭤보자. 사사노 학생이나 이 책에 관해 뭔가 알 수 있을지도."

"그럴지도 모르겠네."

사쿠타로가 순순히 동의했다. 나는 마음이 한결 든든해졌다.

이번에는 우리가 내팽개친 앨범을 혼자서 들추고 있던 나라 군이 "와아!" 하고 소리쳤다.

"이번에는 또 뭐야? 33기 졸업 앨범은 도깨비 상자라도 되나?"

사쿠타로의 말에 나라 군은 얼굴을 붉히며 고개를 숙였다.

"죄송해요. 미이케 마키오 씨가 있길래."

"정말? 어디?"

"6반에요."

이번에는 세 명이 함께 머리를 맞대고 앨범을 들여다보았다. 미이케 마키오라는 이름 위에는 은테 안경을 낀 남학생 사진이 있었다. 그의 얼굴엔 크고 발그스레한 여드름이 가득했다. 불량한지, 착실한지 사진으로는 도무지 알 수 없는 무뚝뚝한 표정이다.

"이게 누구야?"

"완전히 딴 사람인데요?"

"아니, 너무 개성적이잖아."

평소 게임을 좋아하는 두 사람은 인터뷰 등에서 현재의 미이케 씨를 본 적이 있는 듯했다. 아무래도 현재 그의 외모는 가즈미 선생님과 달리 크게 변했나 보다.

"10년 전에 고3이었다면 아직 20대네? 나는 틀림없이 30대 후반 정도인 줄."

"저는 무려 40대라고 믿었는데."

나라 군은 또다시 페이지를 넘기다가, 이윽고 시골 하늘인가 싶을 만큼 반짝반짝 빛나는 눈으로 나와 사쿠타로를 번갈아 봤다.

"가즈미 선생님과 미이케 마키오 씨는 같은 위원회 소속이에요. 그렇다면 둘은 아는 사이일지도. 대단하다."

"그거 도서 위원회 얘긴가?"

나는 나라 군이 들고 있는 앨범을 빼앗듯이 낚아채서 들여다보았다. 사쿠타로도 몸을 앞으로 내밀었다. 도서 위원회 소개 페이지에는 분명히 키 크고 홀쭉한 체형의 잘생긴 남학생과 그와 비슷한 체형의 개성파 남학생이 나란히 앉아 있었다. 학생들 옆에는 학교 사서인 이부키 씨도 있었다. 이부키 씨는 지금과 전혀 달라진 게 없어 보였다.

'도서 위원 중에는 재미있는 애들이 많으니까······.'

문득 가즈미 선생님이 한 말이 떠올랐다. 나는 "진짜네." 하며 수긍했다. 가즈미 선생님과 미이케 씨 이외의 위원들도 어딘지 모르게 개성 넘치는 인물들로 모여 있을 것 같았다.

"두 사람이 모자라네."

옆에 있던 사쿠타로가 사진에서 좀처럼 눈을 떼지 않은 채 중얼거렸다. 단체 사진에 찍힌 3학년 도서 위원 수를 세어 보니, 정말

열네 명밖에 없었다. 도서 위원은 한 반에 두 명씩 선출되니 여덟 반이면 당연히 열여섯 명이 있어야 했다.

"단체 사진 찍는 날 혹시 지각이나 결석 아닐까? 아니, 그보다 정보를 줄 수 있는 사람이 이렇게 가까이에 있다는 걸 알게 되다니, 운이 좋네."

"가즈미 선생님을 말하는 거야?"

"그래. 같은 반이었다면 사사노 학생이 어떤 사람인지, 교우 관계가 어땠는지 알 거 아냐. 또 도서 위원이었으면 사사노 학생한테 『하늘을 나는 교실』을 대출해 준 장본인일 수도 있고."

"예측과 사실이 다를 수 있잖아."

사쿠타로가 어이없다는 듯 말했다. 옆에서 나라 군이 가느다란 손을 팔랑거리며 들어 올렸다.

"저기, 괜찮다면 저에게도 그 이야기를 들려주실 수 있나요?"

사쿠타로는 망설였다.

"알려 줄게."

하지만 나는 협력자가 많을수록 좋다고 생각했다. 설명은 사쿠타로에게 맡겼지만 말이다.

그렇게 나라 군에게 어제부터 있었던 일을 전부 털어놓았다. 그러곤 나와 사쿠타로는 허둥지둥 준비실을 치우기 시작했다. 기꺼이 공범자가 되겠다는 나라 군에게도 도움을 받았다.

작업대에 쌓인 책을 나란히 정리하고, 문방구류를 모아서 가지런히 두었다. 준비실을 어느 정도 치우고 나서 바닥을 쓸고 책상 위와 책장을 걸레로 닦았다.

"미안해, 나라 군. 책 읽을 시간을 빼앗아서."

"아니에요. 기분 전환돼서 좋았어요."

나라 군은 가련하기 그지없는 미소를 띠었다.

"의상에 관해서는 반 애들한테 얘기했어?"

나는 참고 참았던 그 질문을 결국 던지고야 말았다.

"아뇨, 아직. 좀처럼……. 오늘은 몸 상태가 안 좋다며 도서관으로 도망쳐 왔어요."

나라 군은 우리한테도 혹시나 혼날까 봐 굳어 있었다. 그래서 곧바로 화제를 바꾸어 봤다.

"그 머리색 좋아. 멋져."

"실은 우리 누나가 미용실 보조 스태프예요. 교칙을 어기는 일이 아니라면 커트나 염색을 연습할 수 있게 도와달라고 졸라서. 그래서 제 머리 스타일이랑 색이 자주 바뀌는 편이에요."

착하다고 느꼈다. 나라 군은 자기가 양보할 수 없는 것이 무엇이고, 또 자기에게 소중한 사람이 누구인지 알고 있는 듯했다.

"나는 도망가는 것도 삶의 지혜라고 생각해. 누군가에게 휘둘리지 않고 요령 있게 피해 가는 거지. 내키지 않는다면 굳이 반 애들한테 일일이 설명하지 않아도 되지 않을까?"

사쿠타로도 같은 생각이었는지 나와 대화할 때보다 몇 배는 더 상냥하게 말했다.

"그렇죠. 그래도 가능하면 토댄에는 참가하고 싶어요. 그 의상만 안 입어도 된다면 기쁘게 참가할 텐데……."

나라 군은 그렇게 말한 뒤 입술을 깨물었다.

이부키 씨가 교무실에서 돌아왔다. 나라 군이 반 친구들한테 들키지 않도록 전교생이 하교하는 오후 6시 30분보다 한 시간 일찍 귀가한 뒤였다.

"고마워."

이부키 씨는 준비실 문을 열고 안을 한 바퀴 삥 둘러봤다. 그런 다음 카운터에 있던 우리에게 말하며 허리를 굽혔다. 그 순간, 노트북을 함부로 열어 봤다는 죄책감이 갑자기 밀려오면서 몸이 움츠러들었다. 준비실 청소도 부실했다. 때문에 이부키 씨와 도저히 눈을 마주칠 수가 없었다.

"오늘 대출은?"

이부키 씨는 사쿠타에게 어제와 같은 질문을 했다.

"한 권뿐이에요. 책을 대출한 1학년생은 조금 전까지 여기서 책 읽고 있었고요."

"계단에서 마주친 남학생인가? 점심시간에도 왔던……."

"네. 나라 요시키."

이부키 씨는 동그란 안경을 반짝이면서 미소 지었다.

"잘됐네. 도서관은 열려 있다는 데에 의의가 있는 거지."

그 목소리는 기쁜 듯 살짝 들떠 있었다. 이부키 씨의 섬세한 감정이 어제보다 한층 더 와 닿았다. 나는 10년 전 졸업 앨범에 실려 있던 지금과 똑같은 이부키 씨의 모습이 떠올랐다. 도서관이라는 한 장소에서, 어지러울 만큼 많은 학생이 들어오고 나가는 모습을 지켜보는 일이 얼마나 대단한 것인지도 새삼 느꼈다.

*

사쿠타로는 오늘도 학교 남쪽 건물 출입구까지 함께 움직였다.

아마도 내 왼발이 완전히 낫지 않아 자칫 잘못해서 계단에서 굴러 떨어지지는 않을지 지켜봐 주고 있는 것 같았다. 그 의무감에 가까운 친절이 고마우면서도 학교에 아직 남아 있는 학생들도 많았기 때문에 남들 시선이 신경 쓰였다.

"그럼, 오늘은 여기서."

내가 신발장에서 로퍼로 갈아 신고, 사쿠타로에게서 멀어지려던 찰나였다. 어디선가 떠들썩한 목소리가 들려왔다. 그와 동시에 얼굴이 굳어 버린 사쿠타로는 소리가 들리는 쪽을 바라봤다. 나도 자연스럽게 그쪽으로 시선을 옮겼다.

출입구에 나타난 것은 일명 '체실'이라 불리는 체육 대회 실행 위원회 멤버였다. '체실'은 학교 행사 중에서도 가장 인기 있는 체육 대회 행사를 담당했다. 위원은 매년 학생들 사이에서 암묵적으로 인정받아 뽑힌 사람들로 구성된다. 간단히 말하면, 전교생에게 얼굴과 이름이 알려져 있을 정도의 '인싸'인 것이다. 그 무리의 한가운데에서 주변 학생들의 말에 쾌활하게 맞장구치고 있는 에모리를 발견했다. 나는 "앗!" 하는 소리를 내지르고 말았다. 그 소리가 어찌나 컸는지 체실 위원들이 말을 멈추고, 눈을 돌렸다. 거기에는 멋쩍게도 나와 나란히 선 사쿠타로가 있었다. 그들의 시선은 당연한 듯이 나를 건너뛰고 사쿠타로에게 쏠렸다. 사쿠타로는 얼굴이 새빨개진 채 쓴웃음을 지었다. 그것은 최근 이틀 동안 내가 사쿠타로에게서 단 한 번도 본 적 없는 표정이었다.

"어, 수고."

사쿠타로는 그렇게 말하고는 한 손을 어색하게 들었다. 엉터리 로봇 댄스 같은 어정쩡한 몸짓이 웃겼는지 아니면 '고쿠타로'의 소문을 알고 있어서였는지. 체실 무리로부터 비웃는 듯한 웃음소리가 터져 나왔다. 그러나 에모리는 웃음기 없는 표정으로 "수고."라고 말하며 가볍게 머리를 숙였다. 무뚝뚝한 말투였지만 목소리가 예뻐서 쌀쌀맞게 들리진 않았다. 나는 좋겠다, 하고 감탄했다. 그때 에모리가 또렷이 나를 응시했다.

"너는 그 여자 농구의……"

아마 키가 큰 인간에 대해 일반인이 예상할 법한 동아리인 농구나 배구 중에서 착각했나 보다.

"여자 배구부 모모세 가논. 3반 도서 위원 대신 이번 한 주간 도서 담당을 하고 있어."

내가 정정하기도 전에 사쿠타로가 답해 버렸다. 에모리는 그런 거 물어본 적 없다는 표정이었다. 눈살을 살짝 찌푸리더니 사쿠타로에게로 시선을 옮겼다. 나보다 키가 10센티미터나 작은 사쿠타로를 바라볼 때도 작고 뾰족한 턱이 살짝 올라갔다. 에모리는 확실히 키가 작아 보였다. 155센티미터도 안 되는 건 아닐까. 가냘픈 몸매는 실제보다 그 사람을 더욱 작아 보이게 하는 효과가 있다. 저렇게 예쁜 소녀가 똑바로 올려다본다면 남학생은 물론 여학생도 예쁘다고 느끼겠지. 어지간한 소원은 다 들어주고 싶을 거야. 나는 고데기로 완벽하게 말린 에모리의 윤기 있는 긴 머리를 보면서 생각했다. '에모리 같은 여학생이야말로 가논이라는 이름이 어울릴 만한 사람이지.'라고 말이다.

에모리가 사쿠타로와 시선을 마주친 시간은 3초도 채 안 된 것 같았다.

"내일 체육관 연습은 어느 반부터?"

에모리는 별안간 뒤를 돌아보더니 체실 위원들과 대화를 다시 시작했다. 그러자 체실 무리는 마치 나와 사쿠타로 따위는 처음부터 없었던 것처럼 굴었다. 잠시 후 자기들끼리 계속 웃으며 이야기하고는 신발을 신더니 출입구 밖으로 나가 버렸다. 하지만 나는 알고 있었다. 사쿠타로 앞을 지나갈 때 에모리는 주변 친구들에게도 들리지 않을 정도의 목소리로 "그럼, 이만."이라고 말했다. 사쿠타로는 당황해서 뭔가 대답하려 했지만 그럴 틈은 주어지지 않았다. 에모리는 그대로 걸어 나갔다. 자리에 덩그러니 남겨진 사쿠타로의 어깨가 쓸쓸한 듯 축 처졌다.

"사쿠타로, 너무 티 난다."

나는 그 모습이 견딜 수 없어 먼저 입을 열었다.

"뭐가?"

"에모리를 향한 애정이."

"애정인 걸까?"

사쿠타로는 나의 지적에 당황하거나 부끄러워하지 않았다. 그냥 고개를 갸우뚱했을 뿐이다. 그러고는 긴장이 풀린 얼굴로 나를 향해 돌아섰다.

당연한 것처럼 사쿠타로와 나란히 걷기 시작했다. 왼발이 온전하지 않은 나보다 사쿠타로의 걸음이 더 느렸다.

"고쿠타로 소문, 알고 있어?"

사쿠타로가 마치 남의 일처럼 물었다.

"오늘 들었어."

나는 솔직하게 답하며 끄덕였다.

"그렇구나."

사쿠타로는 발걸음을 멈추고 눈을 깜박깜박하면서 연못을 들여다보았다. 연못 속 시꺼멓게 흔들리는 수면에 비친 사쿠타로의 얼굴은 일그러지고 찌부러졌다. 그러다 이내 울고 있는 것처럼 보였다. 나도 모르게 옆에 있는 그의 옆모습을 확인할 뻔했지만, 황급히 멈췄다.

"에모리와는 초등학교부터 계속 같은 학교에 다니고 있어."

"그럼, 소꿉친구라는 건가?"

내 물음에 사쿠타로는 쉰 듯한 웃음소리를 냈다.

"글쎄. 집은 같은 동네지만 근처는 아니야. 같은 반이 된 건 초등학교 2학년과 4학년. 하지만 뭐랄까, 그 애는 굉장히 특별해."

"알 것 같아. 자세히 보니 고백하고 싶을 만큼 특별한 느낌이 있던 걸."

나는 내 맞장구가 뜻밖에도 아니꼬운 것처럼 들렸을 수도 있겠다는 생각에 놀랐다. 하지만 한번 내뱉은 말은 주워 담을 수 없었다. 사쿠타로는 화내지 않고 그저 겸연쩍은 듯 머리를 긁적일 뿐이었다.

"에모리는 알다시피 나와는 다른 세계로 가고 있어. 그러니 내 마음을 알리지 않으면 그 아이의 시야에 들어갈 수조차 없겠지."

"그런……."

슬픈 소리 하지 마, 라고 말할 뻔했다. 나도 사쿠타로가 무슨 말을 하고 싶은지 안다. 학교라는 큰 그릇 안에는 마치 잡탕인 것처럼 보이는 여러 가지 것들이 뒤섞여 있다. 그렇지만 자세히 들여다보면 사실 여러 막으로 나뉘어 있다. 이 막은 투명해서 시야가 밝고 막 안의 소리도 서로 잘 들린다. 하지만 이동은 쉽지 않다. 같은 막 안에 들어가는 자들은 취미, 동아리, 혹은 외모와 같은 기준으로 선별된다. 막으로 인해 일상생활에는 가벼운 압력이 작용하기도 한다. 압력은 서로 견제하게 만들고 한편으로는 스스로를 자제시키기도 한다. 거기에 나와 사쿠타로가 체육 대회 실행 위원회에 들어가려는 생각조차 하지 않은 일도 전부 그 가벼운 압력 탓이다.

한편 에모리는 당연하다는 얼굴로 무리의 한가운데를 차지하고 있다. 사쿠타로가 막의 종류가 자기와 너무나도 다른 에모리의 시선을 한순간이라도 잡아 두고 싶다면, 고백과 같은 과감한 행동을 하지 않으면 안 되는 것이다.

"아니, 그렇다고 해도."

나는 머리를 긁적였다.

"매년 고백이라니……. 강심장인걸."

무심코 가볍게 던진 말인데 사쿠타로의 얼굴은 일그러졌다. 심하게 상처받은 듯 우는 것 같으면서도 웃는 얼굴이 되었다.

"진짜 강심장이라면 고백 이외에도 할 수 있는 일이 있을 텐데."

이윽고 쥐어짜듯 내뱉은 사쿠타로의 말은 나를 향한 비난이나 반론이 아니었다. 스스로에 대한 반성이었다.

사쿠타로는 팔에 앉은 모기를 짓눌러 죽이고는 연못에서 멀어졌다. 그리고 그대로 교문을 향해서 걸어가기 시작했다. 나는 그를 도저히 따라갈 수가 없었다. 발이 움직이질 않았다.

'……고백 이외에 할 수 있는 것이란 뭘까?'

나는 혼란스러웠다. 사쿠타로는 한 번도 뒤돌아보지 않은 채 순식간에 멀어져 갔다. 바람을 품은 하얀 셔츠의 등은 차츰 멀어지며 '혼자 있게 해 줘.'라고 외치고 있었다.

*

하교 시각이 훨씬 지나서인지 지하철 승강장에 학생들은 보이지 않았다. 대신 선생님들이 여기저기 눈에 띄었다. 나는 가능한 등을 굽힌 채 어두운 곳으로만 걸어 겨우 승강장 끄트머리로 이동했다. 이 시간에 가는 이유를 설명하긴 귀찮았다.

아까 연못에서 사쿠타로가 했던 말과 그의 마음에 관해 생각해 봤다. 답은 알 수 없었다. 아무튼 어지간히 넋이 나가 있었던 모양이다. 내일 도서관에서 사쿠타로와 만나기 전에 어떻게든 마음을 가다듬어야 할 텐데. 그런 생각을 하고 있을 때였다. 갑자기 들려오는 익숙한 목소리.

"7시 30분까지는 도착할게."

나는 흠칫 놀라서 주변을 둘러보았다. 승강장의 하얀 불빛 아래에 자판기와 벽 사이로 가느다란 몸을 밀어 넣은 듯 서 있는 형체가 보였다. 얼굴은 보이지 않았지만, 키와 몸집만으로도 가즈미 선생님이란 걸 금방 알 수 있었다.

"내가 역 앞에서 사 갈 테니까. 알았어. 기다려 줘."

통화 중인가 보다. 학교에서 보여 주는 친근한 말투와는 다른 차원의 편안한 어투였다. 나는 조금 거리를 두려 했지만, 그 전에 인기척을 느낀 가즈미 선생님이 뒤돌아보았다.

"어, 그럼, 있다가."

그러고는 눈을 희번덕거리더니 허둥지둥 통화를 마쳤다.

"엿듣고 그러지 마라, 모모세."

"듣고 싶지 않아도 들리는걸요. 가즈미 선생님이랑 사랑하는 사모님과의 달콤한 대화."

딱 알아맞혔나 보다.

"일부러 구석까지 와서 통화하고 있었는데."

가즈미 선생님은 노골적으로 불쾌하다는 얼굴을 했다.

"저도 선생님들 피해서 굳이 승강장 끄트머리에 온 거예요."

"도서 준비실 청소하는 데 이렇게 오랜 시간이 걸린 거야?"

가즈미 선생님은 손목시계를 힐끗 쳐다보았다.

"뭐, 그런 셈이죠."

미적지근한 답변이었지만, 덕분에 사사노 사건이 생각났다.

"가즈미 선생님, 노아고 졸업생이시던데요?"

"그걸 어떻게?"

가즈미 선생님은 아까보다도 크게 눈을 희번덕거렸다. 그건 놀랐다기보다는 겁먹은 표정에 가까웠다. 나는 도서 준비실 졸업 앨범을 보다가 알게 되었다고 사실대로 말했다.

"노아고 도서 위원이었으면 옛날부터 사서인 이부키 씨와도 아시던 사이라는 거죠?"

"그렇지 뭐. 내가 말했잖아. 이부키 씨한테는 경외심이 있다고. 내가 도서 위원이던 시절에 여러 가지 실수를 저지른 걸 알고 계신 분이야. 그래서 지금도 머리를 들 수 없고."

"그때의 실수를 기억한다면, 당시의 기억도 남아 있겠네요?"

나는 천연덕스럽게 핵심을 파고들었다. 내 심장이 두근거리고 있다는 걸 아는지 모르는지, 가즈미 선생님은 "글쎄." 하며 능청스럽게 답했다.

"예를 들면 고3 체육 대회 전에 도서 당번을 하셨는지 안 하셨는지 라든가."

"콕 집어서 얘기하네."

"같은 반 사사노 학생에게 『하늘을 나는 교실』을 대출해 주셨는지 어떤지."

"너무 구체적인데? 도서 당번 활동 중에 무슨 일 있었어?"

가즈미 선생님의 얼굴에서 평소의 미소가 완전히 사라졌다. 그 대신 시험 감독할 때와 같은 예리한 눈매로 나를 내려다보았다.

"실은 어제 이 책이 도서관 카운터에서 발견되어서……."

나는 메고 있던 가방을 내려 그 안에서 책을 꺼냈다.

"조사해 본 결과, 책은 10년 전 사사노 학생한테 대출된 다음 반납되지 않고 분실 처리된 『하늘을 나는 교실』이더라고요."

"분실되었던 책이 10년 만에 돌아왔다는 이야기야?"

"네. 가즈미 선생님도 같은 반이어서 아시겠지만, 책을 대출한 사사노 학생은, 그러니까 10년 전에 불의의 사고로 사망했어요."

"내가 빌려준 거 아니야."

가즈미 선생님은 본인에게 쏠린 나의 시선이 의미하는 바를 이해한 듯했다. 그렇지만 고개를 가로저었다.

"그러세요? 그럼, 사사노 학생 대신 반납할 만한 사람으로 혹시 짚이는 인물이라도 있으세요?"

"네가 그걸 알아서 뭐 하려고? 무슨 의미가 있는데?"

"모르겠어요. 의미가 없을 수도 있죠. 하지만 책을 발견한 당사자라서 그런지 신경 쓰여요. 불행인지 다행인지 이번 체육 대회에는 참가하지 못하니까. 수수께끼를 풀 시간 정도는 있거든요."

나는 그렇게 말하고 메모를 끄집어냈다. 그러곤 가즈미 선생님을 불빛 아래로 유인한 뒤 그것을 건넸다.

"방주는 필요 없어. 다 큰 개구쟁이들아, 토댄을 부숴 버려……."

가즈미 선생님은 메모를 술술 읽었다.

"책 속에 10년간 쭉 끼워져 있었던 것 같아요. 사사노 학생 본인이 쓴 거 아닐까요? 당시 같은 반으로서 이 메시지에 대해 뭔가 짐작 가는 거라도……."

"없는데."

가즈미 선생님은 내 말을 단칼에 자르듯 즉답했다. 그때 일반 열차의 도착을 알리는 방송이 흘러나왔다. 가즈미 선생님은 직통 열차를 기다린다고 했다.

"수고하셨음다."

나는 왠지 안도하며 동아리에서 쓰는 인사를 했다. 잠시 후 미끄러지듯 들어온 열차에 올라타려 하자, 등 뒤로 가즈미 선생님의 목소리가 들렸다.

"모모세, 준비실에서 몰래 조사 같은 것만 하지 말고 청소도 제대로 해 두렴. 이부키 씨가 진짜 기뻐하시던데."

아무래도 내 새빨간 거짓말이 전부 탄로 나 버린 것 같았다. 나는 황급히 뒤돌아서서 닫히는 문 너머로 다시 한번 고개를 푹 숙여 인사했다. 가즈미 선생님 얼굴은 무서워서 쳐다볼 수가 없었다.

*

수요일의
소장 도서 검색

*

점심시간, 동아리 복장이나 체육복을 입은 학생들로 꽉 찬 교내를 걸어 도서관으로 향하고 있었다. 뒤에서 사쿠타로가 따라붙더니 내 옆에 나란히 섰다.

　"어제는 여러 가지로 미안."

　'여러 가지'라는 말에 온갖 감정이 함축돼 있음이 느껴졌다. 나는 "아냐, 아냐, 아냐."라며 어제 사쿠타로가 한 것처럼 손을 크게 흔들어 보였다.

　"나야말로 미안."

　사쿠타로는 대답하지 않았다. 우리는 서로 상대의 눈을 쳐다보지 않은 채 계속 걸어갔다. 창밖에서는 지금까지 살아남은 매미가 울고 있었다. 이대로 대화가 끝나 버리는 건 너무 어색하단 생각이 들었다. 나는 다급히 화젯거리를 찾다가 어제 귀갓길에 가즈미 선생님과 만났던 일을 말해 주었다.

　"너는 또 혼자서 멋대로 행동하네."

　온순한 태도를 유지하던 사쿠타로가 금새 눈살을 찌푸렸다.

"일부러 그런 건 아니야. 어쩌다가 가즈미 선생님이랑 맞닥뜨렸어. 사사노 학생에 관한 것만이라도 물어볼까 했는데."

"그래서? 결국 가즈미 선생님에게서는 아무런 정보도 얻지 못했잖아. 역으로 우리가 준비실 컴퓨터에 무단 침입해서 정보를 빼낸 것만 들통났잖아. 일방적으로 우리가 불리한 상황이 된 거라고. 가즈미 선생님이 이부키 씨한테 고자질하면 어쩔 생각이야?"

"가즈미 선생님은 고자질하지 않아."

내가 큰 소리로 잘라 말하자, 사쿠타로는 머쓱한 듯 눈을 깜빡거렸다.

"가즈미 선생님은 노아고 도서 위원이었어. 그때도 학교 사서는 이부키 씨였고."

"응. 그래서?"

"상상해 봐. 만약 사쿠타로가 10년 후 노아고 선생님이 되었어. 이부키 씨는 그때까지 사서로 일하고 있고. 도서 위원 학생이 사서의 컴퓨터를 들여다봤다는 걸 알았을 때 그걸 이부키 씨한테 말할 수 있을까?"

"……두려워서 말 못 하지."

"바로 그거야. 지금 사쿠타로가 이부키 씨한테 느끼고 있는 두려움이나 존경심 같은 거리감은 가즈미 선생님도 여전히 가지고 있을 테니까 괜찮아."

나는 말끝에 엄지손가락을 치켜세웠다.

우리는 계단을 천천히 올라가다 도서관 문 앞에 누군가의 그림자가 드리워져 있는 것을 보았다. 그와 동시에 사쿠타로가 당황하며 뛰어갔다.

"미안해. 지금 열게."

"아, 아뇨. 괜찮아요."

상대는 말총머리를 흔들거리며 고개를 숙이고는 사쿠타로보다 한층 더 미안해했다. 뒤이어 문 앞에 다다른 나에게도 고개를 숙였다. 여학생은 개성이 강하지 않은 이목구비에 볼이 살짝 발그스름한 소박한 분위기를 풍겼다. 실내화는 붉은색. 2학년이었다. 나와 사쿠타로처럼 교복을 입고 있어서 체육 대회 준비에는 참여하지 않는 건가 하는 쓸데없는 걱정을 하고 말았다.

문을 열고 먼저 도서관에 들어간 사쿠타로는 창문을 조금 열어서 바람이 통하게 했다. 그런 다음 에어컨 전원을 켜고, "들어와." 하며 정중하게 고개를 숙였다.

여학생은 더위 같은 건 별로 신경 쓰지 않는 모습이었다. 허리를 꼿꼿하게 펴고 독서 구역으로 향하더니, "열어도 되나요?"라며 사쿠타로에게 양해를 구했다. 그리고 하얀 커튼을 젖히고 창가 자리에 털썩 앉았다. 여학생은 등을 쭉 편 채 고개만 돌려서 창밖을 바라봤다. 책을 빌리지도 반납하지 않았다. 또 자신이 가지고 있던 책이나 자습 도구 같은 것들도 책상에 펼칠 생각도 없어 보였다. 그냥 멍하니 감색 바다만 응시했다.

나는 여학생에게 눈을 뗄 수가 없었다.

"이용자를 그렇게 빤히 쳐다보지 마."

사쿠타로는 헛기침하며 내 주의를 끌었다.

"쟤 어디선가 본 적 있는데."

"그야 당연히 있겠지. 불과 2개월 전에 전교생 앞에서 연설했으니까."

사쿠타로의 힌트에 나는 손뼉을 쳤다.

"아, 그렇구나. 새로운 학생회장이다!"

내 목소리는 동아리 활동으로 길들어 부주의하게 컸다. 때문에 여학생의 머리카락이 크게 흔들리더니 이쪽을 돌아봤다. 나는 미안하다는 뜻으로 가볍게 고개를 끄덕였다. 사쿠타로가 얼굴을 잔뜩 찌푸렸다.

"학생회장은 도서관에 자주 와?"

나는 한껏 작은 목소리로 말을 걸었다.

"정기 고사 전에 자습실로 이용하는 정도……."

사쿠타로는 급히 말을 멈추었다. 학생회장이 머리칼을 흔들며 카운터로 다가왔다. 나와 사쿠타로는 파이프 의자에 앉아 있다가 동시에 일어섰다.

"도서관이 이렇게 한가했었나요?"

학생회장의 첫 마디였다.

사쿠타로는 한순간 말문이 막히는 듯했지만, 금세 노련한 도서위원의 표정을 되찾았다.

"이번 주는 체육 대회 준비를 위한 특별 주간이니까."

학생회장은 그제야 납득한 듯 고개를 끄덕이고는 조금 전 자신이 응시하던 창문으로 시선을 던졌다.

"늘 이런 상태라면 매일 오고 싶어서요."

"하하. 늘 이런 상태라면 우리도 한가해서 좋긴 하지."

사쿠타로가 나름 고심 끝에 한 농담이었다. 학생회장은 정색한 얼굴로 가볍게 무시하고는, 독서나 자습을 하지 않아도 도서관에 있을 수 있냐고 물었다.

"붐빌 때는 곤란하지만, 오늘 같은 경우는 전혀 상관없어."

"다행이다."

겨우 웃음을 되찾은 학생회장이었다.

"도서관에서 바라보는 바다 멋지지?"

나도 말을 걸었다.

"여기라면 마음껏 멍때릴 수 있을 것 같아요."

그 말을 끝으로 학생회장은 앉았던 자리로 돌아갔다. 그러곤 바다를 바라보기 시작했다.

"꽤 피곤해 보이는 모습이야."

나는 사쿠타로에게 속삭였다.

"노아고 사상 첫 여자 학생회장이라며 주변에서는 멋대로 떠들고 있대. 취임 후 처음으로 치르는 큰 행사인 체육 대회도 다가오고 있으니 심리적인 압박이나 스트레스로 힘들지 않을까?"

노아고 학생회 선거는 매년 여름 방학 전인 7월에 열린다. 동아리 활동과 마찬가지로 이 시기에 3학년 임원들은 은퇴한다. 1, 2학년 임원들만으로 학교생활을 유지해 나가는 것이다. 사쿠타로는 카운터 위에 색 도화지를 얹어 연필로 초안을 작성하기 시작했다.

"그게 뭐야?"

"게시물 만들기. 소위 POP 광고라는 거. 서점 같은 곳에서 본 적 있지 않아? 점원이 손수 만든 책 광고."

"아, 상품 추천하는 거? 도서관에서도 하는구나."

"너나 나라처럼 자기가 어떤 책을 읽고 싶은지 몰라서 난처해하는 학생이 생각보다 꽤 많은 것 같아서. 전에 이부키 씨가 해 보라고 권했거든."

도서 위원들은 원래부터 책 읽기를 좋아하는 학생들로 구성됐다. 그래서 이부키 씨의 제안을 기꺼이 받아들였다. 그때부터 매달 주제와 담당자를 정해서 추천 도서를 일곱 권 정도 소개하는 POP 광고를 만들고 있다고 했다.

　"10월은 '가을 청춘 특집'이라는 주제야. 학교를 무대로 한 청춘 소설을 소개하려고 해. 마침 체육 대회가 끝난 직후잖아. 2학년은 수학여행도 앞두고 있어서 학교생활을 그린 소설에 흥미를 느끼는 학생들이 많지 않을까 해서."

　사쿠타로는 그렇게 말하며 카운터 위에 책을 한 권 올려놨다.

　"『문화제 어클락』 이건 문화제 이야기?"

　"물론. 이 제목에 체육 대회 이야기가 나오면 당황스럽겠지. 나도 10월 특집 주제가 정해진 이후에 처음 읽은 책이야. 문화제가 펼쳐진 당일이 배경이고 여러 학생과 다양한 공연이 나와. 문화제의 견본서와도 같은 책이지. 추리 소설인 만큼 '문화제를 생중계하는 DJ의 정체는 누구?'라는 수수께끼로 마지막까지 눈을 뗄 수 없는 이야기였어."

　사쿠타로는 내가 듣고 있건 말건 혼자 장황하게 이야기를 늘어놨다. 그러다 갑자기 입을 다물고는 머리를 쓰다듬었다.

　"……뭐, 이런 느낌의 추천 글을 쓸까 하는데."

　"괜찮네. 읽고 싶어졌어."

　"진짜?"

　사쿠타로가 기쁜 듯 웃었다. 나는 고개를 끄덕이고는 책을 별로 안 읽는 학생 대표로서 조언했다.

　"추천 글이 너무 길어지지 않도록 조심만 하면 되겠네. 기본적으로 세 줄 이상 넘어가면 읽고 싶지 않으니까."

"세 줄까지밖에 안 읽는다고?"

"나는 그래. 아주 노력하면 열 줄 정도?"

사쿠타로는 떨떠름한 얼굴을 하고는 팔짱을 꼈다. 이윽고 동그란 눈을 반짝이면서 악의 없는 태도로 "아, 초등학생들의 흥미를 끌어내듯이 쓰면 되는구나."라고 외쳤다. 나는 사쿠타로의 발을 힘껏 밟았다.

그로부터 5분 정도 지나자, 나라 군이 모습을 나타냈다. 오늘도 긴 제목의 시가집을 안고 있었다. 그는 우리를 보고 안도한 듯 미소 지으며 카운터로 다가왔다.

"빌려 간 책은 어때?"

"사무쳐요."

나라 군은 푸른 학급 티셔츠 밖으로 드러난 가느다란 팔로 책을 꽉 끌어안았다.

"몇 번이나 다시 읽고, 특히 마음에 드는 부분은 따로 적어 놓기도 하고……. 저 자신이 이런 행동을 할 거라고는 생각도 못 해 봐서 신선해요. 이 책, 살까요?"

그런 말을 들으니 왠지 나도 그 책을 읽고 싶어졌다. '나라 군이 반납하면 빌려 볼까?'라고 생각하던 찰나였다.

"그럼, 그것도 가을 청춘 특집에 넣어야겠다."

사쿠타로가 선언했다. 그는 나라에게도 도서 위원들이 만드는 POP 광고 이야기를 했다.

"나중에 시가집에서 추천하고 싶은 부분 알려 줘."

덧붙여 부탁도 했다. 나라 군은 "적어 올게요."라며 승낙했다.

나라 군을 알게 된 지 얼마 되진 않았지만, 어지간한 부탁은 순순히 들어줬다. 협동심이 있으며 호기심도 왕성한 남학생인 것 같았다. 그런 그가 완강하게 거절해서 반에서 고립됐다니. 결국 도서관으로 도망칠 수밖에 없었던 '여장'이란 건 여간 골칫거리가 아니었을 것이다. 나라 군은 체육 대회에 참가하고 싶고, 반 친구들과 같이 토댄에서 춤도 추고 싶다고 했다. 그의 바람을 알고 있는 만큼 나 역시도 애가 타긴 마찬가지였다.

*

도서관 문이 열렸다. 이부키 씨가 점심 식사를 마치고 돌아왔다. 어제 가즈미 선생님과의 일도 있고 해서, 나와 사쿠타로의 몸이 굳어졌다. 이부키 씨는 카운터를 향해 걸어오더니, 창밖을 보고 있는 학생회장과 시가집을 팔랑팔랑 넘기고 있는 나라 군을 만족스러운 듯 바라봤다. 그런 다음 사쿠타로가 연필로 초안을 쓰기 시작한 POP 광고를 내려다보며 두어 번 정도 고개를 끄덕였다. 마지막으로 나를 봤다. 이부키 씨의 동그란 안경 속 두 눈은 재빨리 화젯거리를 찾으려는 듯 좌우로 흔들렸다. 이윽고 초점이 맞았나 싶더니, 조용히 물었다.

"모모세, 『하늘을 나는 교실』은 다 읽었어?"

"아, 네. 대충은."

내가 이렇게 애매하게 답한 이유는 '다 읽었으면 반납해 줄래?'라는 소리를 듣고 싶지 않았기 때문이다. 하지만 이부키 씨는 몇 번이나 고개를 끄덕이고는 이렇게 물을 뿐이었다.

"다섯 명의 다 큰 개구쟁이 중 누가 가장 인상 깊었을까?"

"다 큰 개구쟁이들."

메모에 인용된 『하늘을 나는 교실』에 나오는 말이 그대로 언급되다니. 나도 모르게 따라 말했다.

"그래. 글재주가 좋아서 연극 대본을 쓰는 요니, 그림에 뛰어난 소질이 있고 정의로운 마르틴, 주먹이 센 마티아스. 그리고 그의 친한 친구이자 진지한 성격의 소유자인 몸집이 작은 울리, 이지적이고 냉소적인 제바스티안…… 정의 선생님이라든가 금연 선생님과 같은 주변 어른들은 이들 다섯 명에게 애정을 담아서 '개구쟁이들' '산적들' '장난꾸러기들'이라고 불렀지."

나는 이부키 씨의 자세한 설명에 고개를 끄덕이며 생각에 잠겼다. 분명히 작품 속에서는 '개구쟁이'나 '장난꾸러기'로 묘사돼 있었다. 하지만 나에게는 모두 '착한 아이'로 보였다. 각각의 갈등이나 고민거리가 상당히 알기 쉽고 진지했으니까.

나는 소년들의 올곧은 희로애락이 눈부시고 순진하게 느껴졌다. 덕분에 책을 다 읽고 나서는 상쾌한 기분마저 들었다. 10대의 마음속에 깃든 추한 심정 같은 건 현실 세계만으로도 족하니까. 게다가 착한 아이들이 대단원을 장식하는 것을 순수하게 기뻐하는 나 자신을 발견하고는 다행이다 싶었다. 명작이라고 불리는 소설은 읽는 사람의 마음까지도 반듯하게 해 주는 건지도 모르겠다.

나는 고심 끝에 다섯 명 중 가장 배려심 많고 마음 씀씀이가 바른 제바스티안을 택했다. 그리고 문득 흥미가 생겨서 사쿠타로한테도 같은 질문을 해 봤다.

"나는 울리."라는 즉답이 돌아왔다.

"각각 사랑스러운 개성을 가진 다섯 명의 다 큰 개구쟁이들에 관한 좋은 이야기였어."

이부키 씨는 화제에 마침표를 찍었다.

"맞아. 보기 싫은 녀석이 하나도 없었어요."

나는 그렇게 인정하면서 조금 전에 들은 '다 큰 개구쟁이들'이라는 말에 주의를 기울였다. 다시 생각해 보니 신경 쓰이는 건 그 부분이 아니었다는 걸 깨달았다.

"다섯 명. 이 부분이야."

나의 말에 사쿠타로와 이부키 씨는 고개를 갸우뚱했다.

'토댄을 부숴 버려!'라고 사사노 학생은 메모에서 부추겼다. '다 큰 개구쟁이들'은 사사노 자신을 포함한 다섯 명의 누군가를 가리키는 것인지도 몰랐다. 뭔가 내용이 겹치지 않으면 굳이 소설에 나오는 말을 빌리거나 하지 않았을 테니까. 이부키 씨가 '다섯 명은 누구였을까?'라며 상상하는 나를 흘긋 곁눈질했다. 그러곤 카운터 선반에 놓인 프린트를 챙겨 들고는 준비실로 들어가 버렸다.

POP 광고 작성에 몰두하기 시작한 사쿠타로에게 말을 걸기란 쉽지 않았다. 나는 카운터에 서서 할 일 없이 따분했다. 그러다 몸을 반쯤 돌려서 이쪽을 살피던 학생회장과 눈이 마주쳤다.

"왜? 뭐 도와줄까?"

내가 먼저 말을 걸었다.

"왠지 책이 조금 읽고 싶어져서요."

학생회장은 작은 목소리로 그렇게 말하고는 나라 군을 눈으로 가리켰다.

"저 학생이 유난히 재미있게 읽고 있는 것 같아서."

학생회장은 지금 책을 읽고 싶긴 한데 딱히 읽고 싶은 책이 떠오르지 않는다고 고백했다. 나는 도서 검색기 앞으로 안내했다. 학생회장은 서점에서 책을 찾을 때 도서 검색기를 사용해 본 적이 있다며 당황한 표정을 지었다.

"방금 말했듯이 전 찾고 싶은 책이 구체적으로 없는데……."

백문이 불여일견. 나는 학생회장에게 말로 설명하기 전에 먼저 도서 검색기를 작동시켰다. 시작 메뉴에 표시된 '소장 도서 검색'과 '책 소믈리에' 중 후자를 클릭했다.

"책 소믈리에라니. 와, 뭔가 나왔네? '자유롭게 헤엄칠 수 있다면 당신은 어떤 수영을 할까?' 어, 이거 질문인가요? 책하고 무슨 관계가?"

"1번 자유형. 2번 자신 있는 수영법. 3번 새로운 수영법을 만들어 본다."

나는 답으로 제시된 세 가지 항목을 소리내어 읽었다. 머릿속으론 '나라면 어떤 걸 택할까?' 하고 생각에 잠기기도 했다.

"이게 뭐죠?"

학생회장은 망연자실한 표정으로 올려다봤다.

"노아고 도서관의 소장 도서 검색기는 서점에 있는 것과 달라."

나는 '책 소믈리에'란 독자의 기분이나 목적에 맞춰서 추천 도서 목록을 보여 주는 검색 기능이라고도 전했다.

"겨우 세 개의 삼지선다 문제로 3만 권이라는 장서 중에서 지금 학생회장에게 딱 맞는 책을 추천해 주는 거지."

"정말요?"

학생회장은 아직도 믿지 못하는 모습이었다.

"덧붙이자면 저 학생이 지금 읽고 있는 책도 어제 그가 직접 책 소믈리에한테 추천받은 책."

나는 최후의 일격으로 나라 군을 가리켰다.

"······자유형."

학생회장은 삼지선다 첫 번째 질문에서 1번을 클릭했다. 나는 학생회장을 검색기 앞에 남겨 둔 채 카운터로 돌아갔다. 잠시 뒤 학생회장이 한 권의 책을 손에 들고 왔다. 『화성 이야기』라는 제목이었다. 표지의 삽화를 보니 나도 흥미가 생겼다.

"재미있겠다."

그 책에 대한 나의 첫인상을 알렸다. 학생회장은 기쁜 듯 고개를 끄덕였다.

"이 작가의 책은 중학생 때 독서 감상문용으로 한 번 읽은 적 있어요. 무척 재미있었거든요. 그래서 기대돼요."

나는 학생회장의 학생증을 받아 들고 이름이 가사하라 미도리코라는 것을 알게 되었다. 선거 때 이름을 들었던 적이 있는 것 같았지만, 잊고 있었다. 그러고 보니 나는 학생회실이 어디에 있는지도 모른다. 이렇게 여러 가지를 모른 채 고교 생활이 끝나 버릴 수도 있다는 느낌이 들었다.

"미도리코 학생은 왜 학생회장이 되고 싶었어?"

문득 흥미가 생겨서 물었다. 학생회장은 당혹스러운 표정으로 나를 바라보았다.

"사실 되고 싶다고 생각한 적은 한 번도 없어요. 모두가 권했고, 딱히 거절할 이유도 없어서 그냥······."

"우리 학교 첫 여자 학생회장이 그냥 됐다? 굉장하잖아."

내 말에 학생회장은 쓴웃음을 지으며 고개를 가로저었다.

"아뇨. 그렇게 착각하는 사람들이 많은데, 저는 두 번째 여자 학생회장이에요. 이전에도 한 분 계셨다던데……. 앗, 그보다 소장 도서 검색기에서 숨겨진 기능을 발견한 거 같아요. 도서 위원님들도 알고 있나요?"

"숨겨진 기능? 그게 뭐야?"

사쿠타로가 연필로 쓴 초안을 컬러 펜으로 덧쓰면서 대꾸했다. 학생회장이 잘못 본 거라고 단정한 건지 아니면 대수롭지 않은 일이라고 여겼는지 시선은 계속 도화지를 향해 있었다.

"도서 검색할 때 특정 책 제목을 검색창에 입력했더니, 결과가 나오기 전에 일단 다른 페이지로 넘어가더라고요. 거기서 그 책 소개 페이지 같은 게 나오던데요."

"엑스트라 스테이지가 있다는 거야?"

게임에 익숙한 사쿠타로의 표현이었다. 학생회장도 금세 알아들었다는 듯 고개를 끄덕였다.

"네, 맞아요. 엑스트라 스테이지. 바로 일반 검색 화면으로 바뀌어 버려서 전체 문장을 다 읽지는 못했지만요."

"그런 얘기는 이용자들한테 한 번도 들은 적 없어. 나도 경험해 본 적 없는데. 버그 아닐까? 아, 버그라는 건 프로그램의 결함이란 뜻이야."

사쿠타로는 그제야 고개를 들고 학생회장을 보았다.

"분명 의도하고 짜 넣은 프로그램일 거예요. 엑스트라 스테이지가 있는 소설책 수가 상당히 한정돼 있어서 그동안은 잘 발견되지 않았던 거겠죠. 책에 관한 소개를 수작업으로 하나하나 작성하는 거니까 도서관 소장 도서 전체를 작업하긴 힘들지 않을까 싶은데."

학생회장은 기죽지 않고 사쿠타로를 똑바로 바라보며 고개를 절레절레 흔들었다. 말에는 꽤 설득력이 있었다.

"책 소믈리에를 통해 『화성 이야기』를 추천받았어요. 그러다 문득 작가의 다른 책도 도서관에 비치돼 있나 알고 싶더라고요. 그래서 『꼴사나워도 괜찮습니다』를 검색했더니 엑스트라 스테이지로 넘어갔어요. 다른 책이나 다른 작가 것도 입력해 봤지만, 엑스트라 스테이지는 나오지 않았어요. 이게 그 증거예요."

미도리코는 휴대 전화를 켜서 검색기 화면을 찍은 사진을 보여 주었다. 화면이 흔들린 것은 급하게 찍은 탓이라고 했다. 정말로 한 번도 본 적 없는 녹색 배경에 책 소개문이 적혀 있었다. 분명히 그 책을 읽었음을 알 수 있는 감상이 포함된 문장이었다. 사쿠타로는 그걸 보고도 여전히 고개를 갸우뚱했다. 나는 나라 군을 불러왔다. 프로그래밍 동호회 소속인 그에게 학생회장이 찍은 검색기 화면 사진을 보여 줬다. 이런 엑스트라 스테이지를 만드는 게 가능한지 궁금했다.

"가능해요. 단, 만들기 귀찮은 데다 이용자가 혼란에 빠질 수 있으니까 보통은 안 하겠지만."

나라 군은 흥미롭게 화면 사진을 바라본 뒤 딱 잘라 말했다.

"그 말은 노아고의 검색기가 보통이 아니란 얘기인가요?"

학생회장이 질문했다.

"네. 우리 도서관 검색 프로그램은 천재 게임 제작자 미이케 마키오 씨가 대학 졸업 연구로 개발하신 거니까요. 이런 장난스러운 부분도 그다지 신기할 건 없죠."

나라 군은 기쁜 듯이 몸을 앞으로 내밀었다.

"하."

학생회장이 애매하게 맞장구를 쳤다. 그런 학생회장의 반응에 나라 군은 조금 불만스러운 표정을 지었지만, 검색기에 관심이 더 커졌는지 자기도 시도해 보고 싶다고 나섰다. 하지만 때마침 점심시간 종료를 알리는 예비종 소리가 났다. 바깥에서 학생들이 교실로 되돌아가는 왁자지껄한 소리가 들려왔다. 학생회장이 가볍게 고개를 숙이고는 급히 도서관을 뛰쳐나갔다. 나라 군도 상당히 아쉬워하면서 다음 시간이 교외 체험 학습이라며 도서관을 나갔다.

"안 갈 거야?"

사쿠타로가 꼼짝도 안 하고 제자리에 서 있는 나를 불렀다.

"딱 한 권. 꼭 확인하고 싶은 책 제목이 있어."

그 말만으로도 사쿠타로는 이해한 것 같았다. 준비실 문 위에 걸려 있는 시계를 흘끗 쳐다보더니 발걸음을 돌려 검색기 앞으로 향했다.

"너는 계단을 천천히 내려가야 하니까 그 시간도 고려해야지."

"네, 네. 알고 있어."

나는 가슴이 벅차오르는 걸 진정시키느라 진심으로 걱정해 주는 사쿠타로의 말을 흘려들었다.

검색 프로그램을 만든 사람도 도서 위원이었다. 이는 사사노 학생이 『하늘을 나는 교실』을 빌렸을 당시 도서 당번이었을 가능성이 있다는 걸 의미한다. 도서관을 얼마나 자주 이용했는지는 모르겠지만, 서로 얼굴을 아는 사이일 가능성도 있다.

나는 검색기의 '책 소믈리에'가 아닌 '소장 도서 검색' 쪽을 클릭했다. 화면이 바로 바뀌더니 비어 있는 검색창이 떴다. 거기에 저자명, 제목, 출판사, 주제 등 뭐든 떠오르는 키워드를 입력하면 결과화면으로 넘어가게 되어 있었다.

『하늘을 나는 교실』

나는 조금의 망설임도 없이 제목을 입력했다. '검색'이라고 표시된 버튼에 마우스를 가져다 댔다. 뒤에서 사쿠타로가 크게 숨을 들이쉬는 소리가 들렸다. 나도 숨을 멈추고 클릭했다. 기도할 시간도 없이 화면이 쓱 바뀌었다. 이윽고 녹색 배경이 나타났다.

"해냈다. 엑스트라 스테이지야."

기뻐할 사이도 없었다. 첫 두 줄이 눈에 들어온 순간 모든 생각이 멈췄다.

방주는 필요 없어.
다 큰 개구쟁이들아, 토댄을 부숴 버려!

갑자기 뒤에서 찰칵하는 경쾌한 소리가 들렸다. 문득 정신을 차리고 뒤돌아봤다. 사쿠타로가 코 밑에 땀방울이 맺힌 채 검색기 화면에 휴대 전화를 들이대고 있었다. '아, 나도 찍어야지.' 하며 주머니를 뒤졌다. 그사이 녹색 화면은 일반 검색 결과 화면으로 바뀌고 말았다.

"아아, 뭐야. 다시 한번 처음부터……."

"곤란해. 이제 가야 해. 곧 수업 시작한다고."

사쿠타로가 실내화 소리를 내면서 발길을 돌렸다. 그의 말대로 다시 시작하는 건 곤란했다.

도서관을 나와 햇빛에 비친 먼지만이 폴폴 날아다니는 복도와 계단을 가능한 빠른 속도로 걸었다.

"엑스트라 스테이지에 적힌 거 읽었어? 난 첫 두 줄로 머릿속이 하얘져 버렸어."

나는 옆에 있는 사쿠타로에게 말했다.

"나도 그래. 그래서 사진을 찍은 거야."

"좋겠다. 그 사진 나한테도 보내 줄래? 수업 중에 읽어 둘 테니까. 자, 연락처 교환하자."

"뭐? 지금은 시간이 없어. 게다가 수업 중에 휴대 전화 보다가 들키면 압수당할 텐데. 연락처는 방과 후에 하면 안 돼?"

"안 돼. 너무 신경 쓰여서 수업 중에 사쿠타로 교실로 쳐들어갈 것 같아."

"너는 진짜로 쳐들어올 것 같아서 무섭단 말이야."

이렇게 해서 나는 사쿠타로와 연락처를 교환했다. 메일 주소는 거의 빼앗다시피 했다.

*

5교시 수업은 현대문이었다. 담당 교사는 담임인 가즈미 선생님이었다. 한 남학생이 가즈미 선생님한테 혼나고 있는 소리가 어렴풋하게 들렸지만, 시선은 무릎 위에 놓인 휴대 전화에 쏠려 있었다. 사쿠타로에게서 메시지가 도착했다는 알림이 왔기 때문이었다. 휴대 전화를 빼앗길지도 모른다는 공포와 싸우면서도 나와의 의리를 지키려 보내 준 듯했다. 나는 고마워하면서 메시지를 열었다.

화면에는 검색기 화면 사진이 있었다. 손가락으로 사진을 확대하자 검색기 화면에 배열된 문자열이 흐릿하게나마 어찌어찌 읽을 수 있을 정도로 보이기 시작했다.

방주는 필요 없어
다 큰 개구쟁이들아, 토댄을 부숴 버려!

'불행한 일을 당해도 피하지 마. 일이 잘 안 풀려도 놀라지 마. 운이 나빠도 낙담하지 마. 힘을 내. 무슨 일을 당해도 이겨 낼 만큼 강해져야 해.'

부술 수 없다면
우리들의 방주를 만들면 돼
도서관의 방주에 모두를 태우고 살아가자!

다 큰 개구쟁이들인 33기 도서 위원
가도타 메이, 군지 가즈미, 사사노 고, 다이라 요헤이, 미이케 마키오

"이게 뭐야?"
아직 형태를 갖추지 않은 어수선한 예감이 내 마음속에서 흘러넘쳤다. 나도 모르게 소리를 지르고 말았다. 여기는 교실이고, 지금은 수업 중. 더군다나 담임인 가즈미 선생님이 맡고 계신 수업이 한창이다. 내가 이 사실을 알아차린 건 학생들 눈이 일제히 나에게

로 쏠렸을 때였다.

"모모세, 나도 무척 궁금한데. '이게'란 뭘까? 이따가 방과 후 교무실에서 우리 마음껏 얘기해 볼까? 앗, 무릎에 있는 휴대 전화도 잊지 말고 들고 와 줘."

가즈미 선생님이 유난히 부드러운 목소리로 말을 걸었다.

"네."

내 대답이 다소 도전적으로 들렸을지도 모르겠다. 가즈미 선생님은 미소를 띠고 있었지만, 눈에서만큼은 왠지 수상쩍어하는 기운이 느껴졌다.

6교시가 끝났다. 나는 바로 사쿠타로에게 메시지를 보냈다. 가즈미 선생님께 불려 가게 돼서 도서관 당번 시간에 조금 늦을 거라는 내용이었다. '가는 김에 여러 가지 알아 올게.'라고도 덧붙였다.

가방 주머니에는 휴대 전화와 『하늘을 나는 교실』이 들어 있었다. 나는 교무실로 가서 문 안으로 얼굴을 들이밀었다. 가즈미 선생님은 바로 알아차리고 긴 다리로 공기를 휘젓듯이 걸어왔다. 그러고는 함께 밖으로 나가자고 말했다.

교무실이 있는 남쪽 건물은 2, 3학년 교실이 모여 있다. 복도에는 이미 체육 대회 준비로 바쁜 학생들이 북적거리고 있었다. 활기차다고 하기엔 너무도 큰 고함이 정신없이 울려 퍼졌다. 교사에게 연행되어 가는 교복 차림의 키 큰 여학생이라면 눈에 띌 만도 했다. 하지만 이렇게 혼란스러운 복도에서 나를 주목하는 학생은 거의 없었다. 정말이지 다행이었다. 가즈미 선생님은 토댄 연습에 정신없는 학생들이 모여 있는 안마당을 곁눈질하며 남쪽 건물에서 북쪽 건물로 이동했다. 1학년 교실이 있는 북쪽 건물에도 학생들은 있었지만, 체육 대회 준비를 위해 개방돼 있는 교실 수가 적었다. 그래서 남쪽 건물만큼 시끄럽지 않았다.

가즈미 선생님이 멈춘 곳은 1층에 있는 진로 상담실이었다. 나는 상담실 안에 있는 것만으로도 위축되어 크게 한숨을 쉬었다. 가즈미 선생님은 에어컨을 켜고, 안마당 쪽과 마주한 창문과 커튼을 닫았다. 상담실까지 꽝꽝 울리던 목소리와 음악이 썰물 빠지듯 멀어졌다.

"진로 상담실에 오는 건 처음인가?"

먼저 자리에 앉은 가즈미 선생님이 두리번거리는 나를 향해 느긋한 말투로 물었다.

"네."

나는 고개를 끄덕이고는 가즈미 선생님의 대각선에 놓인 의자를 끌어당겨 앉았다. 마주 앉는 것보다는 그렇게 앉는 편이 이야기하기 쉬울 터였다.

"듣기로 필리핀 동쪽에서 발생한 대형 태풍이 상륙했대. 이대로 가면 우리도 영향을 받는다는데. 체육 대회를 위해서 운 좋게 비켜 갔으면 좋겠다."

가즈미 선생님은 내 긴장을 풀어 주기 위해서인지 날씨 얘기부터 꺼냈다. 나는 별다른 맞장구도 치지 않고 옆자리에 둔 가방에서 휴대 전화를 꺼내 책상 위에 놓았다. 얼른 본론에 들어갔으면 좋겠다는 의사 표시인 셈이었다.

"수업 중 휴대 전화 봐서 죄송합니다."

재빨리 사과부터 했다.

"나는 휴대 전화를 압수하겠다고 말한 적이 없는데."

가즈미 선생님은 수상쩍다는 듯이 미소를 지었다.

"물론 저도 압수당하고 싶지 않아요. 단지 제가 수업 중에 보고 있던 것을 가즈미 선생님도 봐주셨으면 해서."

나는 이렇게 말하며 휴대 전화 화면에 잽싸게 사진을 띄웠다.

"소장 도서 검색기에서 재미있는 화면을 발견했어요. 그걸 확인하고 있었던 거예요."

가즈미 선생님은 의아하다는 표정으로 내 휴대 전화를 받아 들더니 화면을 확대하고는 가만히 내려다보았다.

"······그래서?"

가즈미 선생님은 이렇게 물으며 휴대 전화를 돌려주려 했다.

"꾸지람은 얼마든지 들을 테니, 대신 제 질문에도 답해 주세요."

나는 그런 선생님을 제지하며 입을 열었다.

"교환 조건인 셈인가?"

가즈미 선생님이 질문했다. 하지만 대답도 없이 내가 하고 싶은 말을 쏟아냈다.

"알고 보니 사사노 학생도 도서 위원이었어요. 가즈미 선생님과 같은 반에 같은 도서 위원. 아무리 생각해도 친한 관계일 수밖에 없었는데, 왜 모르는 척하셨어요?"

"10년 전 일이라 기억이 희미해져서 그래."

"고3 때 죽은 친구를 잊을 정도로 희미해지셨나요?"

"모모세도 졸업하고 10년쯤 지나 보면 이해할 수 있을 거야."

가즈미 선생님은 태연하게 고개를 끄덕였다. 나는 몸을 앞으로 기울여 휴대 전화 화면을 가리켰다.

"노아고 도서 위원의 '다 큰 개구쟁이들'에 관해서도 잊으셨나요?『하늘을 나는 교실』에 나오는 소년들과 마찬가지로 5인조였잖아요. 가즈미 선생님, 사사노 씨. 게다가 도서 검색기의 프로그램을 만들고 아마도 이 엑스트라 스테이지를 숨겨 놓았을 미이케 씨 외에도 두 사람 더. 가도다 메이 씨와 다이라 요헤이 씨 말이에요."

가즈미 선생님의 반듯한 얼굴에서 웃음기가 싹 가시더니 무표정으로 일관한 채 꿈쩍도 하지 않았다. 눈썹 하나까지도. 나는 답답함에 가방 주머니에서 책을 꺼냈다.

"검색기에 나타난 메시지의 중간 부분은『하늘을 나는 교실』의 두 번째 머리말에 나온 걸 인용한 거였어요. '불행한 일을 당해도 피하지 마. 일이 잘 안 풀려도 놀라지 마. 운이 나빠도 낙담하지 마. 힘을 내. 무슨 일을 당해도 이겨 낼 만큼 강해져야 해.' 작가인 캐스트너가 작품에 나오는 소년들을 포함하여 소년, 소녀 독자들에게 전한 격려의 말인 거죠. 캐스트너의 말 이전에 나오는 '방주는 필요 없어'로 시작하는 두 줄은 문고본에 꽂혀 있던 메모 문장과 같고요. 아마 사사노 씨가 한 말이겠죠. 그리고 이제 마지막 세 줄, '부술 수 없다면 우리들의 방주를 만들면 돼. 도서관의 방주에 모두를 태우고 살아가자!'라는 말은 누가 한 건가요?"

가즈미 선생님은 계속해서 입을 꾹 다물고만 있었다.

"도대체 '방주'라는 게 뭔가요? 노아고 33기 도서 위원인 '다 큰 개구쟁이들'은 왜 토댄을 부수려고 한 거죠? 그래서 진짜로 부쉈나요?"

나는 이어서 질문을 던졌다. 가즈미 선생님은 표정을 확 바꾸더니 자리에서 일어났다.

"뭔 일이야?"

가즈미 선생님은 커튼과 창문을 열어젖혔다. 그러자 안마당의 푸릇푸릇한 잔디가 보였다. 이내 가장 가까이에 모여 있던 무리에게서 날카로운 소리가 들려왔다.

"요시키, 작작 좀 해라."

요시키? 나라 군 말인가? 나는 궁금함에 가즈미 선생님 옆에 서서 소리가 나는 곳을 향해 상체를 내밀었다. 역시 시야에 들어온 건 나라 군의 모습이었다. 그는 학교 운동복 반바지에 푸른색의 반 티셔츠를 입고 있었다. 그런데 맥주 판매원 복장인 듯한 미니스커트를 착용한 남학생들에게 에워싸여 있었다.

"무슨 일이야?"

가즈미 선생님이 다시 한번, 이번에는 강한 어조로 소리쳤다. 남학생 중 몇 명이 뒤돌아보았다. 그들이 "야, 야!"하며 주변 친구들에게 눈짓을 보냈다. 이윽고 남학생들 무리는 교사가 자신들을 보고 있다는 사실을 눈치챘다. 마지막으로 나라 군이 부끄러운 듯 머리를 들었다. 가즈미 선생님 옆에 서 있는 나와도 눈이 딱 마주쳤다. 어색했다. 나라 군도 어색했는지 고개를 푹 숙이고 말았다.

"내일이 예비 연습인데 끝까지 의상을 입지 않겠다는 녀석이 있어서…… 설득하는 중이었어요."

맥주 판매원 가운데 한 명이 겨우 변명하는 정도로 상황을 설명해 주었다. 그 표정은 '저희는 나쁘지 않아요.'라고 강하게 말하고 있는 듯했다. 가즈미 선생님은 "그렇구나."라며 고개를 끄덕이고는 이어서 나라 군을 바라보았다.

"괜찮아?"

"······네."

"알았다. 그래도 너무 다투진 마라."

가즈미 선생님은 그걸로 됐다고 생각했는지 곧바로 창문에서 등을 돌리고 섰다.

"괜찮을 리가 없잖아."

나는 홧김에 투덜거렸다.

그래도 교사의 개입으로 나라 군을 향한 남학생들의 비난은 한풀 꺾인 듯했다. 나라 군을 감싸고 있던 학생들이 뿔뿔이 흩어졌다.

"이제 와서 의상을 입기 싫다니, 너 일부러 우릴 괴롭히려고 그러는 거냐?"

반 아이 중 누군가가 큰소리를 쳤다. 주위에 있던 아이들도 따라 우르르 호응했다. 분위기가 심각해 보였다. 나라 군은 발길을 돌리더니 안마당을 뛰쳐나갔다.

"저 충분히 반성했으니까 이제 도서 당번 가도 될까요?"

나는 황급히 책과 휴대 전화를 가방에 넣고는 가즈미 선생님께 인사했다.

"어어, 괜찮지만. 그럼, 네 일은 다 해결된 건가?"

가즈미 선생님이 창틀에 체중을 실은 채 물어보았다.

"얘기해 줄 마음이 없어 보이는데, 계속 물고 늘어져 봤자 시간 낭비니까요."

가즈미 선생님은 나를 지긋이 바라보고는 이내 천천히 한숨을 내쉬었다. 부주의한 말은 한마디도 하지 않겠다는 그야말로 어른스러운 표정이었다. 그리고는 평소의 미소를 가져다 붙이고는, "그럼, 수고해." 하며 손을 흔들었다. 커튼이 열려 있는 창문에서부터

서쪽으로 기울기 시작한 석양빛에 왼쪽 약지에 끼워진 결혼반지가
반짝였다.

*

4층까지 계단을 올라 도서관으로 갔다. 내 예상대로 나라 군이
있었다. 안마당에서 뛰쳐나간 후 그길로 곧장 도서관으로 왔나 보
다. 체육 대회까지 며칠 안 남아 반 친구들로부터의 압력은 점점
더 심해질 게 분명하다. 나라 군은 대체 언제까지 도서관에 머무를
건지 혹은 그렇게 있어도 되는 건지 걱정되었다.

준비실 문이 열렸다. 사쿠타로가 안 보인다 싶더니 거기서 나왔
다. 나는 나라 군에 관해 이야기하고 싶었지만, 사쿠타로가 먼저
질문했다.

"가즈미 선생님께 불려 간 건 어떻게 됐어?"

"휴대 전화 압수는 면했어. 검색기 화면에 관해서는 묵묵부답."

나는 짧게 답하고 계단을 오르면서 결정한 문제를 말했다.

"이렇게 된 이상……. 검색기 문장을 생각해 낸 장본인일 가능성
이 높은 미이케 씨한테 직접 물어볼까 싶은데."

"벌써 연락해 뒀어."

"엥?"

내가 두 번이나 되묻자 사쿠타로는 불쾌한 표정을 지었다.

"미안. 사쿠타로가 그렇게까지 적극적으로 나설 거라고는 생각
못 해서."

"적극적으로 나선다기보다는 어떻게든 사건을 빨리 처리하고 싶

은 거겠지."

사쿠타로는 방과 후 가즈미 선생님 이외의 도서 위원들 이름을 검색해 봤다고 말했다.

"가도다 메이와 다이라 요헤이는 같은 이름이 몇 명이나 있어서 당사자를 특정하기까지 시간이 좀 걸리겠지만, 미이케 마키오는 딱 한 명밖에 없었어. 게다가 그 이름으로 SNS도 운영 중이라 DM을 보내 뒀지."

"고마워. 그래서 답변은 왔어?"

"아직. 보낸 지 한 시간도 지나지 않았는걸. DM을 읽어 보긴 할지 어떨지……."

사쿠타로는 걱정스럽다는 듯 머리를 가로저으며 나를 준비실로 데리고 들어갔다. 그리고는 컴퓨터 데이터 입력에 몰두 중인 이부키 씨한테 들리지 않도록 속삭였다.

"선배들의 얼굴과 이름을 일치시켜 두고 싶어서 33기 졸업 앨범을 다시 보고 있었어."

"나도 보고 싶어. 보여 줘."

사쿠타로는 졸업 앨범을 작업대 위에 얹어 놓고 페이지를 넘겼다. 다섯 명의 도서 위원 중 얼굴을 모르는 건 가도다 메이와 다이라 요헤이였다. 우선 그들이 속한 반 페이지부터 봤다. 가도다 메이는 3반. 목각 인형 같은 예쁜 소녀가 거기에 있었다. 다이라 요헤이는 8반. 이쪽은 언뜻 담임선생님이 학생들 틈에 끼어 있는 건 아닌가 의심될 정도로 관록 있어 보이는 얼굴이었다. 이어서 위원회 페이지를 보던 나는 그 즉시 깨달았다.

"5인조 중 두 명이 없어."

3학년 도서 위원들이 나란히 찍은 사진 속에 가즈미 선생님과 미이케 씨 그리고 방금 확인했던 다이라 씨는 있었다. 하지만 사사노 씨와 가도다 씨의 모습은 보이지 않았다. 다들 동복 차림인 걸 봐서 겨울이 되기 전에 사망한 사사노 씨가 없는 건 이해가 됐다. 근데 왜 가도다 씨까지? 나는 의문이 들었다. 어제는 '단체 사진 찍는 날 혹시 지각이나 결석했던 건 아닐까?'라며 가볍게 넘겼다. 그렇지만 오늘은 그 두 사람이 누구인지 아는 만큼 신경 쓰였다.

"그 학생은 도서 위원을 중간에 그만뒀어."

낮고 차분한 목소리가 들렸다. 나와 사쿠타로는 동시에 뒤돌아봤다. 이부키 씨가 노트북을 닫으며 책상 의자에 앉은 채 이쪽을 올려다보고 있었다. 노트북 덮개와 같은 격자무늬 천으로 만들어진 쿠션이 의자 좌석에서 불쑥 비어져 나왔다.

"대화에 끼어들어서 미안해. 그리운 이름이 들려서."

"가도다 메이……씨 얘기인가요?"

"그래. 나의 긴 학교 사서 생활 동안 도서 위원을 스스로 중도에 그만두겠다고 말한 건, 그 학생뿐이야. 또 교사 포함 주변인들이 그것을 승인하기도 했지."

이부키 씨가 고개를 끄덕이며 말했다. 나는 바로 옆에 있는 졸업 앨범으로 눈을 돌렸다. 이부키 씨는 영차 하고 의자에서 일어나 종종걸음으로 작업대까지 걸어 왔다. 그런 다음 내 옆에 서서 발돋움을 하고, 졸업 앨범 속 도서 위원 페이지를 들여다보았다.

"왜 그런 특별 대우를?"

사쿠타로가 물었다.

"그해에 어떤 충격적인 일이 발생해서……. 조치가 취해졌지."

"충격적인 일이라면 사사노 씨의 사고 말인가요?"

이번에는 내가 물었다. 의도치 않게 나와 사쿠타로가 이부키 씨한테 따져 묻는 모양새가 된 듯했다. 살짝 죄송스런 마음이 들었지만, 귀중한 증인이 스스로 입을 연 기회를 놓칠 수는 없었다. 사사노라는 이름을 듣자마자 이부키 씨의 동그란 안경이 살짝 기울어졌다.

"어떻게 그걸?"

의문을 품는 건 당연했다. 그러다 컴퓨터를 함부로 열어 본 걸 들키기라도 하면 어쩌나 싶어 초조해졌다. 나는 거짓말을 잘 못했다. 그래서 내 얼굴에 지금 '미안합니다'라고 쓰여 있을 게 뻔했다. 그때 사쿠타로가 즉시 이부키 씨의 주의를 돌리고는 설명하기 시작했다.

"저와 모모세는 그저 도서관에 『하늘을 나는 교실』이 왜 두 권이 있는지 조사하다가⋯⋯."

"그걸 아직도 조사하고 있었다고?"

이부키 씨는 미간에 짧은 두 줄의 주름을 잡으며 나와 사쿠타로를 번갈아 보았다.

"네. 아무래도 신경이 쓰여서. 그렇게 단서를 찾던 와중에 모모세가 시험 삼아 책 제목을 소장 도서 검색기에 입력했더니 숨겨진 페이지로 넘어간 거예요."

"숨겨진 페이지?"

"본래의 검색 결과 화면이 열리기 전에 한순간 다른 화면으로 바뀌는 건데, 우리는 그게 프로그램을 만든 미이케 마키오 씨의 작품이라고 생각합니다만."

"아, 미이케. 그 학생이라면 그런 프로그램 정도는 충분히 만들 만한 실력자야. 또 그 기능을 남몰래 심어 넣을 만한 사람이기도 하지."

이부키 씨의 표정이 조금 부드러워졌다. 미이케 씨에 관해서도 잘 알고 있는 듯했다.

사쿠타로가 계속해서 말했다.

"그 숨겨진 페이지에 33기 도서 위원 다섯 명의 이름이 적혀 있었어요. 그래서 혹시 『하늘을 나는 교실』의 수수께끼와 뭔가 관련이 있는 건 아닌가 하고 다섯 명의 이름을 검색했더니, 사사노 씨 사고 뉴스가 인터넷에 남아 있어서……."

사쿠타로의 절묘한 설명 덕분에 이부키 씨는 상황을 어느 정도 이해한 듯했다. 어느새 미간의 주름이 사라지고, "실제로 사사노의 사고는 당시 뉴스에서 꽤 크게 다뤘지." 하며 중얼거렸다.

"활기 넘치던 한 젊은 학생이 돌연 목숨을 잃은 것만으로도 몹시 괴로운데, 보도 방식이라든가 뉴스를 본 사람들이 멋대로 단 댓글에 그 가족은 물론 사사노와 사이가 좋았던 학생들도 심하게 상처를 입었지. 그래서 가도다 학생도……."

"도서 위원을 더 이상 지속할 수가 없어서 주변에서도 그만두는 걸 허락했다는 말씀인가요?"

내가 말을 이었다. 이부키 씨는 고개를 끄덕였다.

"그런 괴로운 기억 때문에 33기 도서 위원 다섯 명은 나한테는 잊을 수 없는 학생들이야."

이부키 씨의 둥근 얼굴이 옆으로 쭉 퍼졌다. 하지만 그 미소는 바로 굳어 버리더니 이내 사라졌다. 얼굴에 남은 건 쓸쓸한 그림자

뿐이었다.

"각자 개성이 강하고 취미도 달랐지만, 도서 위원으로서는 의견이 딱 일치하는 다섯 명이었어. 도서 당번 일도 열심히 하고, 나하고도 적극적으로 소통했지. 노아고 도서관의 전통인 '독서 감상 그림 편지 대회'도 그들의 아이디어로 시작된 거야."

"대단하네. '다 큰 개구쟁이들'이 전통을 만들었구나."

내가 감탄하자, 이부키 씨가 이쪽을 돌아보았다.

"10년 전, 모모세 학생이 지금 들고 있는 『하늘을 나는 교실』을 빌려 갔던 사람은 바로 사사노 학생이야. 사실 처음부터 기억하고 있었어. 책이 되돌아오지 못한 이유를 아는데, 잊을 리가 없잖아."

"······그러셨군요."

"이전에 물어봤을 때 가르쳐 주지 못해서 미안해. 왜 이제야 이 책이 돌아온 건지, 누가 반납한 건지 나도 감이 안 잡혀서······. 아무 생각 없이 사사노 학생의 이름을 말했다가 또 누군가가 의도치 않게 상처를 입는다면 큰일이니까. 스스로 제동을 건 거야."

담담하게 말하는 이부키 씨의 목소리는 그 어느 때보다 조용하고 침착했다. 나는 그런 이부키 씨를 마주 볼 수가 없어서 고개를 떨구고 말았다. 이부키 씨는 참으로 올바르고 어른스러운 대처를 했다. 반면에 나는 유치한 어린아이 그 자체였다. 자기의 행동이 무엇을 의미하는지도 모른 채, 멋대로 무모하게 준비실 컴퓨터에까지 침입해서 사사노 씨와 그와 관련된 일련의 '무엇인가'를 10년 만에 끄집어내고 말았다.

문득 사사노 씨와 관련된 일에 대해 완강히 모른다고 일관했던 가즈미 선생님 얼굴이 떠올랐다. 나는 이미 누군가를 상처 입히고 있었는지도 모른다. 그렇게 생각하자 갑자기 무서워졌다. 나의 마음을 꿰뚫어 본 듯 이부키 씨가 물었다.

"모모세, 이래도 수수께끼를 풀 건가?"

바로 답하지 못하는 나에게서 시선을 돌린 이부키 씨는 다시 컴퓨터 책상으로 돌아갔다. 등 뒤로 사쿠타로의 따가운 시선이 느껴졌다.

나는 도망치듯 준비실을 나왔다.

카운터로 돌아오자 나라 군의 모습이 보이지 않았다. 시각은 오후 5시 45분. 창밖은 온통 캄캄해져서 바다마저 검게 물들어 있었다. 슬슬 체육 대회 연습이나 준비도 끝나갈 무렵이었다. 나라 군은 반 친구들과 맞닥뜨리지 않도록 한발 앞서 귀가한 거겠지.

나도 오늘은 일찍 귀가하고 싶었다. 카운터 위를 간단히 정리하고 쓰레기통을 비웠다. 오후 6시 정각에 이부키 씨가 준비실 문을 열고 "수고했어."라고 인사하자마자 가방을 둘러멨다.

"수고하셨습다!"

나는 곧바로 문으로 향했다. 뒤에서 사쿠타로가 뭐라 말했지만 안 들리는 척했다.

마음 같아서는 계단을 뛰어 내려가고 싶었으나, 자꾸만 왼발을 조심하게 됐다. 아니나 다를까, 2층에 다다랐을 때 사쿠타로에게 따라잡히고 말았다.

"왜 그래?"

"미안."

"미안하다니, 뭔 소리야? 이부키 씨 이야기 때문에 신경 쓰이는 거야?"

사쿠타로는 내가 가는 길을 가로막듯이 앞질러 가더니 계단을 한 단 내려가서 정면에 섰다. 평소보다도 키 차이가 더 벌어져서인지 사쿠타로는 나를 꽤 높이 올려다보고 있었다. 온몸이 몹시 가려워졌다. 모기한테 물린 부분이 아직도 가라앉지 않은 모양이었다.

나는 팔꿈치 뒤쪽을 손톱으로 강하게 누르면서 말했다.

"왜냐면, 사실 다 맞는 얘기잖아. 두 권의 『하늘을 나는 교실』에서 우연히 수수께끼를 발견했을 때, 솔직히 나는 참가할 수 없는 체육 대회를 대신할 '축제'가 시작된 느낌이 들었어. 가슴이 두근거렸지. 하지만 내가 재미로 수수께끼를 푸는 것이 누군가를 슬프거나 괴롭게 할 가능성이 있을 거라고는 생각도 못 했어."

"가능성이 있다는 거지. 실제로는 아직……."

"그건 알 수 없잖아. 내가 모를 뿐이고 이미 누군가는 괴로워하고 있을지도. 사실 사쿠타로도 처음에는 내가 이것저것 수수께끼의 내막을 캐고 다니는 데에 반대했잖아. 그런데 내가 억지로 끌어들였으니 널 귀찮게 만든 거 아니야?"

샤쿠타로의 커다란 검은 눈망울이 한순간 반짝였다. 이윽고 천천히 눈을 깜빡이고는 고개를 가로저었다.

"귀찮다고 생각하지 않아. 아까도 말했듯이 나도 이 건은 제대로 마무리를 짓고 싶으니까."

딱 자르듯 말한 사쿠타로는 얼굴을 살짝 찡그리더니, "게다가." 하며 말을 이어 갔다.

"살다 보면 누구나 자기도 모르게 누군가를 상처 입히거나 괴롭히거나 할 수도 있는 거야. 아마도 그런 게 삶이 아닐까."

그 말은 아마도 사쿠타로의 마음속 깊은 곳에서 우러나온 솔직한 느낌이자, 나를 향한 격려 같았다. 하지만 그의 동그란 눈동자 깊숙이 에모리의 그림자가 보여서 나는 순순히 인정할 수 없었다.

"그럴지도 모르겠지만 '살다 보면 어쩔 수 없잖아.'라며 뻔뻔해 지는 건 아니라고 봐. 그게 어려운 일이라도 이왕 인간으로 태어난 이상, 나는 물론 주변 사람도 마음 편하게 살 수 있도록 노력하고 싶어. 오늘 이부키 씨의 이야기를 듣고 그렇게 생각했어."

나는 입을 삐죽 내밀고 반론했다. 사쿠타로는 눈을 부릅뜨더니 어휴, 하는 소리를 냈다. 그리고 그가 떠듬거리며 내뱉은 말은 어 처구니없다는 뜻으로도, 한편으로는 무섭다는 말로도 들렸다.

"너는 다부지네. 운동부 사람들 정신력은 모두 이 정도야?"

"알 바 아니고."

내가 딱 잘라 말하던 그때, "기다려!" 하는 앙칼진 목소리가 들려 왔다.

'이번엔 또 누구지?' 싶어서 뒤돌아봤다. 학생회장이 복도에서 계 단 쪽으로 달려오고 있었다.

그 자리에 우뚝 서 있던 나와 사쿠타로를 발견한 학생회장은 순 간 놀란 듯 눈이 휘둥그레지면서도 올곧게도 가볍게 고개를 숙여 인사했다. 볼은 발그스레했지만, 얼굴은 창백해 보였다. 학생회장 이 그대로 우리 옆을 지나쳐 계단을 뛰어 내려가려던 찰나였다. 조 금 전과 같은 목소리가 또 들렸다.

"기다리라니까, 미도리코."

가쁜 숨을 몰아쉬며 학생회장을 따라잡으러 모습을 나타낸 건 바로 에모리였다. 늘 예쁘게 말려 있던 머리는 웬일인지 흐트러져 있었다. 어지간히 힘차게 달렸나 보다. 계단에 서 있던 사쿠타로가 숨죽였다. 에모리는 나와 사쿠타로를 무시하듯 지나치고는 한 손으로 학생회장의 팔을 잡으려 했다. 학생회장이 뒷걸음쳐서 그 손은 허공을 갈랐다.

"미도리코, 수작 부리지 마!"

에모리는 짜증 섞인 목소리로 소리치며 다시 한번 팔을 휘둘렀다. 나는 엉겁결에 그 팔을 붙잡았다. 가느다란 손목이었다. 까딱 잘못 힘주었다가 부러뜨리는 건 아닐지 걱정될 정도였다.

"허어?" 하며 에모리가 소리를 내고는 자기 손목과 내 얼굴을 번갈아 봤다. 또렷한 쌍꺼풀이 둥글게 커지더니 치켜 올라가기 시작했다. 표정이 계속 변하는 게 꼭 새끼 다람쥐 같았다. 이렇게 가까이서 에모리의 얼굴을 바라보는 건 나로서 그리 자주 있는 일은 아닐 것이다. 얇게 바른 파운데이션 밑으로 주근깨가 희미하게 들여다보였다.

"뭐지?"

"미안. 놔 줄게. 그러니까 학생회장한테 그러지 말아 줘."

어쩌다 보니 내 등 뒤에 숨은 학생회장은 숨죽이고 있었다.

나는 계속 에모리의 얼굴을 바라보면서 서서히 힘을 빼고 손을 놓았다. 에모리는 한숨 돌리더니 손목을 쓰다듬었다.

"아팠나 보네? 내 완력이 좀 강해서. 정말 미안해."

"괜찮아. 조금 놀랐을 뿐이야."

에모리는 평정심을 되찾은 듯했다. 당장이라도 학생회장에게 달려들 것만 같았던 기세는 이내 사라졌다. 단, 용무가 끝난 건 아니었으므로 내 뒤에 있던 학생회장을 향해서 말을 걸었다.

"미도리코, 왜 그렇게 끈덕지게 버티는 거야? 체육 대회는 다가

오고 있고, 체실 쪽도 점점 여유가 없어지고 있단 말이야."

"저는……."

그 이상 말을 이어갈 수 없었던 학생회장은 약하게 몸을 떨고 있었다. 나는 견딜 수 없어서 크게 소리쳤다.

"저기, 무슨……."

"무슨 얘기인 거야?"

지금까지 벽처럼 서 있던 사쿠타로가 갑자기 내 말을 막더니 물었다.

에모리가 살짝 미소를 지었다.

"너와는 상관없잖아."

"체실이 임시 협의회를 열고 싶대요."

학생회장이 외치듯이 말했다. 부끄럽지만, 학생회의 구조를 전혀 모르는 나였다.

"임시 협의회가 뭐야?"

"학생회와 학교 측에서 조속히 협의할 필요가 있다고 생각되는 안건이 있을 때 여는 회의예요. 단, 학생회장이 인정했을 때만 열릴 수 있어요. 임시 협의회에서 정해진 사항은 다음 정례회의 혹은 임시 의회에서 학생들에게 공개되고, 표결에 부쳐지기도 해요."

이걸로 겨우 나는 사정이 이해됐다. 에모리는 체실을 대표해서 학생회장에게 임시 협의회를 열 것을 재촉하던 것이었다.

내 등 뒤에서 학생회장이 에모리에게 물었다.

"학생회가 임시 협의회에서 학교 측에 하교 시각을 연장해 달라고 요청하길 바라는 거죠?"

"그래. 그리고 가능하다면 공식 경기가 없는 동아리도 활동을 중

단해 줘. 둘 다 체육 대회 준비 주간…… 마지막 일주일만이라는 한시적 조치라도 괜찮으니까."

이 두 가지는 매년 많은 학생이 체실에 요구하는 사항이라고 에모리는 힘주어 말했다.

"올해는 늦었지만, 후배들을 위해 포석을 깔아 두고 싶어서."

에모리가 귀여운 목소리로 간절하게 말해서 자못 좋은 대책인 것처럼 들리지만, 나는 고개를 갸우뚱했다. 그때 작은 목소리이긴 하지만 학생회장이 반론하기 시작했다.

"희망하지 않는…… 오히려 곤란해지는…… 학생들도 있지 않을까요? '많이'라는 건 '모두'가 아니잖아요."

"맞아, 있어. 동아리 활동이 일주일이나 중지돼서 공을 만지지 못하면 서브나 스파이크 감각이 둔해져. 물론 체육 대회는 중요한 행사이고 많은 학생이 좋아하지만, 동아리 활동은 또 다른 이야기니까. 중단은 곤란해."

마치 몸에 불똥이 튄 것처럼 나는 조금 감정적으로 주장했다.

"후배들을 위해서 일하는 건 에모리만이 아니야."

내 지원 사격이 든든했는지 학생회장의 목소리가 커졌다.

"그러니까, 임시 협의회를 열지 말지는 체실과 학생회가 좀 더 제대로 의논한 뒤에……."

"학생회는 늘 이런 식이야. 매년 핑계나 대면서 전혀 행동으로는 보여 주지 않고, 결국 논의를 연기해 버리지. 임시 협의회를 열지 않는 한, 학생회는 우리 말을 들은 척도 안 하잖아."

반론의 여지가 없어 보이는 학생회장에게 에모리는 마지막 결정타가 될 질문을 던졌다.

"미도리코도 역대 학생회장들과 같은 거야? 책임지는 걸 귀찮아하고 임기 끝날 때까지 도망이나 다니다가, 다음 회장한테 넘겨 버리는?"

미안합니다, 라며 학생회장이 모기 같은 목소리로 사과했다. 문득 주변의 눈을 의식하며 숨어들듯이 도서관을 찾아온 학생회장의 모습이 떠올랐다. 그때도 이런 식으로 도망친 거였구나, 하는 생각이 들자 조금은 이해가 되었다.

체실의 주요 위원들은 3학년생들이다. 더구나 학교에서 인기가 있다고 스스로도 인정하는, 자기주장이 강한 사람들이 주로 모여 있었다. 에모리 한 명으로도 이렇게 쩔쩔매는데, 체실 전원한테 닦달당하면 도저히 견딜 수 없을 것이다. 이제 막 학생회장이 된 2학년 미도리코가 느꼈을 엄청난 중압감은 어렵지 않게 상상할 수 있었다. 그러고 보니 때로는 인기척 없는 도서관에서 창문을 통해 아무 생각 없이 바다를 바라보고만 싶기도 하겠다.

학생회장이 주뼛주뼛 내 뒤에서 모습을 드러내자, 에모리는 한 걸음 더 내디뎠다.

"미도리코, 임시 협의회 요청해 줄 거지?"

"나는……."

에모리가 다가온 만큼 미도리코가 한 발 뒤로 물러서는 바람에 하마터면 계단에서 떨어질 뻔했다. 내가 황급히 팔을 잡고 끌어 올렸다. 형광등의 하얀 불빛 아래에 비친 미도리코의 눈에는 눈물이 고이고 있었다.

"채근해도 소용없어, 에모리."

사쿠타로가 천천히 계단을 올라왔다. 그러고는 학생회장과 나를 보호하듯이 우리 앞에 서서 에모리를 마주 바라봤다.

"어차피 이번 체육 대회는 얼마 남지 않았잖아."

"하지만 학생회는 매년 이런 식으로……."

달려들 것 같은 기세로 불만을 터트리는 에모리의 말을 막으며, 사쿠타로는 침착한 목소리로 잘 타일렀다.

"이번 학생회는 달라. 그렇지, 미도리코? 생각할 시간을 준다면 제대로 답을 해 줄 거야. 그치?"

"네, 네에."

돌연 자기를 향한 질문에 학생회장은 눈을 희번덕거리며 고개를 끄덕였다. 에모리는 손가락으로 머리카락을 돌돌 말며 잠시 생각에 잠기는가 싶더니, 이내 고개를 갸웃거렸다.

"언제까지?"

"네?"

"임시 협의회를 요청할지 말지, 언제까지 생각하면 답을 주는데? 우리 3학년 체실이 활동할 수 있는 체육 대회 때까지는 줄래?"

더 이상 도망갈 데 없는 막다른 궁지에 몰린 학생회장은 결국 수긍할 수밖에 없었다. 원래도 발그스레했던 볼이 더욱 붉어졌다. 에모리는 자신이 원하던 최고의 결과는 아니었지만, 더 나은 전개로 몰고 간 보람을 느끼는 듯했다. 잠시 후, 에모리는 어깨 힘을 빼고 우리를 향해 웃어 보였다.

"너희들이 체육 대회에 흥미가 없다는 건 알고 있어. 하지만 그렇다고 체실을 적대시하지 않았으면 좋겠어. 같은 노아고 학생으로서 함께 즐기자고."

에모리의 귀엽고 진지한 부탁에 나도 학생회장도 매료당했다.

누구나 넋을 잃고 보게 되는 그 미소의 효과를 에모리 자신도 너무나 잘 알고 있을 터였다. 그래서 때를 기다렸다가 바로 지금 회심의 일격을 던진 것이었다. 효과는 즉각적이었다. 그전에 했던 모든 말과 의미는 싹 다 잊고, 마냥 듣기 좋은 목소리와 예쁘게 웃는 얼굴만이 인상에 남아 그냥 원하는 대로 다 해 주고만 싶어졌다.

그러나 단 한 사람, 그 무기가 통하지 않는 사람이 있었다. 사쿠타로다.

"함께 즐기기 위해서는 모두가 즐길 수 있는 환경을 만들 필요가 있는 거야. 체육 대회 실행 위원회가 학생회와 상의해야 하는 의제는 바로 그거 아닐까?"

사쿠타로의 말에 에모리는 숨을 죽이고 미소를 거두었다. 뺨에 붉은 기가 도는 것은 분노 때문인지 부끄러움 때문인지 알 수 없었다. 에모리는 그 이상 아무 말도 하지 않은 채 체실 무리가 있는 곳으로 돌아갔다.

*

교문까지 우리와 함께 걸어간 학생회장은 학원 갈 시간이 얼마 남지 않았다며 나와 사쿠타로에게 몇 번이나 감사의 말을 하고는 역으로 뛰기 시작했다. 그 뒷모습을 바라보며 사쿠타로가 깊은 한숨을 내쉬었다.

"오늘 참 힘들었다."

"응. 여러 가지 일이 있었네."

"이상하다. 체육 대회 직전 한 주간은 도서 위원이 가장 한가한 시기인데."

나는 진지한 얼굴로 고개를 갸우뚱하는 사쿠타로에게 말했다.

"멋진 표현이었어."

"응?"

"함께 즐기기 위해서는 모두가 즐길 수 있는 환경을 정비할 필요가 있다는 말."

"아, 그거? 이전에 어떤 사람이 했던 말을 그대로 옮긴 거야."

사쿠타로는 멋쩍은 듯 머리를 긁적였다.

"남의 말이든 뭐든 좋은 건 틀림없어. 진짜 그렇다고 생각했어. 함께 즐기는 체육 대회라 해도, 나는 달리거나 뛸 수 없으니까 어느 종목에도 참가할 수 없는 게 현실이거든. 하지만 움직이지 않고 할 수 있는 종목이 있다면 즐길 수 있을 텐데."

"그렇구나. 네가 그 '당사자'였구나."

사쿠타로는 내 왼발을 내려다보고는 조금 더 천천히 걸었다.

길 한편에는 얼룩무늬 옷을 입은 덩치 좋은 백인과 키가 큰 흑인이 멕시코 요리 음식점 앞에서 타코를 한입 가득 베어 물고 있었다. 그들이 입은 얼룩무늬 옷은 '진짜 군복'이었다. 그 옆으로 배와 어깨가 드러난 딱 붙는 옷을 입은 한 흑인 소녀가 멋진 몸매를 과시하듯 지나쳐 갔다. 이것이 군 기지가 있는 마을의 일상적인 하교 풍경이다. 아침과 점심때는 일본인과 외국인의 비율이 반반이거나 일본인이 더 많지만, 밤이 되면 일을 마친 외국 군인들이 국도 건너편에 있는 해군 기지에서 쏟아져 나온다. 그때 가로등 아래에서 한 남성이 휴대 전화에 대고 놀랄 정도로 크게 말하는 모습이 보였다. 내 허벅지보다 굵어 보이는 그의 팔에는 온통 문신이 덮여 있었다.

사쿠타로는 남성을 흘끗 한 번 보더니 자연스럽게 나와 위치를 바꾸어서 자기가 그 남성과 가까운 쪽으로 서서 걷기 시작했다. 이런 마음 씀씀이를 가진 애를 만난 적도, 대우를 받은 적도 없었던 나는 당황스러우면서도 가슴속이 따뜻하게 차오르는 걸 느꼈다.

고맙다고 말할까 말까 망설이고 있을 때였다. 사쿠타로의 입에서 한숨이 터져 나왔다.

"근데, 나는 솔직히 지금 무척 후회하고 있어."

"어, 뭐? 에모리를 반박한 거?"

사쿠타로는 고개를 끄덕이고는 다시 크게 한숨을 쉬었다.

"늘 에모리의 편이 되고 싶었는데, 왜 그런 말을 한 걸까? 어째서 가만히 있지 못했던 걸까?"

눈앞의 가로등에는 모기들이 떼 지어 붙어 있었다. 끔벅끔벅 그늘지는 빛 아래였다. 사쿠타로는 금방이라도 울 것 같은 얼굴을 하고는 어깨를 축 늘어뜨렸다. 나는 갑자기 화가 나서 "그렇게 풀죽지 마." 하며 사쿠타로의 등을 두드렸다.

"힘내. 그건 사쿠타로의 영혼에서 나온 말이야. 비록 다른 사람의 말을 그대로 옮긴 걸지라도. 그렇게 좋아하는 에모리 앞에서도 흔들리지 않는 우직한 신념이 너에게 있잖아. 난 그게 무척 중요하다고 생각해. 자기의 신념을 무시하고 상대에게 맞추기만 하면, 언젠가 그 신념의 뿌리는 썩어서 뽑히고 말 거야. 그렇게 되면 사쿠타로는 더 이상 진짜 사쿠타로가 아닌 거지."

"……신념이 없는 나를 에모리가 더 좋아한다면, 그렇게 돼도 상관없는데."

나를 바라보는 사쿠타로의 얼굴은 너무도 망연자실해서 애처롭기 그지없었다. 나는 그의 머리를 붙잡고 흔들고 싶은 마음을 참으며, "에모리는 절대 그런 말 안 해."라고 단언했다.

"에모리는 지극히 옳은 의견을 가진 사쿠타로를 싫어할 애가 아니잖아? 사쿠타로가 좋아하는 에모리는 그렇게 속 좁은 인간이 아니잖아?"

잘은 모르겠지만, 이라고 나는 마음속으로 덧붙였다. 사쿠타로를 위해 제대로 대화해 본 적도 없는 에모리를 한껏 치켜세웠더니 왠지 마음이 텅 빈 느낌이었다.

커다란 눈망울을 빛내며 눈을 둥글게 뜬 채 내 이야기를 듣고 있던 사쿠타로는 그러고 보니, 하며 입을 열었다.

"너는 어쩔 거야? 포기할 거야?"

"뭐? 누구를?"

나는 스스로도 놀랄 정도로 동요한 나머지 목소리가 날카로워졌다. 사쿠타로는 의아하다는 듯 고개를 가로저었다.

"아니, 사람이 아니라 『하늘을 나는 교실』의 수수께끼 말이야. 이렇게 어중간한 상태에서 정말 그만둘 거야?"

아, 힘 빠진 나는 발밑 컴컴한 곳을 바라보면서 걸었다.

"솔직히 망설이고 있어. 셜록 홈스 같은 진짜 명탐정들은 수수께끼를 풀지 말지를 정할 때 이렇게 위축되거나 망설이지도 않잖아. 명탐정이 되는 건 역시 힘든가 봐."

그때 부르르하고 진동이 울렸다. 나와 사쿠타로는 동시에 휴대전화를 꺼냈지만, 알림이 온 건 사쿠타로였다. 잠시 화면을 내려다보던 사쿠타로가 갑자기 얼굴을 들었다. 그러고는 나를 향해 웃기 시작했다.

"미이케 씨한테서 연락이 왔어."

"미이케 씨라니? 미이케 마키오?"

"그래. 역시 그가 엑스트라 스테이지의 문장을 작성한 사람인 거야. 이걸로 확인 됐어. 그도 10년 만에 반납된『하늘을 나는 교실』이 왠지 신경 쓰여서 우리랑 얘기해 보고 싶대. 내일 밤에 시간 내서 이쪽으로 온대."

"일부러?"

"그래. 일부러. 수수께끼를 풀고 싶어 하는 사람이 더 있는 거야. 그니까 모모세, 수수께끼를 푸는 게 누군가에게 상처를 주는 일이 될지도 모르지만, 반대로 누군가를 구할 가능성도 있다고 생각해 보는 건 어때?"

아까 도서관에서 이부키 씨에게 들었던 말로 풀이 죽었던 내 마음에 희망이 새롭게 되살아났다.

"그럴……지도 모르겠네. 아니, 그럴 거야. 분명히."

나는 사쿠타로의 얼굴을 똑바로 쳐다보았다. 그 동그란 눈동자 안에 보란 듯이 기뻐하는 나의 모습이 비치고 있는 걸 확인했다.

"나 정했어. 이 수수께끼, 쫓을 수 있는 데까지 쫓아 볼래. 그니까 너도……."

"마지막까지 함께할게."

사쿠타로는 미소로 화답했다.

*

목요일의
햄버거

*

목요일은 아침부터 날씨가 흐린 데다 바람도 강했다. 가즈미 선생님이 언급했던 대형 태풍은 한반도에 상륙한 후 일본 열도를 향해 조금씩 접근해 오고 있다고 한다. 아침부터 TV에서는 '태평양에 면해 있는 지역에 오후부터 갑작스러운 호우가 내릴 가능성이 있으니 대비해 주세요.'라는 기상 예보가 나왔다.

선생님들은 기상 상황을 감안해서 체육 대회의 예행연습을 선별적으로 진행했다. 각 경기의 선수 입장과 퇴장은 싹 다 생략했다. 하지만 당일 오후로 예정되었던 '토요일의 댄스'만큼은 분장을 포함하여 무대 도구나 대열 이동까지 정식 행사와 똑같이 정성 들여서 진행했다. 말하자면 무대 총연습 같은 것이었다. 토요일의 댄스는 한 시간을 가볍게 넘기는 종목으로, 일종의 지구력 싸움이라고도 볼 수 있다.

단순한 춤 동작을 전교생이 반복해서 추면서, 반마다 다른 24가지의 춤이 연출된다. 특히 이번이 마지막 체육 대회가 될 3학년은 여덟 반 모두 정신 사나울 만큼 화려한 색상을 뽐내고 있었다.

객석에서 가장 잘 보이는 정중앙 무대로 나갈 수 있는 것은 각 반별로 곡의 처음부터 끝까지 3분 미만이다. 거기에 모든 것을 쏟아붓는다. 마지막으로 학년과 상관없이 1위부터 3위까지 순위가 정해진다. 그 가점은 전 학년이 골고루 섞인 여덟 개 팀 대항전의 종합적인 승패 결과에 크게 영향을 끼치므로 모두가 필사적일 수밖에 없었다.

그러나 이 '모두'에서 쏙 빠진 인간인 나로 말하자면 그야말로 한가함의 극치였다. 선수 입장과 행진에 참가도 못 하는데 체육복을 입고, 머리띠를 동여매고, 넓디넓은 운동장 한구석에 설치된 하얀 천막 아래 파이프 의자에 앉아 있었다. 지나가는 선생님마다 열사병에 걸리고 싶지 않으면 수분을 충분히 섭취하라고 주의하는 걸 계속 듣고 있는 것도 질렸다. 앉아서 손가락이나 손목 스트레칭으로 시간을 보내는 것도 슬슬 한계에 다다르고 있었다.

운동장은 학교 부지의 가장 안쪽에 있어서, 울타리 너머로 바다가 보였다. 오늘은 하늘도 바다도 잿빛이었다. 문득 울타리를 넘어 저쪽으로 가고 싶다는 생각이 간절했다. 이쪽은 너무 재미가 없다. 참가할 수 없는 축제와 그 축제를 즐기며 환호하는 사람들을 한없이 쳐다보고만 있어야 하는 시간. 같은 고독이라면 차라리 바다를 조금 더 가까이서 보며 시간을 보내고 싶었다.

하얀 천막 아래에는 나 이외에도 학생들이 몇 명 더 앉아 있었다. 분홍색 반 티셔츠가 진흙투성이가 된 남학생은 넘어진 것 같았다. 무릎, 팔꿈치, 정강이 부근이 온통 반창고와 붕대투성이였다. 그 너머에 입가를 손수건으로 누른 채 창백한 얼굴로 앉아 있는 여학생은 속이 안 좋아 보였다.

그들은 어떤 우발적 사건 때문에 예행연습을 중도 포기한 애들이었다. 내일모레 정식 행사에는 분명 참가할 수 있을 것이다. 그들은 그저 머리를 숙이고 앉아 있을 뿐, 누구와도 대화하지 않았다. 그래서인지 나도 말 걸기가 왠지 거북했다.

곧이어 토댄의 예행연습이 시작됐다. 나는 운동장 쪽을 응시했다. 3학년의 분장 주제는 전부터 연습하는 걸 봤기에 자연히 알게 되었는데, 전 학년의 분장과 연출을 처음부터 끝까지 제대로 보는 건 처음이었다. 만일 내가 운동장을 가득 메운 저 무리에 속해 있었다면, 함께 춤추고 있느라 다른 반의 춤을 구경할 여유가 없었을 것이다. 하지만 관객으로 이렇게 앉아 노아고 명물을 감상할 수 있는 건 불참자의 특권이라고 할 수 있지 않을까? 이제 겨우 살짝 설레기 시작했다.

운동장 한가운데에서 춤추는 순서는 공평하게 각 반 대표의 제비뽑기로 정해졌다. 올해는 우리 3학년 3반이 선두였다.

주제는 '일본 설화에 나오는 밤에 돌아다니는 요괴들'. 저마다 목이 긴 요괴나 고양이 요괴, 눈·코·입이 없는 달걀처럼 생긴 요괴, 노인 요괴 등 일본풍 요괴로 분장했다. 그러곤 끊임없이 흘러나오는 'Saturday Night'에 맞춰 미친 듯이 춤추는 모습은 상당히 초현실적이면서도 재미있었다.

*

대열이 이동하면서 사치가 선두에 섰다. 나에게 도서 당번을 떠맡기고 만든 고양이 요괴 분장이 퍽 잘 어울렸다. 눈꼬리를 억지로 고양이처럼 끌어당긴 화려한 눈 화장도, 고양이 귀도 귀여웠다. 반에서 여자애들이 고양이 요괴 분장을 희망했던 이유를 알 것 같았다. SNS에 올리기에도 딱 좋아 보였다.

사치도 한창 춤추던 와중에 날 발견한 듯 손을 흔들어 보였다. 아무리 예행연습이어도 그렇지, 참 웃기는 애다. 내가 기가 막힌다는 듯 바라보자, 마침 사치는 안무를 놓치고 말았다. 그거 봐라. 간단한 안무라서 틀리면 눈에 잘 띈단 말이야.

"뭐 하는 거야?"

나는 어이가 없어서 하늘을 바라보았다. 당연히 반 친구들은 사치를 째려보았고, 사치는 굽실거리며 사과했다. 체육 대회 당일은 사치의 시선이 닿지 않는 곳에서 감상해야겠다고 다짐했다.

3학년 3반에게 주어진 3분이 지나자 다음은 2학년 8반, 그리고 1학년 4반이었다. 이런 식으로 계속해서 학년이 뒤섞이며 한 반씩 운동장 한가운데로 나아갔다. 반마다 여러 주제에 맞는 분장을 하고 있어서 알록달록 색들이 뒤섞여 이동하는 모습도 꽤 볼 만했다.

우리 반 외에도 나와 관계가 깊은 사람들이 있는 반은 눈에 띄었다. 여자 배구부 선수들은 대충 다 발견했고, 1학년 때 같은 반에서 친하게 지내던 애들도 찾아낼 수 있었다. 그리고 최근에 인연이 있던 사람들도 싫건 좋건 눈에 들어왔다.

학생회장 반인 2학년 6반의 주제는 음악 방송인 듯했다. 학생들은 아이돌, 밴드, 트로트 가수와 같은 여러 장르의 뮤지션, 사회자, 카메라맨, 감독 등으로 분장했다. 학생회장은 화려한 분홍색 긴 가발을 쓰고 스커트를 입은 모습이었다. 그쪽 방면에 문외한인 나는 그룹의 이름은 잘 모르지만, K-POP 아이돌 중 한 명일 거라고 짐작했다. 단, 배경으로 흐르는 음악은 K-POP이 아닌 'Saturday Night'였고, 춤도 최근 유행하는 안무와는 거리가 멀었다. 이 반은 또 여기대로 3학년 3반의 요괴와 맞먹는 초현실적인 느낌이었다.

에모리 반인 3학년 8반은 전원이 꼬리와 삼각 귀가 붙은 전신 타이츠를 입고 고양이 화장을 한 모습이었다. 그녀는 체구가 작지만 몸 선이 예뻐서 넋을 잃고 바라볼 정도로 호피 무늬 타이츠가 잘 어울렸다. 뮤지컬 〈캣츠〉를 주제로 한 분장으로 유명한 배경 음악이 머릿속에 자동으로 재생되었지만, 한편으로는 'Saturday Night' 음악과도 잘 맞아서 고양이들이 즐겁게 춤추고 있는 듯 보였다.

사쿠타로의 반인 3학년 4반은 올해 크게 유행한 애니메이션 분장을 하고 있었다. 체육 대회 당일, 관객석에 있는 어린아이들에게 가장 인기가 있을 것 같았다. 나는 그 애니메이션을 본 적이 없어서 자세히 알 수는 없지만, 사쿠타로의 복장이 매우 수수한 걸로 보아 하찮은 역할을 맡은 게 분명했다. 체육 대회 준비 주간에도 도서 당번을 챙기는 그에게 주연급 역할을 맡기지 않는 건 어찌 보면 당연한 일일 것이다. 사쿠타로도 이를 충분히 납득하고 있는 듯 희희낙락 단역을 즐기며 춤추고 있었다. 어쩌면 그 단역이 마음에 들어서였는지도 모르겠다.

단, 사쿠타로는 빈말이라도 결코 춤을 잘 춘다고는 할 수 없었다. 그는 리듬감 같은 건 어딘가에 두고 온 양, 양팔과 양다리를 함께 뻗거나 이상한 박자로 몸을 구부렸다. 나는 언제부터인가 내 입꼬리가 올라가 있음을 알아챘다. 그리고 미소가 사쿠타로의 춤이 재미있어서라기보다, 열심히 춤추는 그의 모습이 흐뭇해서라는 걸 깨닫고는 조금 동요했다.

음악이 흐르는 가운데 3분이 되었음을 알리는 호루라기 소리가 울렸다. 3학년 4반은 뿔뿔이 흩어지고 1학년 1반이 한가운데로 뛰어들었다. 유니폼을 입은 야구 선수와 심판, 야구 모자를 쓴 관객의 어린아이부터 응원단에 이르기까지, 프로 야구와 관련된 여러 사람의 분장을 하고 있었다. 비키니 같은 옷을 입고 맥주 통 비슷하게 생긴 소품을 등에 짊어진 맥주 판매원도 보였다. 나는 그제야 이 반이 야구장을 주제로 한 나라 군네 반이란 걸 알아차렸다.

결국 그토록 싫어하던 의상을 입었는지 궁금했던 나는 나라 군을 찾았지만 보이지 않았다. 발랄하게 춤추는 맥주 판매원들을 한 명씩 손가락으로 짚어 가며 확인해도 역시 없었다.

문득 어제 학교 안마당에서의 일이 생각났다. 그 후 여러 가지로 정신없던 터라 나라 군과 이야기할 기회도, 나라 군에 관해 사쿠타로와 상담할 시간도 없이 오늘이 되었다. 도서관을 도피처로 선택해 준 나라 군이 고독을 느낀 채 집으로 돌아갔을지도 모른다고 생각하니 미안한 마음이 들었다.

결석했나? 이대로 다시는 학교에 안 오거나 하지는 않겠지?

가슴 한편이 아렸다. 그때 가즈미 선생님이 다급하게 하얀 천막으로 들어왔다. 늘 단정하게 손질된 머리도 강풍 앞에서는 속수무책이었는지 정신없이 흐트러져 있었다.

"1학년 1반 나라 요시키, 여기 있나?"

여느 때와 달리 진지하고 긴박한 목소리였다. 나를 포함한 그 자리에 있었던 학생 모두가 아무 말 없이 고개를 저었다.

가즈미 선생님은 아디다스의 삼선이 들어간 운동복에 스누피가 그려진 티셔츠를 맞춰 입었다. 나는 일어서서 선생님께 다가가 다른 학생들에게 들리지 않도록 작은 목소리로 물었다.

"나라 군한테 무슨 일 있었나요?"

가즈미 선생님은 그제야 나를 본 듯 "모모세."라고 중얼거렸다.

"그냥…… 어디 있는지 몰라서."

"행방불명이란 말씀인가요?"

"나라 군과 아는 사이니?"

"도서 당번 할 때……." 하고 내가 운을 뗐다. 갑자기 가즈미 선생님이 내 등을 강하게 밀어서 하얀 천막 밖으로 데리고 나갔다. 그러고는 내가 무슨 말을 더 하기 전에 긴 집게손가락을 입술에 대고는 목소리를 낮추었다.

"나라 군이 토댄에 나가기 싫은 건지, 나갈 수 없는 건지는 몰라. 아무튼 천막 안에서 관람할 수 있도록 인솔해 달라며 1학년 1반 담임선생님이 부탁하셨어. 근데 잠깐 한눈을 판 사이에 사라져서……."

가즈미 선생님은 그 반에서 일어난 문제에 관해 아무것도 모르는 것 같았다.

"화려한 머리색을 할 만큼 자유분방한 학생이라 늘 있는 땡땡이일 수도 있지만, 어제 안마당에서 반 친구들이랑 옥신각신하던 모습이 조금 신경 쓰여서. 모모세는 나라 군이 어디로 갔을지 짐작 가는 데 있니?"

"그보다 나라 군의 머리는 미용실 보조 스태프인 누나를 위해 모델이 돼 준 결과예요. 나라 군이 어떤 학생인지 잘 모르시면서 이상한 억측으로 나쁘게 생각하지 말아 주세요."

"어, 그래? 미안. 잘못했네."

가즈미 선생님은 긴 팔다리를 움츠리듯 하며 머리를 숙였다. 선생님이 이렇게 순순히 사과하니 조금 멋쩍었다. 나는 담임선생님을 몰아세운 것을 반성할 생각은 없지만, 나라 군이 어디에 있을지 짐작이 갔기에 이 이야기는 솔직히 말하기로 했다.

"도서관인데, 함께 가시겠어요?"

"왜 모모세가 함께?"

"도서 당번이거든요."

유쾌한 'Saturday Night'가 끊임없이 흘러나왔다. 가즈미 선생님은 어찌할 바를 모르는 듯한 얼굴로 운동장과 하얀 천막을 번갈아가며 쳐다보았다. 그리고 마지막으로 나를 내려다보았다.

"그럼, 가 볼까?"

학교 건물은 남쪽도 북쪽도 텅텅 비어 있었다. 전교생이 운동장에 나가 있으니 당연한 이야기지만.

＊

안마당을 가로지르는 연결 통로를 건너 북쪽 건물에 다다랐다. 나는 계단 난간을 잡고 크게 숨을 내쉬었다. 운동장의 함성도 음악도 여기서는 멀게 느껴졌다. 그래서인지 기분이 좋았다.

"도서관 문은 열려 있어?"

나와 보조를 맞춰 계단을 올라가던 가즈미 선생님이 물었다.

"오늘은 이부키 씨가 계실 거예요."

"어, 그래?"

"나라 군이 이부키 씨한테 쫓겨나지나 않았으면 좋으련만."

"그럴 리 없어."

가즈미 선생님은 딱 잘라 말했다.

"이부키 씨는 그런 짓 하지 않아. 이상한 억측으로 나쁘게 생각하지 말아 줘."

하필이면 내 목소리까지 흉내 내서 놀릴 건 뭐람.

드디어 4층에 도착한 나와 가즈미 선생님은 도서관 앞으로 향했다. 가즈미 선생님이 먼저 문을 열었다. 나는 선생님 뒤에서 고개를 쭉 내밀고 안을 들여다보았다. 역시 나라 군은 거기에 있었다. 반 티셔츠에 운동복 반바지 차림이었다. 그러니까 토댄을 제외한 다른 경기에 참가하는 체육 대회 복장으로 어제와 같은 자리에 앉아서 책을 읽고 있었다.

카운터에는 이부키 씨가 앉아 있었는데, 나와 가즈미 선생님이 나타난 걸 알아차리자 아무 말 없이 준비실 문 너머로 사라졌다.

도서관 문을 여닫는 소리와 발소리로 누군가가 들어 온 걸 알았을 텐데. 나라 군은 얼굴을 들지 않았다. 그 마음을 읽을 수가 없었다. 멈춰 선 나를 남겨 두고, 가즈미 선생님은 나라 군의 곁으로 성큼성큼 다가갔다.

"찾았잖아, 나라 요시키."

가즈미 선생님의 말투는 침착했다. 나무라거나 타박하는 모습도 아니었다. 그래서인지 나라 군도 천천히 고개를 들었다. 가즈미 선생님 바로 뒤에 서 있는 내 모습을 보고는 한순간 눈을 동그랗게 떴지만 이내 차분한 표정으로 돌아갔다.

"죄송합니다."

"예행연습도 수업의 일환이니까 네 멋대로 아무 데서나 시간을 보내선 안 돼."

"네."

"천막으로 가자. 지금 이동하면 너희 반 친구들이랑 담임선생님께 들키지 않을 테니까."

"자아." 하며 팔을 잡으려는 가즈미 선생님을 홱 피하더니 나라 군은 갑자기 이렇게 말했다.

"'나라는 옷을 걸쳐 입고 내 반을 방문하여서 내 뜻을 대신하여 선생님을 패거라'."

"뭐라고?"

"시예요. 지금 읽고 있는 책의……."

나라 군은 책을 들어 올려 『현관의 도어 스코프 구멍에서 비추어지는 빛 같은 모습으로 태어났을 터이다』라는 긴 제목을 보여 주었다.

"네 마음을 대변해 주는 책인가?"

가즈미 선생님은 어깨를 움츠리며 미소 지었다.

"나도 시가집 읽는 걸 좋아하던 때가 있었지."

긴박했던 상황이 순간 평화로운 독서 이야기로 넘어가자, 경계심을 보이던 나라 군조차 "허." 하고 한숨을 쉬었다. 가즈미 선생님은 평소처럼 미소를 띠며 말을 이어 갔다.

"시를 읽으면, 우리가 늘 보던 좁은 풍경을 고배율의 쌍안경으로 다시 바라보는 듯한 느낌이 들지 않니?"

알쏭달쏭 미묘한 가즈미 선생님의 말에 나라 군은 잠자코 고개를 끄덕였다. 가즈미 선생님은 길고양이를 대할 때처럼 조심스럽게 나라 군의 옆 의자에 앉았다.

"네 쌍안경은 지금 그 반에서 뭔가 문제를 발견한 건가?"

"아뇨. 딱히 그런 건."

"가즈미 선생님께 솔직하게 얘기하는 게 나아."

잠자코 서 있던 내가 끼어들자, 나라 군은 도리질하듯 고개를 흔들었다.

"솔직하게 말하고 있어요. 반 애들이 저한테 무슨 짓을 한 건 아니에요. 여장하는 게 싫다고 했더니, 담임선생님을 비롯한 반 친구들이 제가 분장에 참여하고 싶지 않은 거라고 이해한 것뿐이에요."

"그래서?"

"……그냥 저 스스로 연습에서 빠져나왔어요."

나라 군이 내 눈길을 피하더니 어깨를 움츠렸다.

"저도 빠지고 싶지 않았는데……."

"반 분위기가 그렇게 몰고 갔겠지. 나라 군이 스스로 그만두겠다고 하면 다들 편하니까."

가즈미 선생님은 날카롭게 정곡을 찌르고는 목을 좌우로 돌렸다. '우두둑우두둑' 하는 소리가 났다. 입술을 꽉 깨물고 있는 나라 군이 너무도 가여운 나머지 내가 가즈미 선생님한테 대들려던 찰나였다. 선생님의 얼굴을 보자 순간 멈칫했다. 가즈미 선생님의 미소는 어느덧 사라지고, 눈매가 날카로워졌다.

"음. 정리하자면, 나라 군은 분장에 참여하고 싶지만, 반에서 정한 의상을 입고 싶지는 않다……라는 거지?"

"네, 맥주 판매원 분장이에요. 미니스커트 입고, 배 노출하고, 가발 쓰고, 화장하고……. 간단히 말해서 여장하는 거죠. 하지만 저는 그게 너무 싫어서."

나라 군은 왜 여장이 싫은지에 대해 덧붙이지 않았고, 가즈미 선생님도 굳이 질문하지 않았다. 그래도 이해한다는 듯한 표정으로 고개를 끄덕였다. 이윽고 가즈미 선생님은 힘차게 의자를 박차고 일어나더니 다시 손을 내밀었다.

"그럼 갈까?"

"천막으로요?"

"설마."

그 말에 나와 나라 군은 서로의 얼굴을 바라보았다. 가즈미 선생님은 귀찮다는 듯이 한 손을 책상 위에 얹고는 다리를 굽혔다.

"토댄에 참여하고 싶은 거잖아?"

"그렇긴 하지만……."

"맥주 판매원 의상 같은 건 입지 않고 참가하고 싶은 거지?"

나라 군의 주장은 생각에 따라 이기적이라고 받아들여질 수도 있다. 실제로 나라 군의 반 학생들 대다수는 그렇게 생각하고 있을 것이다. 그래서인지 반 학생 한 명이 빠진 것에 대해 아무도 신경 쓰지 않고 있었다. 나라 군은 거북한 듯 그대로 고개를 숙였다.

"걱정할 필요 없어. 함께 즐기기 위한 행사는 모두가 즐길 수 있는 환경을 조성할 필요가 있는 거니까. 사람들은 그 점을 쉽게 잊곤 하는데, 정말 중요한 문제야."

'어라?' 하며 나는 고개를 갸우뚱거렸다. 같은 말을 최근에 어디선가 들어본 적이 있었다. 그 말을 한 사람과 상황이 기억났을 즈음이었다. 이미 가즈미 선생님과 나라 군은 함께 도서관을 빠져나가고 있었다.

가즈미 선생님은 문을 열고 고개만 돌린 채, "고맙습니다!"라고 큰 소리로 인사했다. 그걸 듣고서야 나는 준비실에 이부키 씨가 있다는 걸 기억해 냈다. 이부키 씨의 답변은 들리지 않았지만, 블라인드 틈으로 그림자가 어렴풋이 움직이는 것이 보였다.

*

"그런 일이 있었구나."

어제와 오늘 나라 군에게 벌어진 일에 관해 듣고 있던 사쿠타로는 도서관 안을 둘러보았다.

"오늘은 나라 군이 안 와서 어찌 된 건가 싶었거든."

그러고 보니 방과 후 도서관에 나라 군이 보이지 않았다. 대신 학생회장이 이번에도 창가 자리에 앉아 있었다. 오늘은 바다를 바라보는 것이 아니라 독서에 몰두하는 중이었다.

"나라 군 어떻게 될 거 같아?"

사쿠타로가 유성 마커로 게시물을 덧쓰면서 물었다. 의자에 앉아서 스트레칭을 하던 나는 잠시 멈추고 고개를 갸웃거렸다.

"글쎄. 어찌 될까?"

가즈미 선생님은 나라 군을 데리고 그길로 교직원들이 모여 있는 천막으로 간 것 같았다. 그 후 연습이 끝날 때까지 선생님도, 나라 군도 돌아오지는 않았다.

"나라 군이 받아들 수 있는 방식으로 참가할 수 있다면 좋겠……."

그때 나의 말을 가로막듯 엄청난 소리가 나며 도서관 문이 거칠게 열렸다.

"역시, 여기 있었어."

얼굴을 내밀며 나타난 건 에모리였다. 귀여운 목소리와는 달리 말투에는 분노가 실려 있었다. 더군다나 오늘은 힘세 보이는 남학생 둘이 위압적인 표정을 지으며 그녀 옆에 서 있었다. 그들이 버티고 있는 한, 도망치기는 힘들어 보였다.

나는 곧바로 에모리와 학생회장 사이에 버티고 섰지만, 에모리는 쳐다보지도 않고 내 옆을 지나쳐 갔다. 그리고 학생회장 앞에 다다르자 천천히 팔짱을 꼈다.

"미도리코, 임시 협의회 요청은 했어?"

학생회장은 책에서 눈을 떼더니, "네." 하고 조용히 끄덕였다.

"체육 대회 실행 위원회는 계속 협의회를 열고 싶어 했잖아요. 뭔가 문제라도?"

사쿠타로가 아무렇지 않는 표정으로 물었다.

"큰 문제가 있지. 가장 중요한 의제가 '토댄의 변화'라니. 우리가 원했던 거랑 전혀 다르잖아?"

에모리는 비명과도 같은 목소리를 내뱉고는 어깨를 들썩이며 숨을 몰아쉬었다.

"대체 어떻게 된 거야? 미도리코는 뭔가 알고 있지?"

"몰랐나요? 오늘 교직원 회의에서 어떤 선생님이 토댄에 관해 제안하셨대요. 분장을 원하지 않는 1학년 학생의 의견을 존중 하자고. 꼭 정해진 의상이 아니더라도 주제에 맞는 분장이라면 인정해 주는 게 어떻겠냐고요. 또 의상 문제뿐 아니라 학생 개인 사정이나 주장 등을 가능한 수렴해서 전교생이 참가할 수 있는 종목으로 만들자고요."

'어떤 선생님'이 누군지 나는 바로 알아챘다. 가즈미 선생님이 미소와는 어울리지 않는 열성으로 힘써 주신 듯하다. 어라, 좀 하는데?

학생회장은 에모리를 똑바로 바라보면서 담담하게 말을 이었다.

"교장 선생님께서 체육 대회는 학생을 위한 행사여야 한다고 학생회에 말씀을 전달하셨어요. 저도 조속히 이 문제에 대해 논의해야겠다고 느껴서 요청하게 됐고요."

"잠깐만. 무슨 말인지 모르겠어. 토댄은 이미 완성돼 있어. 다른 의상을 입은 학생이 섞이면 눈에 띌 거야. 애당초 반에서 정한 주제와 어울리지 않게 된다고. 어떻게 봐도 이상하잖아?"

에모리는 이마에 손을 얹으며 혼란스러움을 감추지 않았다. 연분홍색 매니큐어가 칠해진 손톱이 반들거렸다.

학생회장이 타이르듯 말했다.

"물론 얼마 안 남은 올해 토댄을 근본부터 바꾸는 건 무리겠죠. 하지만 이틀 동안 의상을 조금 손보는 정도는……."

"안 돼. 절대 안 돼. 그건 전통을 망치는 거잖아. 노아고 토댄은 말이야, 학교가 창립되자마자 제1회 체육 대회에서 바로 첫선을 보인 종목이라고. 당시 학생회장이 '새로운 학교의 상징이 될 만한 것'이 있어야 한다며 체실을 조직했어. 그 체실과 학생회가 힘을 합쳐 단체 경기라고 불릴 만한 종목을 만들어 낸 거잖아. 그렇게 학생들이 주가 되어 만든 규칙을, 역대 체실이 40년 이상 지켜 온 규칙을, 어기는 게 말이……."

에모리는 격하게 머리를 절레절레 흔들며 갑자기 말을 멈추었다.

그러고는 상관없어, 라며 혼잣말하더니 다시 학생회장을 바라보았다. 그 얼굴에는 평소 자신감 넘치던 미소가 돌아와 있었다.

"체육 대회와 관련된 의제로 열리는 임시 협의회에는 당연히 체실도 참여하니까. 그런 이상한 간섭 같은 건 다니마치 선생님이 절대 용서하시지 않을 거라고 봐. 그러면 역으로 토댄이라는 전통이 우리에게 어떤 의미인지 모두 제대로 인식하는 기회가 되겠지."

에모리가 말하자 옆에 서 있던 애들이 고개를 끄덕였다. 그때, 지금까지 가만히 있던 사쿠타로가 의자에서 일어섰다. 그러고는 수상쩍다는 눈빛을 보내는 에모리에게 물었다.

"에모리는 어떻게 생각해?"

"뭘?"

"반에서 정한 의상을 입고 싶지 않다는 의견. 이게 '이상한 주장'이야?"

"당연하지. 그건 주장이 아니라 제멋대로인 거야. 한 명이 원하는 대로 해 주면 끝도 없잖아."

에모리의 답변은 빨랐다.

"그 제멋대로인 이유에 대해서는 안 물어볼 거야?"

"물어볼 필요도 없지. 단 한 명의 사정으로 오랜 전통을 뒤엎겠다니, 이건 너무 심한 횡포지."

에모리는 정의라는 불꽃으로 눈동자를 불태우며 딱 잘라 말했다. 사쿠타로는 검게 빛나는 커다란 눈망울로 바라보더니 이내 눈을 감았다.

사쿠타로의 마음을 지탱하는 기둥이 몇 개나 있는지는 모르겠지만, 적어도 그중 하나는 지금 확실하게 부러진 듯하다. 그는 어깨를 더욱더 움츠리고는 고개를 숙였다. 이대로 바닥 속에 파묻혀 버리는 건 아닐까 싶었지만, 다시 눈을 떴다. 그리고 이번에는 조금 전보다 훨씬 더 반짝이는 눈으로 에모리를 쳐다봤다.

"횡포는 어느 쪽이 부리는 걸까? 올해는 단 한 명이었지만, 내년에는 열 명이 품게 될 바람일지도 몰라. 또 내후년에는 서른 명이 소리 높여 요구할 수도 있고. 수가 적다고 해서 그 사람의 의견을 '제멋대로'라고 단정하는 건 위험한 생각인걸."

사쿠타로의 어조는 조용했지만, 내용은 강력했다. 에모리는 뺨이라도 맞은 듯 볼을 만지작거렸다. 그러고는 약간 흥분한 듯 보이는 덩치들을 제지하며 입술 한쪽 끝을 치켜올렸다.

"각자의 의견은 임시 협의회에서 주고받도록 하자. 근데 어쩌나? 도서 위원은 참여할 수가 없잖아."

평정심을 되찾은 에모리는 둘을 데리고 문으로 향했다. 그러다 학생회장에게 천천히 시선을 던지며 말했다.

"미도리코. 노아고 역사상 여학생회장은 네가 두 번째야."

"그렇다더군요."

"나도 선배한테 들었는데, 첫 번째 회장은 토댄을 만든 초대 학생회장이었대."

학생회장뿐만 아니라 나와 사쿠타로도 처음 알게 된 사실에 도서관에는 순간 정적이 흘렀다. 에모리는 작고 예쁘장한 얼굴의 절반을 문으로 가린 채 피식하고 숨을 내쉬듯이 웃었다.

"미도리코는 초대 회장이 만든 전통을 지킬 거야, 아니면 부술 거야? 어떤 학생회장이 될 작정이야?"

학생회장은 선뜻 대답하지 못했다. 에모리는 빙그르르 하고 발길을 돌리더니 문 뒤로 사라졌다. 경호원 역할을 해낼 기회가 없었던 애들이 황급히 그 뒤를 따랐다.

내가 학생회장에게 다가가며 어떤 말을 걸까 망설이는데, 학생회장이 책상 위에 놓인 책을 들어 올렸다.

"이 책 다 읽어서 반납할게요."

"어, 아아, 그래."

나는 어정쩡하게 답하고 학생회장과 카운터로 되돌아왔다.

사쿠타로의 시선을 의식하면서 책 라벨에 붙어 있는 바코드를 찍어 반납 절차를 밟았다. 컴퓨터 화면에 나타난 『화성 이야기』의 표시가 '대출 중'에서 '대출 가능'으로 바뀌어 제대로 반납이 된 걸 알 수 있었다. 나는 짧게 안도한 다음 말을 걸었다.

"재미있었어?"

"네." 하며 학생회장은 고개를 끄덕이고는 책을 가리켰다.

"자기가 화성인이라고 주장하는 여자아이가 주인공이에요. 근데 주변 사람들이 '특이하다'를 넘어서 '제정신이 아니다'라고 말할 정도로 다들 꺼리는 아이라서……."

그 책을 읽어 본 적이 없는 나는 "허, 그렇구나." 하며 맞장구치는 수밖에 없었다.

"현실 세계에서 같은 반 아이가 '나 화성인이야.'라고 하면 뭐라 답할지 곤란해질 수도 있겠지만, 적어도 책 속에 등장하는 주인공은 정말로 굉장한 아이라서 존경심이 들 정도예요."

내 맞장구 같은 건 처음부터 기대도 안 했던 것 같았다. 학생회장은 바로 "여러 가지 사정이 있었다고는 하지만."이라며 말을 이어 갔다.

"그 아이는 자신이 한 말에 대한 신념을 굽히지 않았으니까."

"그거…… 진짜 대단하네."

"학생들이 각자 자기의 자유에 대한 책임을 질 수 있는 학교를 만들겠습니다."

"뭐?"

"제가 학생회장 선거 때 내걸었던 공약이에요."

학생회장은 그렇게 말하고는 머리칼을 살랑거렸다.

"저도 제 말을 끝까지 믿고 실현하고 싶어요. 괴짜로 보이는 건 가능하면 피하고 싶지만."

"그 공약을 듣고 아무도 너를 괴짜라고 생각하지 않아."

내가 웃자, 학생회장도 안도한 듯 미소를 지었다. 그러고는 "얼굴이 또 달아오르네요."라며 한층 더 발그스레해진 뺨을 양손으로 누르더니 문득 고개를 갸웃거렸다.

"초대 학생회장의 공약은 뭐였을까요?"

"글쎄." 하며 나는 어깨를 으쓱했다. 초대 학생회장이 토요일의 댄스를 만든 장본인이라니. 아마 엄청 활동적인 여학생이었겠지. 아무리 어려운 공약을 내걸었더라도 졸업 전에 확실히 실현했을 것 같은 느낌이 들었다.

"초대 학생회장은 자기가 만든 토요일의 댄스가 전통이 된 걸 알고 있을까?"

카운터에 있던 사쿠타로가 이야기에 끼어들었다.

"그야 소문으로 전해 듣지 않았을까? 체육 대회를 보러 왔다면 분명히 알 테고."

"자랑스럽고 기쁜 마음이 들겠지?"

"그야 기쁘겠지. 당연히."

"그렇겠지? 그리고 그 행사로 후배들 사이에서 예상 못 한 충돌이 있는 건 꿈도 못 꾸겠지?"

"어이, 얼굴도 모르는 선배한테 푸념하지 마, 사쿠타로."

내가 충고하자 학생회장이 웃음을 터뜨렸다. 사쿠타로는 머리를 긁적였다.

학생회장이 나가자 사쿠타로는 미도리코를 웃겨 주려고 그랬다며 변명했지만, 그건 본심에서 나온 푸념이었을 것이다. 분명 자기와 에모리의 견해 차이가 명확해진 게 견딜 수 없었던 거다.

여기저기 헤매던 내 시선이 카운터 위에 놓인 『화성 이야기』에 멈췄다. 문득 마음속 결심을 굳힌 나는 그 책의 대출 절차를 밟았다.

*

'Saturday Night'가 교내 곳곳에서 연거푸 울려 퍼지는 소리를 듣고 있다 보니, 어느덧 해가 기울었다. 어두워지는 시간이 점점 앞당겨지고 있었다. 오늘은 구름이 낮게 드리우고 있어서 한층 더 어둡게 느껴졌다. 강풍은 여전했지만, 비는 전교생 하교 시간 전까지 오지 않을 것 같았다. 냉방을 끄고 창을 열어젖히자, 습기를 잔뜩 머금은 바람이 들어왔다. 조금 으스스하고 서늘한 느낌이었다.

오늘도 도서관은 학생회장 말고는 이용자가 없어서, 나는 카운터 안에서 『화성의 이야기』를 꽤 오랜 시간 읽을 수 있었다. 이야기 속 계절은 한여름으로, 태양은 하루 종일 높이 떠 있었다. 책에서 고개를 든 순간, 소설 속의 세계와 내가 살고 있는 세계와의 어긋

남에 시야가 일그러졌다. 내가 얼마나 독서에 몰입하고 있었는지 깨닫게 되는 순간이었다.

확성기에서 흘러나오는 음악이 멈춤과 동시에 학생들의 웅성거리는 소리가 커졌다. 나는 준비실 문 위에 걸려 있는 시계를 올려다보았다. 미이케 씨와의 약속 시간이 다가오고 있었다. 나와 사쿠타로는 평소보다 빨리 도서관 정리와 청소를 마무리 지었다.

이윽고 가방을 멘 순간, 준비실 문이 열리더니 이부키 씨가 '북트럭'이라 불리는 책을 실은 손수레를 밀고 나왔다. 자그마한 몸집의 이부키 씨가 밀기에는 너무 커 보였다. 사쿠타로가 얼른 뛰어가서 문을 잡았다.

"여름 방학 끝나고 구매한 책인가요?"

"응. 이제야 겨우 비치할 수 있게 됐어. 여러 가지 자료를 작성하느라 시간에 쫓겨서 라벨 작업도 덩달아 더뎌졌네."

"라벨 작업?"

"구매한 책에 청구 기호 라벨이랑 바코드를 붙이고, 표지에 보강 필름을 붙여서 서가에 진열할 수 있는 상태로 만드는 작업이야."

이부키 씨는 아무것도 모르는 나를 위해 친절히 알려주었다. 그러고는 동그란 주먹으로 허리를 통통 치면서 등을 곧게 뻗고는 시계를 올려다보았다.

"벌써 시간이 이렇게 됐네. 둘 다 귀가하도록 해. 전교생 하교 시각이……"

"같이 하면 금방 끝나요. 저희가 도와드릴게요."

사쿠타로가 기뻐하며 손수레에 실린 책을 집어 들었다. 얼떨결에 나도 양손에 책을 두 권씩 쥔 다음, 책등에 붙은 청구 번호 라벨 숫자에 맞는 적절한 위치로 향했다. 두 권은 수학과 물리 교본으로 자연 과학 서가, 한 권은 북미 역사 자료로 역사 서가, 나머지 한 권은 연극 각본으로 예술 서가에 꽂아 두었다.

내가 네 권을 책장에 꽂는 동안 열 권도 넘게 처리한 사쿠타로 덕분에 작업은 금세 끝이 났다. 전교생 하교 시각까지는 이제 1분도 남지 않았다. 내 왼발이 마음대로 움직일 수 없는 걸 고려하면 정문을 빠져나갈 때쯤에는 시간이 꽤 지나 있을 것이다.

"고마워. 조심히 귀가해. 선생님들께는 내가 설명해 둘 테니까."

이부키 씨는 동그란 안경을 밀어 올리고 숨을 크게 내쉬었다. 가장 높은 선반에 책을 얹으려고 계속 발돋움하느라 코밑에 땀이 송골송골 맺혀 있었다. 나는 이부키 씨 대신 그 책을 어렵지 않게 선반에 얹고는 고개를 숙였다.

"그럼 잘 부탁함다."

나를 따라서 고개를 숙인 사쿠타로가 먼저 나가고 뒤따라 나가려 할 때, 등 뒤에서 목소리가 울렸다.

"만약 필요하다면 미도리코한테 알려 줘."

"학생회장한테요?"

이부키 씨는 고개를 끄덕였다. 역시 도서실에서 나누는 대화는 준비실에서도 그대로 다 들리나 보다.

"임시 협의회에서는 당사자를 초치할 수 있다고."

"당사자 초치?"

도무지 무슨 뜻인지 이해할 수 없는 나를 재촉하듯 이부키 씨의 말이 빨라졌다.

"회의에서 참고로 하기 위해 학생회장의 권한으로 당사자를 초치, 즉 불러들일 수 있다는 거야."

"그렇군요."

뜻은 이제 알았지만, 그게 어떤 의미로 연결되는지는 여전히 모르겠다. 그런 내가 너무 답답했는지, 이부키 씨는 파마머리를 긁적이더니 동그란 안경을 쭉 밀어 올렸다.

"그러니까 학생회장은 임시 협의회에서 다루는 의제와 관련이 있는 사람이라면, 선생님이든 친구든 도서 위원이든 그 누구든 간에 든든한 지원군을 부를 수 있다는 거야. 한마디로 치트 키인 거지."

나는 그 의미를 겨우 이해함과 동시에 이부키 씨의 지식에 압도당했다.

"과연 노련하신 학교 사서님이시네요. 학생회 사정까지 이렇게 훤히 꿰뚫고 계시다니."

"……'당사자 초치'는 노아고 특유의 규칙인걸."

그때 사쿠타로가 되돌아왔다.

"뭐 해, 모모세! 뛰어갈 수도 없어서 서두르지 않으면 약속 시간에 늦을 거야."

"아, 미안. 이부키 씨랑……."

뒤돌아보니 이부키 씨는 이미 용무가 끝난 듯 준비실로 되돌아가는 중이었다.

*

사쿠타로는 내 옆에서 나의 걸음 속도에 맞춰 걸어 주었다. 누군가가 돌봐 주는 것에 익숙하지 않은 나로서는 정말이지 볼썽사납

게 느껴졌다. 그런 내 옆을 걸으며 사쿠타로는 평소와 같은 모습으로 최근에 즐기고 있는 게임에 대해 신나게 이야기하고 있었다.

약속 장소가 있는 상가는 노아고 학생들도 방과 후나 동아리 활동을 마치고 자주 가는 곳이었다. 상가 안에 있는 몇 군데의 햄버거 가게 중에 가장 역사가 길고, 내부가 넓고, 햄버거 종류가 많은 'GOOD PIRATES'가 미이케 씨와의 약속 장소였다. '노아고 재학 중에 자주 갔었던 추억이 있는 가게'라며 그가 지정한 것이었다. 나도 동아리 활동을 마치고 배구부 선수들과 이따금 방문했었기에, 졸업 후 진학이나 취직으로 이 마을을 떠나게 되면 미이케 씨처럼 이곳을 그리워할지도 모르겠다.

양품점 같은 진열장 안에 자리 잡은 거대한 햄버거 모형만이 이곳이 무슨 가게인지를 알려주고 있었다. 사쿠타로가 강풍을 온몸으로 버티며 문을 밀어젖히자, 옛날에 유행했던 음악이 시끄럽게 거리로 쏟아져 나왔다. 가게 안에 있는 오래된 주크박스에서 흘러나오는 소리였다.

그때, 가장 안쪽 칸막이에서 사람 그림자가 일어서더니 손을 들었다.

"우리가 늦었나?"라고 사쿠타로가 뒤돌아보며 걱정스럽게 속삭였다. 나는 휴대 전화로 시간을 확인하고 고개를 저었다.

"시간 맞춰서 왔는데."

가게 가장 안쪽까지 널마루를 삐걱거리며 걸어가자, 내가 지금껏 상상해 왔던 '직장인' 이미지와는 동떨어진 캐주얼한 복장을 한 남성 두 명이 있었다. 그들은 맥주잔에 든 코카콜라를 한 손에 든 채, 감자튀김을 우물거리고 있었다.

"실례함다."

'선배'라고 생각하자 나도 모르게 목소리가 커졌다. 사쿠타로는 등을 움찔했고, 올백 스타일의 남성이 하얀 치아를 보이며 웃었다.

"사쿠타로와 모모세라고 했던가? 미안. 먼저 시작했어. 추억 돋아서 배가 꾸르륵거리는 바람에 말이야. 그래도 맥주는 참았어."

옆에 함께 있던 남성은 건강 검진에서 주의를 받을 게 분명한 둥근 배를 어루만지며 거친 콧바람으로 대답을 대신했다. 숱 많은 곱슬머리가 살랑살랑 흔들렸다.

당연히 미이케 씨 혼자일 거로 생각했던 나는 사쿠타로의 등을 쿡쿡 찔렀다. 사쿠타로는 보지도 않고 어깨를 으쓱해 보였다.

"자, 앉아. 앉아."

그렇게 말하며 올백 스타일은 자기들 맞은편 소파를 가리켰다. 그 눈빛은 졸업 앨범에서 본 미이케 마키오의 눈빛이었다. 늦더위가 신경도 안 쓰이는지 검은 라이더 가죽 재킷을 입은 날씬한 체형도 그대로였다. 다만 그사이 머리는 올백이 되어 있었고, 은테 안경도 보이지 않았으며, 얼굴엔 붉은 여드름은 물론 여드름 자국 하나 남아 있지 않았다. 무엇보다 졸업 앨범 속 반 단체 사진과 도서 위원 단체 사진에서 보았던 무뚝뚝한 표정이 훨씬 부드럽고 밝아진 것에서 세월을 느낄 수 있었다.

"혹시 다이라 요헤이 씨인가요?"

소파에 앉으면서 사쿠타로가 말을 걸었다. 나도 미이케 마키오의 맞은편에 비스듬히 앉아 있는 파마머리의 남성을, 졸업 앨범에서 확인했던 다이라 요헤이와 얼른 대조해 보았다. 이쪽은 검은 테 안경이 무테안경으로 바뀌었을 뿐, 전반적인 분위기는 그대로였다.

남성은 "웍!" 하며 한숨인지 답변인지 알 수 없는 소리를 내고는 고개를 끄덕였다.

나와 사쿠타로는 엉겁결에 환호성을 지르고 얼굴을 마주 보았다. 증인이 한 명 더 나타난 것도 기뻤지만, '다 큰 개구쟁이들인 33기 도서 위원'이 졸업을 하고도 10년이 지나도록 교류한다는 사실에 기뻤다.

미이케 씨는 메뉴를 내밀며, "오늘은 내가 살게. 가격은 걱정 안 해도 돼."라며 의젓하게 말했다. 메뉴에는 스테이크도 있어서 마음이 흔들렸지만, 초면이니 예의상 베이컨 에그 햄버거로 정했다. 사쿠타로는 아보카도 햄버거를 골랐다. 음료수는 콜라로 통일.

"그걸로 충분해?"

미이케 씨가 점원을 불러 주문하는 사이, 다이라 씨는 "등심 스테이크 300그램."이라며 아무렇지도 않게 주문을 추가했다. 그러고는 같이 먹자며 페퍼로니 피자와 시저 샐러드를 주문한 다음 콜라를 한 잔 더 시켰다.

사쿠타로는 처음 뵙겠다는 인사를 시작으로 일부러 와 줘서 고맙다고 얘기했다. 그러곤 미이케 씨가 만든 게임의 열렬한 팬이라고 고백하는 동안 주문한 요리가 나왔다.

"그럼, 일단."이라고 말한 뒤 우리는 콜라가 든 맥주 컵으로 건배를 하고 각자 앞에 놓인 음식을 바라보았다. 미이케 씨는 감자튀김과 콜라로 이미 배가 부른 듯 시저 샐러드를 한 입 먹고는 접시에 담긴 페퍼로니 피자에는 손도 대지 않은 채 본론으로 들어갔다.

"그 책 보여 줄래?"

나는 가방에서 『하늘을 나는 교실』을 꺼내어 내밀었다. 미이케 씨는 손을 정성스레 냅킨으로 닦고 나서 다이라 씨도 읽을 수 있는 위치에서 페이지를 휙휙 넘겼다. 책 속에 끼워져 있던 사사노 씨의 메모도 찬찬히 읽어 보고는, 다이라 씨와 서로 고개를 끄덕였다. 그리고 나와 사쿠타로의 얼굴을 쳐다보았다.

"미리 말해 두지만, 이 『하늘을 나는 교실』을 반납한 건 우리가 아니야. 그렇지?"

다이라 씨가 스테이크를 썰면서 수긍하듯 고개를 꾸벅했다.

"그렇다고 가족이 반납한 것도 아닐 거야. 사사노 부모님은 아들이 죽은 후 꼼꼼하게 유품을 정리해서 빌린 건 전부 주인에게 돌려줬다고 1주기 때 전해 들었거든. 도서관 라벨이 붙은 문고본을 그냥 둘 부모님이 아니지."

미이케 씨는, 그니까 이 책은 제삼자에 의해 그의 집 이외의 장소에서 보관되고 있었을 거라며 결론지었다. 어리둥절하는 내 옆에서 사쿠타로는 미이케 씨가 들고 있던 메모를 손가락으로 가리켰다. 긴장한 탓인지 평소보다 목소리 톤이 높았다.

"이건 사사노 씨가 쓰신 게 맞나요?"

"어. 고3 체육 대회를 두고 반복하던 입버릇이랄까, 일종의 표어였어. 글자체도 눈에 익고, 그가 쓴 게 틀림없어."

미이케 씨는 들고 있던 메모를 책 사이에 끼우면서 심각한 표정으로 고개를 끄덕이더니, 갑자기 가벼운 어조로 말했다.

"그렇다 쳐도 10년 만에 반납된 책이라니, 감상적이야. 너희들도 '도대체 누가 이제 와서?'라며 흥분했겠네?"

우리 답변을 기다리지도 않고 미이케 씨는 다이라 씨의 어깨를 툭툭 쳤다.

"이거 좋은 소재가 될 수 있겠어. 작품 만들어, 미스터리."

"나는 라이트 노벨 작품만 쓸 거라서. 할렘 배경으로."

"그니까 미스터리 요소가 있는 할렘 라노벨로 가면 되잖아."

자신의 어깨를 짓누르는 미이케 씨의 팔꿈치를 밀어낸 다이라 씨는 스테이크를 두세 덩어리씩 한꺼번에 집어 입 속으로 던져 넣었다. 음식에는 손도 대지 않고 얌전히 앉아 있는 나와 사쿠타로를 향해 미이케 씨가 웃어 보였다.

"이 친구는 소설가 지망생이야. 우체국에서 아르바이트하면서 쓰고 있지. 힘든 와중에도 꿋꿋이 버티며 10년 동안."

"9년 6개월이야. 그리고 정확히 말해서 소설가 지망생이 아니라 라이트 노벨 작가 지망생."

다이라 씨는 미이케 씨의 장난스러운 어조에도 화내지 않고 답한 다음 미소를 지으며 우리를 보았다.

"듣고 싶은 말이 있으면 냉큼 물어보는 게 좋을 거야. 마키오의 이야기는 늘 옆으로 새니까."

다이라 씨의 목소리는 낮고 차분했다. 그 목소리는 마치 공기를 흔들 듯이 울렸고, 미이케 씨는 이내 머쓱해진 채 입을 다물었다. 가게 안에서는 옛날 음악이 흘러나오고 있었다.

세 소절 정도 귀를 기울이다가 마침내 내가 입을 열었다.

"소장 도서 검색기의 엑스트라 스테이지에 나온 문장에 대해서 다시 물어보고 싶은데요. 그건 미이케 씨가 만든 게 틀림없나요?"

내 질문에 고개를 갸우뚱하는 미이케 씨에게 사쿠타로가 휴대전화로 찍어 둔 화면 사진을 확대해서 보여 주며 소리내어 읽기 시작했다.

"방주는 필요 없어. 다 큰 개구쟁이들아, 토댄을 부숴 버려! '불행한 일을 당해도 피하지 마. 일이 잘 안 풀려도 놀라지 마. 운이 나빠도 낙담하지 마. 힘을 내. 무슨 일을 당해도 이겨 낼 만큼 강해져야 해.' 부술 수 없다면 우리들의 방주를 만들면 돼. 도서관의 방주에 모두를 태우고 살아가자! 다 큰 개구쟁이들인 33기 도서 위원."

"글솜씨 형편없고."

곁들여 나온 스위트콘을 먹으며 다이라 씨가 나지막이 말했다. 미이케 씨는 귓불이 빨갛게 달아오르더니 "굳이 그렇게?"라며 강하게 반발했다.

나는 무시하고 계속 말을 이어 갔다.

"아까 미이케 씨 이야기에 따르면, '방주는 필요 없어. 다 큰 개구쟁이들아, 토댄을 부숴 버려!'까지는 사사노 씨가 내세우신 표어인 것 같은데요."

"그래. 하무의, 아차 '하무'는 사사노 고의 별명이야. 그 말버릇이 몇 년이 지나도 잊히지 않았거든. 그래서 엑스트라 스테이지 문장을 구상할 때 가장 먼저 그 표어를 빌리게 됐어. 오히려 하무의 이 말을 남기고 싶어서 엑스트라 스테이지를 만들었다고 말할 수도 있겠지."

나는 무심코 사쿠타로의 얼굴을 쳐다봤다. 추측할 수밖에 없었던 일에 대해 겨우 알게 되어 기뻤다. 사쿠타로는 긴장을 했는지 뺨이 굳은 채 고개를 끄덕였다.

미이케 씨는 다시 입을 열었다.

"나머지는 내가 덧붙인 거야. 『하늘을 나는 교실』에서 인용한 거랑 당시 대학생이었던 내 마음을 담아 쓴 걸로 만들었는데……. 글솜씨가 형편없어서 미안하네."

뒤에 덧붙인 말은 분명 다이라 씨를 향한 빈정대는 말투였다. 나는 질문을 이어갔다.

"다 큰 개구쟁이들은 진짜 토댄을 쳐부술 작정이었나요? 만약 그렇다면, 어떻게요? 또 방주란 대체 뭔가요?"

'또, 또' 하며 덧붙이고 싶은 질문들이 계속해서 쏟아져 나오는 걸 꾹 참았다. 나는 베이컨 에그 햄버거를 한입 가득 베어 물었다.

"그건……." 하며 미이케 씨가 처음으로 말을 떠듬거렸다. 그러고는 다이라 씨에게 시선을 돌리며 애꿎은 올백 머리를 매만졌다. 사쿠타로가 먹다가 만 햄버거에서 아보카도가 툭 하고 접시 위로 떨어졌다. 다시 미이케 씨가 물었다.

"올해 체육 대회는 언제지? 곧 다가오지 않나?"

"……이번 주 토요일이에요. 오늘은 예행연습이 있었고요."

갑작스러운 질문에 사쿠타로는 당황한 듯 보였다. 미이케 씨는 팔짱을 끼고 고개를 끄덕이더니 천천히 이야기하기 시작했다.

"요즘 어떤지 모르겠지만, 당시 체육 대회에서는 토댄이 가장 유명했는데 말이지."

"지금도 그래요."

"그렇구나. 토댄은 전원 참가하는 것이 기본이잖아? 하지만 우리 때도 물론 참가할 수 없는 학생들이 있었어. 참가를 포기하도록 강요받는 애들이."

그 말이 끝나자마자 나라 군의 얼굴이 떠올랐다. 사쿠타로도 그랬던 모양이다. 동그란 눈동자 속에 불꽃 같은 빛이 반짝였다.

"하지만 다수파로서의 혜택을 받고 있던 우리는 황당할 만큼 둔

해서, 그 잘못된 구조에 대해 미처 깨닫지 못했지."

"하무를 제외하고."라고 미이케 씨가 덧붙였다.

"하무가 '이상하지 않아?'라고 말해서 우리도 겨우 그 부조리를 깨닫게 된 거야. 부끄럽지만 같은 도서 위원으로 함께 당번을 하고, 방과 후나 휴일에도 함께 놀러 다녔던 친구가 다수파가 될 수 없는 사람이었다는 걸 알면서도 말이야. 그녀가 혼자서 참거나 포기해야만 했던 많은 것을 우리는 눈치채지 못하고 있었어."

미이케 씨는 분명히 '그녀'라고 말했다. 내가 아는 33기 도서 위원들 가운데 여자는 딱 한 명뿐이다. 나는 집었던 감자튀김을 먹는 것도 잊은 채 귀가 솔깃해져서 가만히 이야기를 듣고 있었다.

"가도다 메이 씨가 토댄에 참여할 수 없는 이유가 있었군요?"

"응. 그녀는 휠체어를 타고 다녔거든."

"네?" 하며 나와 사쿠타로의 목소리가 겹쳤다. 물론 바로 이해할 수 있는 이유이긴 했지만, 우리가 상상했던 범주에서는 완전히 벗어나 있었다. 이거야말로 다수파로서의 혜택을 받고 있는 우리가 둔하다는 걸 나타내는 거겠지.

미이케 씨는 콜라를 벌컥벌컥 들이켰다.

"다리가 불편하니까 춤출 수 없다. 춤출 수 없으니까 토댄에는 불참. 그래서 관람으로 대체. 나의 좁은 상식으로 그렇게 멋대로 단정 짓고 있었는데, 하무는 달랐던 거야. 그녀에게 '춤추고 싶지 않아?' 하고 단도직입적으로 물었더니 '춤은 추지 않아도 되는데, 춤추는 곳에 함께 있고 싶어.'라고 말했다더군."

"그래서 사사노 씨는 '토댄을 쳐부수자'라고?"

"그래. 속뜻을 말해 두자면, 기존의 토댄을 부수고 새로운 기준을 마련하자는 거지."

다이라 씨가 스테이크를 다 먹어 치우고는 '푸후' 하고 크게 숨을 내쉬었다. 마치 미이케 씨의 말에 대한 추임새처럼 들렸다.

"반에서 정한 의상을 입고 전교생이 같은 안무로 일사불란하게 대열을 맞춰 완벽하게 춤춘다······. 그 기준에 딱 들어맞는 사람들만 참여할 수 있는 토댄은 올라탈 사람을 선별했던 노아의 방주 같은 거라고 하무는 말했지."

"그런 방주는 필요 없다."

"맞아. 하무는 홍수가 나든, 해일이 오든, 태풍이 불든, 단 한 명도 남기지 않고 모두 태울 수 있는 새로운 방주를 만들 거라며 늘 큰소리치곤 했어."

나는 지금껏 한 번도 만난 적 없고 또 앞으로 무슨 수를 쓰더라도 볼 수 없는 사사노라는 인물이 눈앞에서 생생하게 이야기하고 있는 듯 느껴졌다. 미이케 씨를 통해 간접적으로 듣는 것이었지만, 사사노 씨의 따뜻한 마음에 직접 닿은 듯한 느낌이었다. 문득 옆을 보니, 사쿠타로도 숨을 죽인 채 조용히 이야기를 듣고 있었다.

"하무는 딱히 멋진 척하는 녀석은 아니야. 그냥 평범하고 자연스러운 그런 녀석이었지. 이해하려나, 이 뉘앙스? 쉽지 않네. 본인이 직접 등판하면 바로 이해할 텐데."

미이케 씨는 입을 삐죽거렸다.

"안타깝게도 이미 죽었지."

누구나가 망설였던 말을 선뜻 내뱉은 다이라 씨는 콜라를 단숨에 들이켰다. 다시 본론으로 돌아가겠다는 듯 사쿠타로가 다른 질문을 했다.

"그래서 구체적으로 토댄을 어떻게 바꾼 건가요?"

"하무의 사고로 실현되지는 않았지만……."이라는 말을 시작으로 미이케 씨가 알려준 '방주 계획'은 매년 원곡 음원으로 트는 'Saturday Night'를 가도다 씨의 라이브로 몰래 바꾸는 작전이었다.

"야기*는 가도다 메이의 별명이야. 야기는 노래를 잘 부르고 영어 발음도 멋져서 딱 좋잖아.'라며 하무가 제안한 거야. 실제로 노래방에서 들어본 야기의 'Saturday Night'는 맑은 목소리에 매력까지 철철 넘쳐서 완전 최고였어."

추억 속에 깊숙이 남아 있는 그때 그 음을 찾으려는 듯 미이케 씨의 눈은 허공을 맴돌았다.

"도서 위원 다섯 명은 각오를 다지고 체육 대회 당일에 방송실을 점령할 준비를 하고 있었어. 그런데……."

미이케 씨의 말이 도중에 끊어졌다. 바로 그날 사사노 씨를 덮친 비극은 그의 친구들에게 들이닥친 비극이기도 했다.

"그렇게 계획은 전부 틀어져 버렸어. 야기가 그 사고 다음 날부터 학교에 나오지 않고, 체육 대회도 참여하지 않는 바람에 방송실을 점령할 이유도 없어졌고. 그 후 고교 생활은 그대로 입시 분위기로 바뀌었지. 크리스마스와 겨울 방학, 새해의 즐거움도 포기하며 시험에 모든 걸 쏟아붓고 떠밀리듯 졸업. 그러다 보니 하무에 대해서도, 실행하지 못한 토댄의 계획에 대해서도 새삼 이야기 나눌 시간은 없었지."

진지한 미이케 씨의 어조에 이끌린 나는 무심코 중얼거렸다.

*야기는 일본어로 염소다.

"들어보고 싶다. 라이브로 부른 'Saturday Night'."

그러자 옆에 앉은 사쿠타로는 물론 미이케 씨도, 의외로 다이라 씨까지 고개를 끄덕였다. 미이케 씨는 고백을 계속했다.

"아는 사람 한 명 없는 대학에 입학하고는 나도 새로운 인간관계와 공부 그리고 아르바이트로 정신없이 바쁜 나날을 보냈어. 하지만 좌절된 방주 계획은 늘 마음 한구석에 찜찜하게 자리 잡고 있었지. 뭐랄까, 풀리지 않은 숙제처럼 남아 있었다고나 할까. 졸업 연구로 만든 도서 검색 프로그램을 노아고에 설치할 때, 당시의 풋풋했던 내 생각을 담은 페이지를 만들어 숨겨 두는 장난을 쳤을 정도니까."

그 페이지를 발견하고 정말로 나에게 연락을 주는 후배가 있을 거라고는 생각도 못 했지만, 하며 미이케 씨는 어깨를 으쓱이고는 차갑게 식어 버린 페퍼로니 피자를 덥석 베어 물었다.

아보카도 햄버거를 들고 있던 사쿠타로가 재촉하는 바람에, 나도 턱이 빠질 정도로 크게 입을 벌리고 햄버거를 한입 가득 넣었다. 육즙과 버터가 스며든 햄버거 빵이 입 안 가득 퍼지며 행복감이 밀려들었다. 햄버거를 삼키고 콜라를 한 모금 마신 뒤, 나는 이야기 도중 계속 신경 쓰였던 부분에 관해 질문했다.

"저기, 왜 가도다 씨의 별명이 야기인가요?"

"이름이 메이잖아? 하무가 늘 '매- 매-' 하고 불러서 염소 울음소리라며 가즈가 붙인 거야."

"가즈는 가즈미 선생님이죠?"

내가 넘겨짚어 말했다. 미이케 씨는 "가즈미 선생님?" 하며 눈을 부릅떴다. 사쿠타로가 바로 설명했다.

"가즈미 선생님은 지금 우리 학교에 계세요. 모모세의 담임이기도 하고, 또 도서 교사이기도…….."

"가즈가 노아고에 있다고?"

미이케 씨 목소리가 너무 큰 나머지 주변에 있는 손님이 몸짓으로 '조용히'라고 하는 주의를 주었다.

"그렇구나. 가즈가 노아고 선생님이 됐구나."

다이라 씨는 그런 미이케 씨를 신경도 안 쓰고 스위트콘을 한 알씩 집어 먹고 있었다.

나는 "네." 하고 고개를 끄덕이고는 약간은 원망스럽다는 듯한 말투로 말했다.

"그래서 그간 있었던 일…… 그러니까 도서 검색기에 숨겨진 페이지가 있다는 것도, 사사노 씨가 빌린 책이 반납자 불명으로 도서관에 돌아온 것도, 그 책 안에 있던 메모에 관한 것도 전부 말씀드렸어요."

"그래서 '가즈미 선생님'은 뭐래?"

"책을 반납한 건 자신이 아니라고 하셨어요. 사사노 씨와 관련해 분명하게 말씀해 주신 건 그게 다예요. 오늘 미이케 씨한테 했던 질문에 대한 답은 전부 얼버무리시고……. 평소의 선생님답지 않게 말이죠."

"평소는 어떤 느낌인데?"

사쿠타로가 팔꿈치로 쿡쿡 쳤지만, 나는 개의치 않았다. 가즈미 선생님에 대해 늘 품고 있었던 인상을 솔직하게 말했다.

"경박한 남자."

"풋!" 하는 엄청난 소리가 나서 보니, 미이케 씨가 아닌 다이라 씨가 뿜어낸 소리였다. 미이케 씨도 늦게나마 손뼉까지 치며 큰 소리로 웃어 댔다.

"가즈, 고교 때와 다르지 않네. 재미있다."

한바탕 박장대소한 후, 미이케 씨는 어디서 끄집어냈는지 모를 은색 빗으로 올백 머리를 다듬기 시작했다. 나는 햄버거 빵을 뜯어서 접시에 걸쭉하게 고여 있는 달걀노른자를 닦으며 말했다.

"가즈미 선생님, 미이케 씨, 다이라 씨 모두 『하늘을 나는 교실』의 반납에 관해 짚이는 점이 없으시다면, 남은 건 가도다 씨네요. 괜찮으시다면 그 선배와 연결해 주실 수 있으세요?"

순간 두 사람의 움직임이 동시에 멈추었다. 둘은 잠시 얼굴을 마주 보았는데, 내 부탁에 대해 서로가 어떻게 반응할지 탐색하는 것 같았다.

"가도다 씨 연락처를 모르거나 하는 건 아니죠?"

사쿠타로가 질문했다. 어느새 그의 접시는 비어 있었다.

미이케 씨가 아직 많이 남아 있는 페퍼로니 피자를 다이라 씨 앞으로 밀어내면서 말했다.

"응, 알고 있어. 알고 있지만……. 그런데 너희는 어때? 야기에 관해 아무것도 모르는 거야?"

"모르니까 여쭤보는 거예요."

"모르는구나. 흠."

어쩐지 이야기가 서로 잘 맞물리지 않는 느낌이었다. 나는 애가 타서 그만 강한 어조로 재촉해 버렸다.

"연락처 아시면 가르쳐 주세요."

"가즈한테 물어보는 게 어때?"

낮은 바리톤의 아름다운 목소리가 매몰차게 울렸다. 나는 "네?" 하고 긴장해서 물었다. 목소리의 주인인 다이라 씨가 이어 갔다.

"가즈한테 물어봤는데 또 얼버무린다면, 미안하지만 그땐 그냥 포기해 줘. 하무의 죽음이 수면 위로 드러나는 일을 야기와 연결 지을 권한은 지금으로서는 가즈에게만 있으니까."

다이라 씨는 막힘없이 단숨에 말하고 나서 휴우, 하고 코로 숨을 내쉬었다. 그러고는 식어 버린 페퍼로니 피자를 손에 들고 표정 변화 없이 우물우물 먹기 시작했다. 나는 아무런 말도 할 수 없었다.

"저기, 왜 가즈미 선생님만 야기 씨…… 아, 실례, 가도다 메이 씨와 연결해 줄 수 있다는 건가요?"

나 대신 사쿠타로가 적절한 질문을 던졌지만, "그것도 가즈한테 물어봐."라는 한마디에 사쿠타로도 하는 수 없이 멈춰야 했다.

오후 9시가 지나고, 우리는 함께 테이블에서 일어섰다. "먼저 나가 있어."라는 말과 함께 미이케 씨는 계산대로 향했다. 나와 사쿠타로는 다이라 씨와 나란히 가게 밖으로 나왔다. 비가 세차게 내리기 시작하면서 지면이 흠뻑 젖어 있었다. 금세 습기로 부풀어 오른 머리를 누르며 나는 접이식 우산을 폈다. 어느새 상가는 완연한 밤 풍경이 되어 화려한 네온이 주변을 밝혔다.

우리와 함께 밖으로 나온 다이라 씨는 아까보다도 더 부푼 느낌의 배를 어루만지면서 말했다.

"『하늘을 나는 교실』의 다섯 명에 빗대어 말하자면, 하무는 마르틴이고 가즈는 제바스티안이야."

"네?"

"하무가 권해서 『하늘을 나는 교실』을 읽었을 때, 난 그렇게 생각했어."

그 순간 이부키 씨가 『하늘을 나는 교실』에 등장하는 다섯 명의 소년 중 누가 가장 인상에 남는지 나에게 물었던 기억이 떠올랐다. 내가 선택한 것은 제바스티안이었다. 나 자신이 그와 같은 타입이라고 생각하지는 않지만.

"마르틴이라면 그 주인공 같은 소년 말이죠?"

"그래. 정의감이 투철하고, 머리도 좋고, 집이 가난해도 친구들에게 기죽지 않고 활기차게 행동하는 녀석."

다이라 씨는 등장인물의 성격을 정확하고도 단적으로 설명한 뒤, 갑자기 아련한 눈빛이 되었다.

"그니까 가즈가 교사가 되겠다는 말을 들었을 때, 만약 『하늘을 나는 교실』의 속편이 있다면 성장한 제바스티안도 교사를 지망했을지도 모르겠다고 생각했어. 사실은 '정의 선생님이 되고 싶었던 제바스티안' 같은 거 말이야. 뭔가 흥미진진하잖아."

정의 선생님이란 『하늘을 나는 교실』 속 배경인 김나지움 기숙학교 선생님의 별명이다. 다섯 명을 포함한 전학생들을 적절한 거리를 두고 지켜보는, 신뢰할 수 있는 어른으로 그려져 있었다.

"그럴지도 모르겠네요."라고 말하면서 사쿠타로가 비닐우산을 다이라 씨에게 씌워 주었다. 우산을 쓰지 않은 채 계속 비를 맞고 있는 그를 차마 두고 볼 수 없었나 보다. 등장인물과의 비유가 나와 사쿠타로에게는 그다지 와 닿지 않는다는 걸 눈치 챈 다이라 씨는 머리를 긁적이더니 화제를 돌렸다.

"오늘 오랜만에 하무의 이름을 듣고 문득 기억났는데, 당시 의문점이 하나 있었어."

"당시라는 건 사고가 있었던 10년 전 말인가요?"

사쿠타로가 숨을 죽이고 물었다.

"응. 지금까지 잊고 있었을 만큼 사소한 의문이긴 한데…… 하무는 대체 왜 그 길을 지나간 걸까 싶었거든."

그 말을 듣고 사쿠타로가 등을 꼿꼿하게 세우는 걸 알 수 있었다. 나는 우산 손잡이를 어깨에 끼우고 휴대 전화를 꺼내 도서 준비실에서 촬영해 둔 신문 축쇄판 사진을 찾았다.

"그 '길'이란 건…… 이 기사에 적힌 쓰즈미시 모리노메 5번가, 그러니까 시에서 건설했다는 도로 말인가요?"

"그래. 그 부근에서 역으로 간다면 넓은 국도로 나가는 게 더 빠르거든. 그런데 하무는 모리 초등학교나 모리 중학교의 통학로인 주택가 도로를 이용하는 바람에 사고를 당하고 말았어. 물론 이 도로를 통해 역으로 갈 수도 있어. 하지만 그 도로로 가면 역까지 가는 데 2분 정도 더 걸리거든. 아침에는 1분 1초라도 더 자고 싶어서 최단 경로를 이용하는 게 고교생의 습성이잖아? 그래서 의문이었어."

"그러고 보니 의문이 들 만하네요. 왜일까요? 건강을 위해서 길을 돌아갔다거나 그 길에 피어 있는 꽃이 예뻤다거나 아니면 자판기 음료수 같은 게 마음에 들었을 수도 있었을까요?"

"음, 모두 가능성은 있지. 하지만 그런 이유라면 아무래도 하무답지 않단 말이야."

팔짱을 끼고 생각에 잠긴 다이라 씨에게 사쿠타로가 말했다.

"동네 지리에 완전 훤하시네요?"

"뭐, 나? 모리 초등학교에 다닐 때 하무와 같은 반이었거든. 그래서 통학로도 이용한 적이 있었지. 6학년 때 내가 이사 가는 바람에 중학교는 달랐지만. 그러다 고등학교 위원회에서 하무를 다시 만났을 때 무척 기뻤어. 하무는 초등학생 때도 고등학생 때도 변함없이 언제나 하무였으니까.”

다이라는 팔짱을 풀고 수줍은 듯 웃었다. 그를 만나고 처음 보는 표정이었다.

그때 미이케 씨가 “어휴, 미안. 화장실이 붐벼서.”라며 가게에서 뛰어나오더니, “헉, 비 오네. 맙소사!”라고 한바탕 떠들어 댔다. 다이라 씨와 마찬가지로 우산을 챙겨 오지 않았나 보다. 사쿠타로는 다이라 씨를 씌워 주던 우산에 미이케 씨를 불러들인 다음 내 우산 밑으로 뛰어들었다.

“이거 빌려드릴게요.”

고맙다며 순순히 자기 쪽으로 비닐우산을 끌어당기는 미이케 씨의 팔을 다이라 씨가 잡으며 말했다.

“우리 같은 바보들은 감기에 안 걸려서 괜찮은데.”

사쿠타로는 웃음을 지으며, “다음에 다시 만나면 그때 돌려주세요.”라고 말했다.

미이케 씨의 제안으로 우리 네 사람은 연락처를 서로 교환한 다음, 무슨 일이 생기면 연락을 취하기로 하고 그날의 모임을 마무리 지었다.

함께 우산을 쓴 미이케 씨와 다이라 씨는 ‘모처럼’ 만에 조금 더 즐기다 갈 모양이었다. 미이케 씨는 무척 들떠 있었고, 다이라 씨는 “공짜 술이라면 상대해 줄게.”라며 천연덕스럽게 말했다. 이 거리만 해도 분위기 좋은 바가 몇 집이나 있으니, 아무래도 오늘 두 사람의 밤은 길어질 것 같았다.

"그럼, 잘 가. 조심해서 귀가하도록, 후배님들."

마지막에만 묘하게 어른티를 내며 손을 흔드는 미이케 씨 옆에서 다이라 씨가 긴 한숨을 쉬었다. 하지만 나는 안다. 비록 오늘 밤 미이케 씨가 고주망태가 되더라도 다이라 씨는 결코 미이케 씨를 혼자 두고 가 버리지는 않을 것이란 걸.

역으로 향하는 길을 걸으면서 나는 사쿠타로의 한쪽 어깨가 젖은 것을 알아차렸다. 그래서 접이식 우산을 그가 있는 쪽으로 조금 기울였다. 사쿠타로는 바로 눈치채고 "됐어."라며 우산을 밀어냈다.

"네가 젖지 않도록 해. 여자애들은 몸이 차면 안 되잖아?"

'여자애'라는 말이 귀 깊숙한 곳에서 메아리치는 바람에 나는 평정심을 완전히 잃고 말았다. 때문에 횡설수설 쓸데없는 말을 쏟아냈다.

"아니, 그런 말을 하려거든. 그거 있잖아, 왜. 이럴 땐 네가 우산을 들어야 하는 것 아니야?"

"내가 우산을 들면 네 머리가 걸리잖아."

사쿠타로는 단순한 사실을 담박하게 말했을 뿐이다. 그 말속에는 어떤 함축적 의미도 나쁜 뜻도 없을 것이다. 나는 순간 눈물이 쏟아져 나올 것만 같았다. 이유를 알 수 없어서 나 자신도 깜짝 놀라고 말았다. 지금까지 '몸집이 큰 여자'라고 불려도, '전봇대'라고 불려도 아무렇지도 않던 내가 일순간 무너져 버릴 것만 같아 무서웠다. 나의 침묵에 사쿠타로가 고개를 갸웃했다.

"무슨 일 있어?"

'그래, 정말이지 무슨 일 있는 것 같아. 나한테.' 그러나 물론 그렇게 답하지는 않았다. 대신 "다이라 씨와 미이케 씨를 보면서 느낀 건데." 하고 화제를 돌렸다.

"인연과 악연은 꽤 닮았는지도."

사쿠타로는 "그게 뭐야?"라며 크게 웃었다.

*

금요일의
화이트보드

*

금요일 아침엔 세 번 울린 알람 시계를 모두 꺼 버리는 바람에 평소 타던 시간대의 지하철보다 두 대나 뒤에 오는 열차에 올랐다. 차창 밖으로 보이는 하늘은 어제보다는 밝았지만, 여전히 잿빛이라 벌써 푸른 하늘이 그리워졌다.

　하마가이역 개찰구를 통과해서 다른 아이들처럼 전속력으로 달려가면 아슬아슬하게 수업 시간에 맞춰 학교에 도착할 수 있겠지만, 안타깝게도 나는 지금 뛸 수가 없다. 빨리 걷기도 맘대로 안 된다. 어쩔 수 없이 지각을 각오하고 정기권을 천천히 개찰기에 찍었다. 호기심 많은 강아지와 산책하는 것처럼 느릿느릿 학교까지 걸었다. 그러면서 나는 어제 미이케 씨와 다이라 씨를 만나 나눴던 대화를 다시금 떠올려 보았다.

　'방주'의 의미와 사사노 씨의 메모에 적힌 내용은 파악이 되었지만, 여전히 기분이 개운치 않았다. 사사노 씨가 10년 전 대출했던 『하늘을 나는 교실』을 최근에 반납한 사람이 누구이며 또 그걸 이제야 반납한 이유가 무엇인지 알 수 없어서였다. 더군다나 그 책을 반납했을 가능성이 가장 큰 가도다 씨와는 어떻게 된 영문인지 가즈미 선생님을 거치지 않고서는 연락조차 할 수 없다고 한다.

"왜 두목이 가즈미 선생님인 거야?"

나는 주변에 아무도 없는 걸 확인한 뒤 혀를 차며 혼자 중얼거렸다. 헤어지기 직전, 다이라 씨가 새롭게 던져 주고 간 의문인 '우회로의 수수께끼'도 신경 쓰였다.

가즈미 선생님께 뭐라고 말을 꺼내야 할까 궁리하다 보니 어느덧 학교에 다다라 있었다. 조회 시간도 벌써 끝났다. 나는 1교시 수업이 한창일 때 교실로 들어가야 하는 힘든 벌칙을 감수해야만 했다.

모든 수업을 반 아이들과 함께 받던 중학교 때와 다르다. 고교에서는 이과, 문과, 국공립, 사립 등 희망 진로에 따라 선택하는 과목이 달라서 교실 이동이 잦았다. 반 아이들 모두와 만날 수 있는 건 필수 과목 수업과 조회 시간, 그리고 모든 수업을 마친 종례 시간 정도였다. 금요일인 오늘도 아침부터 선택 과목 교실로 이동하가가 점심시간엔 도서관 당번이었다. 5교시 체육 시간이 되어서야 겨우 사치의 얼굴을 볼 수 있었다.

"오늘 학교에 안 오는 줄 알았어."

무더운 체육관에 쭉 늘어선 탁구대를 사이에 두고, 작고 하얀 공을 퐁퐁 주고받고 있는 반 아이들을 보면서 사치가 말했다.

뛰지 못하는 나와 사치는 공 줍기와 득점 관리를 담당하고 있었다. 사치는 오늘이 생리 이틀째라고 했다. 가만, 일주일 전에도 생리통으로 체육 수업에 빠진 것 같은데? 어이없는 양치기 소녀로군. 그래도 체육 수업에 참여할 수 없는 나의 이야기 동무가 돼 주는 건 고마운 일이었다. 발밑으로 굴러온 공을 주워서 반 아이들한테 던져 주며 내가 말했다.

"끝까지 다 읽고 싶은 책이 있어서 밤새웠어. 너 『화성 이야기』라는 책 알아?"

"몰라. 책 얘기는 됐고, 그보다 나는 중요한 목격담에 관한 정보를 갖고 있단다."

"목격? 무슨?"

깜짝 놀라서 나도 모르게 목소리가 커졌다. 멀찌감치 서 있던 체육 선생님이 "득점 담당, 한눈팔지 마라." 하며 주의를 줬다.

사치는 죄송합니다, 라고 마음에도 없는 사과를 하고는 점수판을 대충 넘겼다. 반 아이들도 딱히 불만이 있어 보이지 않았다. 모두가 이 시간을 시험공부와 체육 대회 준비로 바쁜 일상의 휴식 정도로 인식하고 있는 듯했다. 사치는 나를 향해 상반신을 힘껏 기울이더니 귓가에 대고 속삭였다.

"후후. 모모세와 고쿠타로가 같은 우산을 쓰고 있는 데이트 현장이야. 대단하다니까."

나는 두 눈을 휘둥그레 떴다. 사치는 벌어진 내 입을 손바닥으로 가리며 입술에 미소를 머금었다.

"그래, 이제 드디어 때가 온 거야. 모모세는 늘씬한 체형인 데다 얼굴도 성숙하고 멋지니까 좀 더 일찍 연애 이야기의 주인공이 되어도 좋았을 텐데. 바보처럼 동아리에만 빠져서."

"무례하네, '바보처럼'이라니. 어제 그 애랑 저녁 먹은 건 사실이지만, 다른 사람들도 함께였어. 딱히 둘만 식사한 건 아니야. 그리고 우산은……."

"변명하지 마. 목격담은 어제만이 아니니까. 요즘 걸핏하면 둘이 함께 있곤 하잖아? 키 큰 여학생과 고쿠타로의 조합은 눈에 띌 수밖에 없다니까."

사치는 내가 항의하고 부정하는 걸 끝까지 듣지도 않고 맘대로 이야기를 끝맺더니, 미소를 띤 채 발밑으로 굴러온 공을 줍고는 반 아이들에게 건네주러 갔다.

"……키 큰 게 죄냐?"

우산 아래에서 사쿠타로와 나눈 대화가 문득 생각나면서 볼이 뜨거워지는 게 느껴졌다. 거참 난감하군. 공은 엉뚱한 방향으로 날아가서는 앞에 있는 무대 위로 굴러가 버렸다. 나는 반 아이들한테 사과하고 사치를 끌고 무대로 올라가서 공을 찾는 척하며 말했다.

"어쩔 수 없잖아. 너 대신에 도서 당번을 하는 바람에 같이 하교하게 된 거니까. 그니까 재미있어만 하지 말고 소문낸 사람한테 가서 제대로 해명해 줘."

나도 모르게 목소리가 날카로워지는 게 느껴졌다. 이러면 안 되는데.

"이렇게 해명하면 안 되지. 그러면 고쿠타로와의 가능성이 완전히 사라질 텐데?"

사치가 C컬로 말린 밤색 머리를 쓸어 올리며 말했다. '요 앙큼한 것 좀 봐라. 나를 놀리고 있네.' 싶었지만, 화낼 기력조차 사라졌다.

"……아무튼 사쿠타로한테 폐가 되는 건 싫어. 그는 에모리를 무척 좋아하니까."

나는 겨우 쥐어짜듯이 말하고는 이미 한참 전에 찾아낸 공 옆에 쭈그리고 앉았다. 얼굴을 푹 숙이자 코끝이 찡해졌다. 순간 '또?'

라는 생각이 들어 진절머리가 났다. 눈 주변이 한순간 뜨거워졌지만, 눈물을 흘리진 않았다. 세이프다. 아니, 세이프가 아니지. 이미 아웃이야.

내 바로 앞에 쭈그려 앉은 사치가 나보다 빠르게 공을 집어 올렸다.

"나는 그런 모모세가 좋아."

늘 조금은 장난스럽던 사치가 갑자기 진지한 어조로 말했다. 나는 얼떨결에 고개를 들었다.

"무슨 뜻이야?"

"말 그대로야."

사치는 주운 공을 나에게 건네고는 미소 지었다.

"너무 깊이 생각해서 꼼짝 못 하는 모모세가 가엾고 걱정돼. 고교생의 사랑이란 맹목적인 게 딱 어울린다니까."

미지근한 바람이 체육관 무대 위를 훑고 지나갔다.

"사치, 모모세, 너희들 어지간히 좀 해라. 게으름 피우는 거 빤히 다 보인다니까."

이번에야말로 진짜로 화가 난 것 같은 체육 선생님의 호통이 날아왔다. 우리가 무대 위에서 나란히 "죄송합니다."라며 머리를 숙이자 반 아이들이 웃었다.

방과 후, 학교 모습은 평소와 다르게 싹 바뀌었다. 정문에는 미술부의 역작인 아치가 설치되었고, 운동장 조회대 뒤쪽에는 '노아 고등학교'라고 적힌 하얀 천막이 여러 개 놓였다. 이곳은 학부모회와 다른 학교 관계자 그리고 교육 위원회의 내빈과 고령의 관객들이 늦더위 햇볕을 피해 앉을 수 있는 특별석이었다. 반대편에는 교실에서 옮겨 온 의자들로 응원석이 만들어졌다. 그 뒤에는 전 학년이 골고루 섞인 각 반별 팀의 색깔과 연관된 그림이 큰 입간판으로 그려져 줄지어 늘어서 있었다.

학교 건물에는 특별한 사유 없이는 출입을 금지한다는 의미의 테이프가 붙었다. 화장실과 보건실 그리고 미아보호소로 이어지는 경로를 화살표로 그린 안내도는 눈에 잘 띄도록 건물 벽에 부착되었다.

학기 말 대청소를 그렇게나 귀찮아하던 학생들도 체육 대회 준비를 위한 청소는 웃으며 참여했다. 교사들도 학생들도 어딘지 모르게 들떠 있는 교내 분위기는 체육 대회 전야제 그 자체였다.

학생 전원이 체육 대회를 준비해야 하는 만큼, 참가하지 않는 나도 당연히 불려 나갔다. 같은 반 여학생들 몇 명과 함께 남쪽 건물 전 층의 화장실 청소를 맡았다. 낡은 일본식 건물에서 서양식으로 교체하기 위한 공사가 시작된 이후 방치돼 있던 화장실은 빈말이라도 결코 깨끗하다고 할 수 없었다. 모두 투덜대며 청소했지만, 결과적으로는 화장실 귀신도 인정할 만큼 깔끔하게 마무리했다.

맡은 일을 모두 끝낸 나는 떠들썩한 곳을 지나 서둘러 북쪽 건물로 갔다. 한창 화장실 청소를 하고 있을 때, 사쿠타로에게서 가즈미 선생님이 도서관에 와 있다는 메시지가 왔기 때문이었다.

체육 대회 당일에 건물을 통째로 봉쇄하는 북쪽 건물은 마치 시간이 멈춘 듯 썰렁한 분위기였다. 몇몇 교실에서 누군가가 작업하는 소리와 인기척은 전해졌지만, 모두 멀게만 느껴졌다.

썰렁한 공기를 접하고 나서야 나는 아 참, 하고 겨우 깨달았다.

체육 대회가 내일이란 건 내 도서 당번도 오늘까지라는 의미였다. 한 주 동안, 아니다 정확히는 월요일부터 금요일까지 5일 동안의 당번 일은 그렇게 눈 깜짝할 사이에 끝나 가고 있었다. 왼발을 조심하면서 4층까지 계단을 오르내리는 것도 오늘이 마지막이라고 생각하니 퍽 아쉬운 기분이었다. 허전하다는 말이 불쑥 튀어나올 것처럼 가슴 가득 감정이 퍼져 나갔다. 달콤하고 괴롭고 울고 싶은 허전함은 대체 어디서 오는 걸까? 나는 지금까지 단 한 번도 느껴 본 적 없던 낯선 감정에 당혹감을 감출 수가 없었다. 초등학교와 중학교 졸업식, 동아리 은퇴 때를 포함하여 새로운 반 배정 때, 나는 섭섭한 마음에 눈물을 흘린 적도 있었다. 그 감정이 거짓이었다고 할 수는 없지만, 마음 어딘가에 여유가 있었던 것도 사실이다. 섭섭함이라는 감정 너머 어딘가에는 새로운 생활과 새로운 관계에 대한 기대가 언제나 아련하게 피어오르고 있었다. 하지만 이번에는 다르다. 정말로 '끝'인 것만 같았다.

"도서 당번 재미있었다." 나는 소리 내서 말해 보았다.

내 머리는 너무도 솔직했다. 지금, 떠오르는 건 카운터 업무나 책 정리 혹은 준비실 정돈 같은 도서 당번과 관련된 일들이 아니다. 사쿠타로라는 사람이었다. 무심코 내뱉는 말실수들, 그런 와중에 보여 주었던 섬세한 마음 씀씀이가 자꾸만 머릿속을 맴돌았다. 사쿠타로와 함께할 수 있었던 도서 당번이 나는 참으로 재미있었던 것이다.

'그동안 수고했어.' 하고 헤어져 버리면 나와 사쿠타로의 접점은 그렇게 사라지겠지. 뚝 하고 떨어진 건 눈물인가, 콧물인가. 나는 코를 훌쩍거리며 손으로 재빨리 얼굴을 닦았다. 그러고는 월요일에 억지 부려서 대출했던 『하늘을 나는 교실』을 가방에서 꺼냈다.

"하다못해 수수께끼라도 풀고 깔끔히 끝내고 싶다."

자신에게 타이르듯 작은 목소리로 중얼거리고 "아, 와라!" 하고 소리쳤다. 배구 시합을 할 때, 상대의 서브를 받으면 늘 이렇게 말하며 기합을 넣곤 했다. "좋아, 와라!"를 줄이다 보니 언젠가부터 "아, 와라."가 되어 있었다. 나약함과 불안감을 날려 버리는 주문이었던 것이다.

*

불과 얼마 전까지 도서관이 있는 곳인지조차 몰랐던 북쪽 건물 4층에 다다랐다. 그리고 도서관 문 앞에 선 나는 마치 집에 돌아온 듯 편안한 마음으로 문을 밀었다.

'독서 감상 그림 편지 대회'의 출품작들로 장식되어 있는 벽을 지나 카운터로 향했다. 바로 그때, 가즈미 선생님이 늘 즐겨 입는 셔츠에 치노 팬츠 차림의 뒷모습이 보였다. 난처한 듯 가즈미 선생님과 마주 보고 있던 사쿠타로는 내 모습을 본 순간 안도하는 표정을 지었다. 가즈미 선생님이 천천히 뒤를 돌아보았다.

"마키오한테 연락받았어. 어제 그 녀석들하고 만났다면서?"

미소를 짓고는 있었지만 평소와는 달리 나지막한 목소리였기에 조용히 화를 내고 있다는 걸 분명히 알 수 있었다. 키가 무척 커서 짐짓 위에서 내려다보고 있는 느낌이 들었다. 나는 반사적으로 "죄송합니다." 하고 사과할 뻔했지만 겨우 참았다.

"네. 가즈미 선생님이 '잊고 계신' 여러 가지 이야기를 미이케 씨한테 들을 수 있을 것 같아 만나고 왔습니다."

가즈미 선생님은 나의 빈정거림은 조금도 신경 쓰지 않는 듯 입을 삐쭉 내밀고 물었다.

"그래서? 뭔가 수확은 있었고?"

"책을 반납한 건 그 두 분이 아니셨어요. 그리고 가도다 씨에게도 같은 질문을 하고 싶다면 연락처는 가즈미 선생님께 물어보라고 하시더군요."

나는 짧게 숨을 들이쉬고는 단숨에 말해 버렸다.

"가르쳐 주실 수 있나요?"

나의 직설적인 부탁에 가즈미 선생님은 한순간 당황하여 눈동자가 흔들렸다.

"아니. 그만해 줘."

불쑥 튀어나온 말에는 힘이 느껴지지 않았다. 이렇게 여유 없어 보이는 가즈미 선생님의 모습은 처음이었다. 사쿠타로가 초조한 듯한 말투로 물었다.

"왜 안 돼요? 선생님은 우리에게 뭘 감추고 계신 건가요?"

"그런 건 말 안 해도 뻔하잖아?"

선생님은 괴로운 듯 헐떡였다. 그 표정에 체념이 드리워지기 시작한 걸 나는 놓치지 않았다. 한 번 더 적극적으로 나서려던 순간, 도서관 문이 열렸다.

세 사람의 시선이 동시에 쏠리자, 문 앞에 서 있던 학생회장의 뺨이 더욱 발그스레해졌다.

"앗, 죄송합니다. 말씀 중이셨어요?"

"아니, 전혀."

어깨를 으쓱하면서 답한 가즈미 선생님은 어느새 평소의 표정으로 돌아와 자세도 바르게 가다듬은 상태였다.

"임시 협의회?"

"네. 곧 시작할 거라서요. 다니마치 선생님도 오셔서……."

"맙소사. 나 때문에 다들 기다리게 하면 안 되지. 어서 가자."

긴 다리로 카운터를 걸어 나가면서 가즈미 선생님이 뒤돌아보았다.

"나라 군이나 모모세 같은 학생도 체육 대회 참가할 방법이 있는지 알아 올게. 올해 체육 대회는 아무래도 어렵겠지만, 내년을 위한 작은 성과는 남겨야겠지."

"잘 부탁함다."

"잘 부탁합니다."

나와 사쿠타로가 동시에 고개를 숙였다. 가즈미 선생님은 평소와 같은 미소를 지어 보였다.

"물론 체실도, 다니마치 선생님도 만만치는 않겠지만."

"그 사람들 너무 억지스러워요."

나는 내 말이 조금 거칠었다는 걸 알아차렸다. '그 사람들'이라고 말했지만, 내 머릿속에는 에모리의 얼굴밖에 떠오르지 않았다. 그것이 꺼림칙한 생각이라고 느끼기도 전에 학생회장이 말했다.

"저는 가즈미 선생님 편에 붙겠습니다."

"뭐?"라며 모두가 어안이 벙벙해진 가운데 학생회장이 담담하게 말을 이었다.

"각자 사정으로 다른 사람과 '똑같이' 할 수 없는 사람들은 빼고 춤을 춘다. 개인적으로는 위화감이 느껴져요. 그래서……."

함께 힘써 보자며 학생회장은 가즈미 선생님을 올려다보았다.

그 순수한 눈빛에 천하의 가즈미 선생님도 얌전히 고개를 끄덕였다.

사쿠타로는 후유, 하고 소리 내어 한숨을 쉰 다음 나를 향해 원통한 듯 속삭였다.

"우리도 할 수 있다면 임시 협의회에 참가해서 선생님이랑 학생회장에게 힘을 보태고 싶은데 말이지."

맞장구를 치려던 순간, 내 머릿속에 어제 이부키 씨한테 들었던 다섯 글자가 번뜩 떠올랐다.

"당사자 초치."

"뭐?"

"임시 협의회에서 학생회장이 사용할 수 있는 마법이야."

"저는 무슨 뜻인지 전혀 모르겠는데요."

"그니까, 학생회장이 임시 협의회 의제와 관련이 있다고 판단한 인물이라면 교사든 친구든 도서 위원이든, 누구든 간에 협의회에 참가할 수 있다는 거야. 그것이 당사자 초치. 학생회장의 치트 키 같은 거지. 학생회 규약 같은 데에 적혀 있지 않아?"

학생회장과 가즈미 선생님이 동시에 휴대 전화를 꺼냈다. 학생회 규칙은 학교 홈페이지에 올라와 있었다. 먼저 발견한 건 학생회장이었다.

"있어요. 당사자 초치! 대단하다. 1기 학생회 때부터 이미 있었나 봐요."

"치트 키라서 아무도 발견하지 못했나 봐."

사쿠타로가 중얼거리고는 신기한 듯 고개를 갸웃하더니 나를 바라보았다.

"모모세, 용케도 알고 있었네. 학생회실이 어디에 있는지도 모르는 사람이."

선생님과 학생회장도 사쿠타로와 같은 눈빛으로 나를 바라보았다. 나는 손가락으로 준비실을 가리켰다.

"이부키 씨가 가르쳐 주셨어요."

"아하!" 하며 모두의 목소리가 겹쳤다. 분명 이 소리도 준비실의 이부키 씨에게 전부 들렸을 터였다.

"필요하다면 학생회장한테 이 내용을 전해 주라고 말씀하셨는데, 여태껏 잊고 있었어. 미안."

"아뇨. 바로 지금이 그 필요한 때예요. 늦지 않았어요."

학생회장은 힘차게 고개를 끄덕인 후 조금은 불안한 듯한 표정으로 가즈미 선생님을 향해 몸을 돌렸다.

"의상 때문에 반 친구들과 옥신각신하고 있는 그 당사자도 와 줄까요?"

"음. 아직 1학년이라서. 학생회실에 불려 와서 3학년 체실 위원들과 교사를 정면에서 상대하는 건…… 아무래도 힘들겠지."

가즈미 선생님이 팔짱을 끼자 사쿠타로가 손을 들었다.

"나라 군은 우리가 찾아올게요. 그런 뒤 본인이 출석하고 싶다면 학생회실로 데려가겠습니다. 강요하진 않을 거예요."

당연하게도 '우리'에 속하는 나도 고개를 끄덕이며 사쿠타로의 뜻에 동의를 표했다. 가즈미 선생님은 "잘 부탁해."라고 말하고 나를 내려다보았다.

"모모세도 부상 때문에 토댄에는 참가할 수 없게 됐잖아. 그러니 오늘 의제와 관련 있는 당사자 아닌가?"

"저는 딱히……."

나는 나라 군만큼 토댄에 연연하지 않는다고 말하려 했으나 생각을 바꿨다. 내가 그렇게 연연하지 않을 수 있었던 건, 도서 당번이 생각보다 바쁘고 재미있었기 때문이다. 하지만 만약 내년에 누군가가 나처럼 다쳤는데, 토댄에 참여하고 싶다면?

"출석하겠습다."

내가 손을 들고 선언하듯 말했다. 가즈미 선생님은 "오, 믿음직한 아군이 늘었네."라며 미소를 지었다.

우리는 모두 함께 도서관을 나왔다. 그길로 학생회장과 가즈미 선생님은 '당사자 초치'에 관한 설명도 할 겸 한발 앞서서 2층에 있는 학생회실로 갔다. 나와 사쿠타로는 나라 군을 찾으러 1층으로 향했다.

1학년 1반 교실을 들여다봤지만 아무도 없었다. 몇몇 책상 위에 남학생들이 벗어 놓은 교복이 흐트러져 있었다. 칠판을 보니 '오후 4시, 체육관 앞 토댄 최종 마무리'라고 쓰인 글씨가 적혀 있었다. 그 밑에는 누군가가 그린 고양이 그림이 있었고, '전부 다 와라냥'이라는 말풍선도 보였다. 체육 대회 전날인 오늘만큼은 그에 대한 준비를 최우선으로 해도 된다고 허가하는 동아리가 많았다. 반 전원이 다 모일 수 있는 중요한 날이었다.

당연히 어느 반이건 토댄 마무리 준비에 여념이 없었다. 나와 사쿠타로는 언뜻 보면 교복을 입은 채로 학교 건물 안을 누비며 빈둥빈둥 돌아다니는 것처럼 보여서 꽤 눈에 띌 수밖에 없었다. '농땡이 치는 건가? 너무하네.'라는 듯한 눈으로 몇몇 학생들이 우리를 흘겨보았다. 시선을 느낄 때마다 '키 큰 여자와 고쿠타로의 조합은 눈에 띈다니깐.'이라던 사치의 말이 떠올라 나는 괜스레 민망해서 땀이 찔끔찔끔 났다.

안마당을 빠져나오면서 인적이 뜸해졌다. 나는 계속 신경 쓰이던 것에 관해 물어봤다.

"나라 군이 임시 협의회가 열리게 된 원인으로 지목되면 반에서 더 고립되지 않을까?"

그러게, 하고 사쿠타로가 하늘을 째려보며 말했다.

"그와 관련된 문제까지 포함해서 임시 협의회에 참가할지 말지는 나라 군 본인이 결정하면 돼."

나는 학생들이 각자 자기의 자유에 대한 책임을 질 수 있는 학교로 만들고 싶다는 학생회장의 공약을 떠올렸다.

*

체육관 앞에 다다르기도 전에 나라 군을 발견했다. 반 티셔츠와 운동복 반바지를 입은 나라 군은 무거워 보이는 수동 카메라를 들었다. 그걸로 분장한 반 친구들 전체를 찍고 있었다. 이전보다 훨씬 친구들 사이에 녹아든 것처럼 보였다. 반 아이들도 호의적으로 카메라 앞에 서서 익살맞은 표정이나 자세를 취하고 있었다.

"고교 시절을 사진으로 기록하는 담당인가?"

"나라 군은 프로그래밍 동호회와 사진부 둘 다 하고 있으니까, 사진 담당도 즐……."

즐거울지도, 라며 말하려던 순간에 사쿠타로가 내 말을 가로막았다.

"즐겁진 않나 봐. 저 봐, 토댄에 참가도 못 하고."

그러고 보니 카메라를 든 나라 군은 무리에서 떨어진 곳에 덩그러니 서 있었다. 반 친구들이 "찍어 줘."라고 졸라 댈 때마다 웃는 얼굴로 카메라를 들이대고는 있었지만, 몸은 살짝 움츠러든 상태였다.

나는 가볍게 숨을 들이쉰 다음, "나라 군!" 하고 큰 소리로 이름을 불렀다.

나라 군은 금방 알아차리고 카메라를 든 채 이쪽을 향해서 달려왔다. 그런 나라 군의 뒷모습을 반 아이들이 미심쩍다는 듯이 바라보고 있었지만, 내 알 바 아니었다.

"무슨 일 있으세요?"

"미안. 지금 시간 괜찮아?"

나의 질문에 나라 군은 흘끗 뒤돌아보고 얼굴을 찡그렸다.

"물론 괜찮아요."

"다행이다. 사실 지금 학생회실에서 임시 협의회가 열리고 있는데, 그래서 저기……."

내가 말을 제대로 잇지 못하고 버벅거리자, 사쿠타로가 대신 설명해 주었다.

"학생회실에 올지 말지는 네 자유야."

"갈게요."

시원한 답이 되돌아왔다. 얼떨결에 "정말?" 하고 사쿠타로와 동시에 감탄하며 소리쳤다.

"그럴게요. 오늘 하루 얌전히 반에 융화되어 보고 새삼 느낀 건 '이전의 나로 되돌아가지는 못하겠다.'였어요. 한 번 알아 버린 자유의 맛은 쓰지만 그만큼 또 무척 달기도 해서요."

나라 군은 숱이 많은 앞머리를 흔들며 미소 지었다.

"제가 토댄에서 춤출 가능성이 아직 남아 있다면, 또 그걸 위해 학생회장과 군지 선생님이 노력해 주신다면 저도 당연히 힘을 보태야죠."

"고마워. 그럼, 우리랑 함께 가자."

나와 사쿠타로는 나라 군을 중간에 세우고는 발길을 빙그르르 돌려 북쪽 건물로 되돌아갔다. 뒤에서 나라 군의 반 친구들이 소리쳤다. 카메라를 든 나라 군은 잠시 발을 멈췄지만, 반 친구들 쪽을 돌아보진 않았다. 그러고는 아침보다 한층 구름이 걷힌 하늘을 향해 카메라 셔터를 한 번 누르더니, "가죠." 하며 다시 걷기 시작했다.

*

북쪽 건물 2층에 있는 학생회실에는 처음 들어가 봤다. 나중에 들은 얘기로는 사쿠타로도 마찬가지라고 했다. 그런 줄도 모르고 당당하게 문을 여는 사쿠타로에게서 든든함을 느꼈다.

도서관보다 좁은 실내에는 'ㅁ'자 형으로 긴 테이블이 놓여 있었다. 문 정면에 있는 창문은 도서관과 마찬가지로 바다를 향해 있었지만, 2층 높이에서 볼 수 있는 풍경은 건물이나 지붕 정도였다. 무엇보다 이곳에 들어오는 사람들은 경치 같은 건 애당초 기대도 안 하는 것 같았다. 창문 앞에는 화이트보드 두 개가 나란히 놓여 있었다. 그중 하나에 오늘 날짜와 임시 협의회의 의제 '토요일의 댄스 변화: 전교생 참가형 종목으로의 이행 여부'와 같은 글자를 멋진 글씨체로 적어 두었다. 반대로 말하면 의제 외에는 아무것도 쓰여 있지 않았다. 협의는 난항 중인가 보다.

"이제 '당사자'는 다 모인 건가요?"

예쁜 목소리가 감정 없는 기계음처럼 공간을 울렸다. 문에서 오른쪽에 있는 긴 책상에는 다니마치 선생님이 인솔하는 체실 위원들이 앉아 있었는데, 목소리는 가운데쯤에서 들려왔다. 주인공은 찾을 필요도 없이 화려한 분위기와 함께 멋대로 모두의 시선을 빼앗아 버린 에모리 호타루였다. 다니마치 선생님을 포함해서 힘세고 무서운 얼굴을 한 남자들만 즐비해 있는 가운데, 누구보다도 당당하게 앉아 있었다.

에모리의 시선은 창문 아래 화이트보드 앞에 나란히 앉은 학생회 임원들과 몇몇 선생님들에게로 쏠려 있었다. 가운데에 자리한 학생회장이 학생회 규약으로 보이는 종이 뭉치를 손에 든 채 "네." 하고 고개를 끄덕였다. 그러고는 우리에게 눈인사를 한 다음 "앉아 주세요." 하며 반대편 왼쪽 책상을 가리켰다. 가장 끝에 혼자 덩그러니 앉아 있던 가즈미 선생님은 긴장감이라고는 전혀 느껴지지 않는 미소로 우리를 향해 손을 흔들었다.

우리가 "실례합니다."라고 말하며 자리에 앉으려고 하자, 에모리가 또 큰 소리로 말했다.

"잠깐만요. 여러분이 진짜 당사자인가요?"

에모리는 커다란 눈을 부리부리하게 치켜떴다.

"토댄에 참가하는 데 아무런 문제가 없어 보이는 학생도 섞여 있는 것 같은데요."

아, 하고 사쿠타로가 공기 빠지는 듯한 소리를 냈다. 모두의 시선을 받아서인지 어깨 폭이 한층 좁아졌다.

"죄송합니다. 저는 체육 대회에 참가할 예정입니다. 하지만."

"하지만?" 하며 가즈미 선생님이 굳이 떠보는 척하자, 사쿠타로는 다행이라는 듯 말을 이었다.

"함께 즐기기 위해서는 모두가 즐길 수 있는 환경을 만들 필요가 있다고 생각합니다. 그러니 토요일의 댄스도 새로운 기준으로……."

"그쪽의 발언을 듣고 싶은 게 아닌데요? 당사자도 아닌 사람을 데려온 학생회장의 규칙 위반을 지적한 것뿐이에요."

에모리가 매몰차게 되받아쳤다. 사쿠타로는 입을 벌린 채 세상 슬픈 눈으로 바라봤지만, 상대가 전혀 눈을 마주칠 기미를 보이지 않자 그만 고개를 떨구었다.

학생회장이 난처한 표정으로 자리에서 일어나 사쿠타로에게 말했다.

"사쿠타로 선배, 미안합니다. 저기……."

"알겠습니다. 주변에서 문제가 발생해서인지 저 역시 당사자가 된 기분이었지만, 분명 저는 당사자는 아니죠. 죄송합니다. 어쩌다 보니 따라와 버렸네요. 전 도서관으로 돌아가겠습니다."

사쿠타로는 가볍게 머리를 조아리고 그대로 조용히 학생회실을 나갔다. 나는 엉겁결에 에모리를 바라봤다. 입술을 살짝 깨문 채 표정 변화 없이 앉아 있었다.

"임시 협의회가 끝나면 도서실에 가서 사쿠타로와 정보를 공유하자."

문득 가즈미 선생님이 나를 향해 격려하듯이 속삭였다.

그렇게 모두가 자리에 앉자, 다니마치 선생님이 팔짱을 풀고 의자 등받이에서 몸을 일으켰다. 내 옆에 앉은 나라 군의 몸이 굳어지는 게 느껴졌다.

"그럼, 다시 한번 여기 가즈미 선생님이 이번에 제안하신 의제에 관해서 고문인 나를 포함한 체실의 입장을 전하도록 하겠습니다. 토댄은 원래 학생들이 자체적으로 만든 댄스이고 이것이 여러 해에 걸쳐 전해져 오면서 역사를 쓰게 되었죠. 이런 전통이라는 것은 하루아침에 만들어지는 게 아닙니다. 자유라는 상당히 애매하고 누구에게나 쉽게 적용할 수 있는 말을 방패로 그것을 파괴한다는 것에 상당한 유감을 표하는 바입니다. 따라서 전원 참가를 우선한 나머지 경기의 특색이 변질되는 것을 단호히 반대합니다."

체실 쪽에서 내놓은 의견은 상상한 대로였지만, 이렇게 다부진 체격의 다니마치 선생님이 당당한 태도로 주장을 늘어놓자 긴장감이 흘렀다.

게다가 다니마치 선생님은 침착하게 우리 얼굴을 한 명씩 바라보는 여유로움마저 보였다. 그러고는 쩌렁쩌렁한 목소리로 마치 수업하듯 계속 말을 이어 갔다.

"구체적으로 살펴보면 의상에 관한 건이 있는데, 의상을 변경하거나 교환하는 정도는 내일 체육 대회부터 대응할 수 있는 게 아니냐는 가즈미 선생님의 말씀이 있었어요. 물론 가능할지도 모르죠. 하지만 이것도 승복할 수 없어요."

다니마치 선생님은 학생회 쪽을 바라보며 말하고 있었지만, 당사자인 나라 군의 등이 움찔하며 떨렸다.

"노아고 학생이라면 다들 잘 알 텐데. 최종 학년인 3학년 중에는 여기 있는 체실 학생들처럼 1년 가까이 걸려서 체육 대회를 준비해 온 경우도 있고, 다른 학생들도 여름 방학 전부터 힘들게 시간 내서 연습을 거듭해 왔어. 토댄 참여에는 모두가 정해진 의상을 입고 같은 안무로 일사불란하게 춤춘다는 전제가 있으므로 그에 대한 준비와 연습이 필요했던 거지. 그런데 어제와 오늘 발생한 단 한 사람의 사정으로 많은 학생들의 노력을 물거품으로 만드는 건 너무하다고 생각하지 않나요?"

약점을 지적당했다. 나는 학생회장을 힐끗 쳐다봤다. 학생회장은 괴로운 듯 얼굴을 찡그린 채 다니마치 선생님의 발언을 듣고 있었다. 그러고 보니 학생회장도 '평범하게' 토댄에 참가할 수 있는 학생이었다. 즉, 열심히 준비하고 연습하고 노력해 온 쪽에 해당되는 사람이었다.

"나는 앞으로 영원히 토댄이 변하지 않을 거라고는 생각하지 않아요. 사회나 가치관이 시대와 함께 변모하듯, 어떤 사정이 있는 학생이라도 참가할 수 있는 새로운 기준이 필요해지는 날도 오겠지. 단, 내일로 다가온 올해 체육 대회 토댄에 참가할 수 없는 학생은 관람이나 결석 중 하나를 선택할 수밖에 없다는 것을 이해해 줬으면 좋겠습니다."

끝까지 여유 만만한 태도를 유지한 다니마치 선생님은 "이상."이라며 소리 높여 말한 뒤 발언을 끝맺었다.

장내는 쥐 죽은 듯 조용해졌다. 맞은편을 흘끗 바라보니 체실 위원들도 우쭐한 표정으로 우리를 똑바로 응시하고 있었다.

학생회장이 나와 나라 군을 번갈아 바라봤다.

"뭔가 의견 있습니까?"

모두의 시선이 쏠리자, 나라 군의 하얀 피부가 금세 빨갛게 상기됐다. 그가 촉촉한 눈동자로 'SOS'를 보내듯 나를 바라보았고, 결국 더 이상 견딜 수가 없어 자리에서 일어났다.

"아, 그럼, 저부터. 음⋯⋯. 3학년 3반 모모세 가논임다."

동아리에서나 통할 법한 말투는 여기서도 다들 어이없어하는 듯했지만, 그런 것쯤은 신경 쓰지 않고 발언을 시작했다.

"저는 은퇴 시합을 앞두고 연습하던 도중, 왼발에 박리 골절상을 입어서 1학기 말부터 여름 방학 때까지 쭉 목발을 짚고 생활했습니다. 2학기부터는 목발을 쓰지 않지만 지금도 재활 치료를 다니고 있고, 운동은 전혀 할 수 없는 상태고요."

"은퇴 시합에 못 나갔다는 얘긴가요?"

"네."

"그에 관해서는 공평하지 않다고 지적하거나 시합에 나갈 권리를 주장하진 않았나요?"

에모리는 예리했다. 나는 숨을 크게 들이마신 뒤 말했다.

"그럴 필요 없었어요. 도저히 배구할 수 있는 몸이 아님을 그 누구보다도 저 자신이 가장 잘 알고 있었거든요."

"하지만 토댄은 할 수 있다?"

아뇨, 하며 나는 고개를 가로젓고는 왼발을 내려다보았다.

"의사 선생님이 댄스도 금지하셔서. 그래서 다른 학생들처럼 정식 안무와 대열 이동을 해 가며 춤추는 토댄에 참가하고 싶다고는 생각한 적 없어요. 단지 관람 이외의 참가 방법이 있다면 좋겠다 싶어서. 노아고 체육 대회에 나갈 수 있는 건 이번이 마지막이니까 쉽게 포기할 수 없는 게 솔직한 심정입니다."

지금은, 이라는 말을 마음속으로 덧붙였다. 솔직히 며칠 전까지만 해도 당연한 듯 포기하고 있었다. 하지만 『하늘을 나는 교실』을 발견한 계기로 33기 도서 위원의 '다 큰 개구쟁이들'이 체육 대회에서 시도하려 했던 방주 계획과 이유를 알고 나서 내 마음도 크게 변했음을 말하던 도중에 깨달았다.

"제 경우엔 다친 시기가 고교 마지막 체육 대회와 겹친 것뿐이지만, 앞으로는 태어나면서부터 사지를 제대로 쓰지 못하는 어떤 학생이 입학할 가능성도 있고, 예를 들어 휠체어를 이용하는 학생은 3년간 토댄을 관람해야만 한다는 건 역시 이상한 일 아닐까요."

옆에 앉은 가즈미 선생님에게서 강한 시선이 느껴졌다.

에모리가 몸을 쭉 앞으로 내밀었다.

"여기는 본인 이야기를 하는 곳이에요. 미래의 가능성을 의논하는 자리가……."

"나라 군은 어때? 하고 싶은 말 있으면 해 봐."

에모리의 반론을 막아서듯 다니마치 선생님이 나라 군을 지명했다. 선수 교체다. 나는 안도하며 자리에 앉았다. 나라 군은 발갛게 상기된 표정으로 일어서다가, 그제야 수동 카메라가 아직도 목에 걸려 있다는 걸 알아차리고는 황급히 책상 위에 내려놓았다.

"저는 반 아이들과 함께 안무도 대열도 계속 연습해 왔어요. 그래서 가능하다면 토댄에 참가해서 연습한 성과를 함께 나누고 싶어요. 맥주 판매원 의상만 안 입어도 된다면."

"의상이 그렇게 싫니? 여장은 꼴사나운가?"

다니마치 선생님의 눈빛은 어느새 떼쟁이 아이를 바라보는 그것으로 변해 있었다. 그 시선을 뿌리치듯 나라 군은 고개를 좌우로 흔들었다.

"꼴사납다고는 전혀 생각하지 않습니다. 하지만 혹 그게 멋있다고 해도 여장은 하고 싶지 않아요."

"······여장하면 같은 반 녀석들한테 놀림당하나? 심하게 괴롭힌다던가."

"'예를 들어 '여장 남자'라든지 '여자애 같네'와 같은 그런 발언으로 제 외모에 대해 놀리는 거라면 초등학생 때부터 일상다반사였어요. 이번 맥주 판매원이라는 역할도 저한테 딱 어울린다는 소리를 반 아이들 몇 명한테 직접 들었고요. 상대는 좋은 뜻으로 해 준 말이지만, 뭐 그런 셈입니다."

"곤란하지. 만약 그런 게 상처가 된다면······."

다니마치 선생님은 오랜 경험에 비추어 대책을 마련하려는 것인지, 허공을 노려보며 단발을 벅벅 긁적였다.

나라 군은 짧게 숨을 내쉬었다. 가련해 보이는 그 얼굴은 이내 일그러지고 눈썹이 쳐졌다.

"저에게는 누나가 있습니다."

나라 군의 머리를 밀크티 색으로 염색해 준 미용실 보조 스태프 얘기일까? 나는 귀를 기울였다.

"누나는 초등학교 때는 유도를 하고 중고등학교 때는 미식축구 동아리여서 다니마치 선생님이랑 체격이 꽤 비슷해요."

"뭐?" 하고 당혹해하는 목소리가 여기저기서 들렸다. 다니마치 선생님도 멀뚱거리는 표정으로 자신의 울퉁불퉁한 이두박근을 바라봤다.

"그야 나도 어릴 때는 유도, 고교생 때랑 대학 때는 미식축구를 했지만……. 누나와 닮았다고? 내가?"

"체격만요. 얼굴은 전혀 안 닮았어요."

진지하게 답하는 나라 군의 말이 농담이라고 생각한 건지 체실 소속 몇 명이 킥킥거리며 웃었다. 다니마치 선생님도 어느덧 온화한 표정이 되어 팔짱을 꼈다.

"여자 미식축구부가 있는 고교는 몇 없지 않나? 아니면 우리 현을 벗어난 곳으로 다닌 건가?"

"여자 미식축구부에 들어간 게 아니에요. 누나는 생물학적으로는 남자니까요."

순간 장내가 웅성거리기 시작했다. 내가 놀란 건 말할 것도 없었다. 맞은편에 앉아 있던 에모리의 큰 눈은 당장이라도 튀어나올 것처럼 더욱 크게 떠졌다. 다니마치 선생님도 팔짱이 탁 풀린 채 그대로 굳어 버렸다.

나라 군만 아무렇지도 않은 듯 우리를 둘러보고는 버섯 머리를 쓸어 올렸다.

"누나가 고교를 졸업한 날, 전부터 모아두었던 세뱃돈과 용돈을 전부 털어서 여성복, 화장 도구, 가방, 신발을 사 왔어요. 물론 그 땐 부모님과 꽤 옥신각신하긴 했지만, 지금은 부모님의 당당한 딸이자 제 누나예요. 성전환 수술은 어엿한 미용사가 되기 전까지 참고 있고요."

모두가 입을 다물었다. 나는 옆에 서 있는 나라 군의 얼굴을 멍청하게 쳐다보고 말았다.

"누나가 자기 몸에 대해 늘 혼자서만 품고 있던 위화감이라든지 그에 따른 힘든 생활을 저는 전혀 눈치채지 못했어요. 하지만 당당한 여성이 되기 위해 가져야 했던 엄청난 열정과 각오는 눈앞에서 똑똑히 지켜봤어요. 저는 누나를 이해했고, 그래서 존중하고 싶어요. 이런 이유로 저는 단지 주변 분위기에 맞추기 위해 여장을 할 수는 없어요. 아니, 하기 싫어요. 제가 맥주 판매원 의상을 입지 않는 이유는 이것뿐이에요. 저의 상처와는 상관없고, 애당초 지식도 품위도 없는 인간들의 조롱 따위는 상처가 될 수도 없으니까요."

단번에 이야기를 마친 나라 군은 꾸벅하고 고개를 숙였다. 가장 먼저 입을 연 사람은 에모리였다.

"개인적인 사정을 털어놔 주셔서 감사합니다. 나라 학생이 그 의상으로 토댄에 참가할 수 없는 이유를 잘 알았습니다."

아직은 긴장한 듯한 얼굴이었지만, 어조는 온화했다. 경우에 따라 심한 말을 내뱉거나 멋대로 폭주하기도 하지만, 에모리는 뚝심이 있는 사람이라는 걸 잘 알 수 있었다. 더불어 자신을 신뢰하는 그 떳떳함을 사쿠타로가 좋아하는 건 아닐까 상상해 보았다. 나는 가슴에 손을 얹고 크게 심호흡했다. '기죽지 마. 그리고 울지 마. 아직은 안 돼.' 하고 주문처럼 생각했다. 에모리가 다니마치 선생님 쪽으로 몸을 틀면서 물었다.

"어떻게 할까요?"

다니마치 선생님은 크게 신음했다. 제자가 용기 내서 고백한 개인적 사정을 이해해 주고픈 마음과, 체실 고문으로서 책임 혹은 신념 사이에서 동요하고 있는 게 그대로 전해졌다.

"미안합니다."

갑자기 내 귓전에 대고 나라 군이 속삭였다. 그리고 내가 되묻기도 전에 나라 군은 모두를 향해 말하기 시작했다.

"저, 착각하고 있었던 것 같습니다."

"에모리는 의아스럽다는 듯 눈살을 찌푸렸다.

"전 여장에만 너무 신경을 쓰고 있었어요. '이것만 아니면 토댄에 나갈 수 있는데.'라고요. 하지만 지금 여러분께 제 얘기를 하고 나니, 토댄을 준비한 이후부터 계속해서 느껴 왔던 개운치 않은 조바심이 진정되는 걸 느꼈어요."

모두의 주목을 받아 귀까지 새빨개지면서도, 나라 군은 필사적으로 말을 이어 갔다.

"의상에 대한 위화감이나 혐오감을 느꼈던 바로 그 시점에 제 사정을 반 아이들한테 말해야 했어요. 저는 누나를 부끄러워하지 않고, 누나 역시 숨기는 걸 원하지 않으니까. 제대로 설명했다면 반 아이들과 함께 대응책을 의논했을 수도 있었을 거예요. 의상이나 역할을 바꿔 줬을지도 모르고, 서로 의논을 거듭하다가 여장에 대한 저의 인식이 점차 바뀌어서 아무렇지도 않게 여장할 수도 있지 않았을까요?"

나라 군은 휴, 하고 한숨을 쉬고 어깨를 들썩거렸다.

"이번 일은 체육 대회의 규정보다 제 개인의 문제에서 시작된 것 같아요. 그런 개인의 문제에 저는 반을 끌어들였고, 결국 친구들을 혼란에 빠지게 했어요. 지금은 미안한 마음이 큽니다. 반성하는 뜻에서 개인적으로 이번 토댄 전원 참가 제안을 철회하고 싶습니다."

"어이, 어이." 하며 가즈미 선생님이 중얼거렸다. 그 옆얼굴은 매우 난처한 듯 그늘져 있었다. 아군이 돌연 마음을 바꿔서 압도적으로 불리해졌으니, 얼굴이 어두워질 만도 하다. 조금 전 나라 군이 나에게 미안하다고 했던 이유가 여기에 있었나 싶어서 내 얼굴도 새파랗게 질린 건 마찬가지였다.

나라 군은 처음으로 나와 가즈미 선생님의 얼굴을 내려다보았다. 머리를 흔들며 크게 고개를 끄덕인 나라 군은, 다시 체실과 학생회장 쪽으로 얼굴을 돌리고 단숨에 이야기를 내뱉었다.

"하지만 노아고 학생으로서 토댄의 변화를 바라는 건 변함이 없습니다. 앞으로 저는 학생회장이 될지, 체실이 될지 아직 모르지만, 주요 조직에 파고들어 토댄을 포함한 체육 대회의 자유도를 높여 가는 활동을 계속해 나갈 것임을 여러 선배님과 선생님 앞에서 선언하겠습니다."

나는 입을 떡 벌린 채 나라 군을 올려다보고 말았다. 궤도를 벗어나 우주 저편으로 사라져 버린 줄로만 알았던 로켓이, 최신 기능을 탑재하여 불쑥 나타난 것 같은 믿기지 않는 광경이 그저 놀라울 뿐이었다.

터무니없는 선언을 한 나라 군은 정작 들떠 보이지 않았고, 피부도 원래의 하얀색으로 돌아와 있었다. 표정은 지난 한 주 동안 봐 왔던 표정 가운데 가장 밝았고, 어깨에 힘이 들어가 있지도 않았다. 큰일을 끝낸 듯한 분위기가 강하게 느껴졌다.

모두가 어안이 벙벙해 있을 때, 에모리만 적절한 긴장감을 유지한 채 제대로 집중하고 있는 듯 보였다.

"······음, 그러면, 내년 이후의 토댄에 관해서는 또 다른 기회에 논의하도록 하고. 이번 토댄은 원래대로 나라와 모모세 학생이 견학하는 걸로 하면 될까요?"

아니, 그렇게 해서는 안 되지. 33기 도서 위원들과 사쿠타로의 얼굴이 떠올라서 나는 입술을 깨물었다. 솔직히 말하면 내일 있을 토댄도 포기하고 싶지 않단 말이야.

이럴 때 사쿠타로라면 뭐라고 말할까? 절대 포기하지 않겠지?

문득 4층 도서관이 그리워져서 나는 천장을 올려다보았다. 이 난관을 잘 해결할 수 있는 좋은 표현, 반해 버릴 정도의 훌륭한 설명……. 아무리 머리를 쥐어짜도 떠오르지 않았다. 모르겠다. 한심하다. 평소 쓰지 않는 머리 뒤쪽이 뜨거워져서 나는 물에 빠진 금붕어처럼 빠끔빠끔 입을 벌렸다. 뭔가 말해야 할 텐데. 지금 머릿속에 떠오른 극소수의 어휘에서 뭔가를……. 갑자기 귓속 깊숙한 곳에서 호루라기 소리, 신발로 바닥을 문지르는 소리, 공이 튀는 소리 등 배구 코트에서 날 법한 그리운 소리들이 연달아 되살아나서 나는 정신없이 소리쳤다.

"타임!"

"협의회에 타임아웃 제도는 없는데요."

에모리의 무자비한 태클에 가즈미 선생님은 자, 자, 그러지 말고, 하며 달래고 두둔해 주었다.

"내일 아침까지 시간을 달라는 의미지, 모모세?"

내가 필사적으로 고개를 끄덕이자, 다니마치 선생님이 또다시 팔짱을 꼈다.

"겨우 하루 동안에 뭘 하려고?"

"포기하지 않아도 되는 방법을…… 생각해 낼 겁니다."

내가 난처한 나머지 급하게 뱉은 본심을 가즈미 선생님이 곧바로 최적의 표현으로 바꿔 주었다.

"전교생이 자유롭게 참가할 수 있는 새로운 경기 계획을 만들어 온답니다."

또다시 웅성거리는 소리가 들리기 시작했다. 그중에는 웃음을 터뜨리는 선생님도 있었다.

다니마치 선생님은 꽤 진지한 표정으로 번쩍 눈을 치켜떴다.

"새로운 경기라니……. 군지 선생님, 그게 무슨 말인가요? 이제 와서 새로운 계획을 짜는 건 곤란해요."

"그렇죠? 네, 알고 있어요. 본인들도 그게 불가능에 가까운 도박 이라는 걸 아주 잘 알고 있을 겁니다."

가즈미 선생님은 평소의 미소를 띠며 다니마치 선생님에게 반문 했다.

"단, 혹시 모르니까 물어보는 건데…… 내일 곧바로 실행할 수 있는 새로운 계획을 세워 온다면 어떻게 하죠?"

"토댄하고는 별도로, 말인가요?"

"물론입니다."

실실 웃으면서도 대화의 고삐를 절대 놓치지 않는 가즈미 선생 님을 바라보며 다니마치 선생님은 코로 큰 한숨을 내뿜었다. 그러 고는 나라 군과 나를 번갈아 보더니 자리에서 일어나 화이트보드 앞으로 갔다.

"내일 바로 할 수 있는 새로운 경기는 한정될 수밖에 없어요."

그렇게 말한 다니마치 선생님은 화이트보드에 새로운 경기 조건 을 쓰기 시작했다.

· 토댄을 포함한 학생들의 기존 경기 개입이나 변경은 불가.
· 개폐회식 시간 변경 불가.
· 준비나 도구가 필요 없는 것으로 한정

에모리는 화이트보드에 쓰인 조건을 보자마자 바로 "이 조건들에 맞는 경기는 존재하지 않아."라며 안도한 듯 말했다. 그 말에 체실 의원들은 깊이 공감하는 듯했고, 학생회장은 걱정스러운 듯 인상을 썼다. 나는 아무 말 없이 휴대 전화 카메라로 화이트보드를 촬영했다.

"어때? 이런 조건들이 붙는다 해도 계속 생각해 볼 텐가?"

다니마치 선생님의 물음에 "네." 하고 대답하는 나와 가즈미 선생님과 나라 군의 목소리가 울렸다. 내 귀에는 33기 도서 위원인 다 큰 개구쟁이들의 목소리도 여기에 더해진 것 같은 느낌이 들었다.

뭔가 더 말하려던 에모리를 달래며 다니마치 선생님은 웃었다. 여유로움에서 나온 미소일 터였다.

"이 세 가지 조건을 충족시키는 새 경기 계획이 세워진 경우에 한해서 내일 아침 체실과 학생회가 다시 이야기하도록 합시다. 여러분의 발표 내용이 합당하다고 판단되면 당일 갑작스러운 일정 변경을 허가하고, 교장 선생님을 비롯한 선생님들께 내가 직접 설명해 드리고 설득도 할 테니까."

다니마치 선생님이 "상관없지요?"라고 질문하자, 다른 선생님들은 그냥 고개만 끄덕일 뿐이었다.

"감사합니다."

가즈미 선생님이 머리를 숙였고, 나와 나라 군도 따라 했다. 가즈미 선생님의 옆얼굴에 비친 미소는 그 어느 때보다 늠름해 보였다.

도서관에서 기다리고 있던 사쿠타로는 안절부절못한 듯 보였다.

가즈미 선생님에 이어 나와 나라 군이 뒤따라 도서관 안으로 들어가자, 엄지손톱을 물어뜯고 있던 사쿠타로가 달려와 어떻게 되었는지 물었다.

가즈미 선생님이 학생회실에서 있었던 일을 간략하게 설명했다. 사쿠타로의 얼굴이 환하게 빛나더니 이내 신나서 펄쩍펄쩍 뛰기 시작했다. 화이트보드 사진에 찍힌 다니마치 선생님의 엄격한 조건 같은 건 아랑곳하지도 않고 의욕만 충만한 듯했다.

"그럼, 당장 경기 시간대부터 생각해 보죠. 체육 대회 일정표 누가 가지고 있나요?"

사쿠타로의 물음에 아무도 손을 들지 않았다. 그러자 준비실 문이 소리도 없이 열리더니 이부키 씨가 나왔다. 이걸로 괜찮다면, 하고 내민 것은 바로 체육 대회 일정표였다.

"매년 교장 선생님이 직접 주셔서. 솔직히 몇 번밖에 관람 못 했지만."

"아, 다행이다. 감사합니다."

사쿠타로가 기뻐하는 모습을 곁눈질하면서, 나는 문득 이부키 씨가 『하늘을 나는 교실』에 나오는 어른 같다는 생각이 들었다. 『하늘을 나는 교실』은 소년들의 활약에 관한 이야기지만, 너무 나서지도, 무관심하지도, 스스럼없지도 않은 어른들이 적재적소에 등장하면서 상당히 멋진 역할로 묘사돼 있다. 그런 점에서 학교 사서인 이부키 씨는 바로 그 책 속에 나오는 '정의 선생님'이나 '금연 선생님'으로 불리는 어른들과 닮았다.

하지만 그런 얘기를 본인에게 말하는 건 낯간지러워서, 나는 그저 고개를 푹 숙인 채 일정표를 바라보았다.

이부키 씨는 드물게도 준비실로 돌아가지 않고 카운터에 놓인 컴퓨터로 일하기 시작했다. 우리가 옆에 있다는 걸 조금도 신경 쓰지 않는다는 듯 일했기 때문에, 처음에는 이부키 씨를 배려하며 이야기하던 우리의 목소리가 점점 커지고 있었다.

"역시 무리가 아닐까요? 체육 대회 전체 시간을 변경하지 않고 새로운 일정을 추가하다니, 이건 물리적으로 불가능…….'

"분명 가능해."

나라 군의 현실적인 의견을 꺾어 누르듯이 잘라 말한 사쿠타로는 "잠깐 보여 줘 봐." 하며 일정표를 손에 들더니 얼굴을 바짝 가져다 대고는 구석구석 살피기 시작했다.

"어딘가에 분명 허점이 있을 거야."

나는 손에 든 휴대 전화를 내려다보며 다시 한번 화이트보드에 적혀 있는 다니마치 선생님의 글자를 읽어 봤다.

토댄을 포함한 학생들의 기존 경기 개입이나 변경은 불가. 개폐회식의 시간 변경 불가. 준비나 도구가 필요 없는 것으로 한정……. 겨우 세 개. 그러나 무척 까다로워 보이는 조건들. 여기에도 허점이 있는 걸까?

"토댄을 포함한 학생들의 기존 경기……."

나는 중얼거렸다. 간결한 문장으로 된 다른 조건과는 달리, 읽다 보니 이것만 유난히 길게 느껴졌다. 왜일까? '기존 경기 개입이나 변경은 불가'라고만 해도 충분하지 않나? 여기까지 생각이 미치자 퍼뜩 마음에 짚이는 점이 있었다. 나는 아무 말 없이 사쿠타로가 들고 있던 일정표를 낚아챘다.

"어, 뭐야, 모모세?"

"미안. 잠깐 기다려 봐."

일정표에 적힌 순서대로 손가락을 짚어 내려갔다. 내 손가락은 토댄의 다음 순서 위에서 멈췄다.

"여기 있다. 허점."

"뭐?"

내 손가락 끝을 사쿠타로와 나라 군, 가즈미 선생님이 앞다투어 들여다보았다.

"교원 참가 줄다리기 경기?"

"이걸 우리가 새로 정할 경기와 바꿔 달라고 하면 돼요."

"과연 허락해 줄까요?"

불안해하는 나라 군 쪽으로 돌아서며 나는 휴대 전화를 들이밀었다.

"이 조건을 읽어 봐."

"토댄을 포함한 학생들의 기존 경기 개입이나 변경은 불가."

"그러니까 말하자면 이건 '학생들 경기는 안 되지만 교원들 경기라면 개입도 변경도 가능하단다.'라는 다니마치 선생님의 메시지가 아닐까?"

순간 오오, 하는 함성이 일었다. 기분이 좋았다. 사쿠타로가 웃으며 말했다.

"대단하다, 모모세. 다니마치 선생님이 우리한테 그렇게까지 친절한 메시지를 보냈는지 어떤지는 둘째 치고 분명 이건 허점이야. 돌파구가 될 수 있겠어."

"훌륭하다, 모모세. 현대 국어의 문장 시험 문제도 지금처럼 예리하게 읽고 풀어 줘."

가즈미 선생님이 덧붙인 군더더기 같은 한마디는 그냥 무시하기로 했다.

나라 군이 팔짱을 꼈다.

"다음 문제는 이 시간을 대체할 새로운 경기를 정하는 거죠."

"그래. 준비나 도구가 필요 없고, 모모세처럼 몸을 움직이는 데 불편한 학생도 참가할 수 있는 경기라……."

"생각할 필요도 없어. 일정 순서상으로도 가장 안성맞춤인 경기가 있어요."

사쿠타로가 동그란 눈을 반짝거리며 나라 군과 가즈미 선생님 사이를 비집고 들어갔다.

"군지 선생님, 올해야말로 방주 계획을 결행할 좋은 기회인 것 같아요."

"뭐?"

"홍수가 오건, 쓰나미가 오건, 태풍이 오건, 한 명도 남기지 않고 모두 태울 수 있는 방주를 만드는 거예요."

"……그건 하무의?"

가즈미 선생님의 물음에 사쿠타로는 크게 고개를 끄덕였다.

"네. 사사노 씨가 한 말이에요. 사사노 씨는 돌아가셨지만, 고인의 뜻은 되살릴 수 있다고 생각해요."

"방주 계획으로?"

그래, 방주 계획으로, 하고 내가 한 말을 반복한 사쿠타로는 동그란 눈을 반짝였다.

"10년 전에 해결할 수 없었던 문제가 올해 또다시 발생한 거잖아요. 마침 잘됐어요. 내일 우리가 그걸 해 보는 거예요. 내년 이후의 미래로 이어지는 가교가 돼 보죠."

가즈미 선생님은 아무 말도 하지 않았다. 그러고는 이내 얇은 입술을 부루퉁하게 내밀더니 엄지손가락을 세웠다. 찬성한다는 뜻이었다.

아무 말 없이 우리의 대화를 듣고 있던 나라 군이 뛰어난 적응력을 보이며 질문했다.

"자세한 건 모르겠지만 제 질문은 딱 한 가지예요. 구체적으로 어떤 방주를 만들 건가요?"

그건 말이지, 하며 사쿠타로는 기뻐서 어쩔 줄 모르겠다는 투로 자세히 설명하기 시작했다.

*

내일의 계획을 학생회와 체실에 제안할 수 있는 수준까지 다듬었다. 그러곤 가즈미 선생님은 교무실로, 나라 군은 반 체육 대회를 준비하러 각각의 자리로 되돌아갔다. 이부키 씨는 또다시 준비실로 들어가 버렸다.

나와 사쿠타로는 도서 당번 업무를 다시 시작했지만, 어차피 이용자도 없는 가운데 도서관 문 닫을 시간이 다가왔다.

카운터 주변을 후다닥 치우고 있던 사쿠타로가 내 쪽으로 몸을 돌렸다.

"모모세, 미안한데 오늘 나 좀 일찍 나가도 될까?"

"왜? 입시 학원?"

"아니, 그냥 개인적인 용무. 청소랑 도서관 열쇠 교무실에 반납하는 거 모모세가 대신 해 줘야 되는데."

요컨대 오늘은 나 혼자서 하교해야 한다는 뜻이었다. 당번 대리 마지막 날인데. 나는 실망한 걸 내색하지 않으려 노력하면서, 조금 전 가즈미 선생님처럼 엄지손가락을 세웠다.

"오케이. 좋아."

"고마워. 다행이다."

사쿠타로는 안심한 듯 웃고는 내가 반납한 후 북 트럭에 두었던 『화성 이야기』를 집어 들었다. 그리고는 카운터로 와서 대출 작업을 시작했다.

"어? 그 책 사쿠타로도 빌리려고?"

내가 말을 걸자, 사쿠타로는 에어컨 송풍구를 올려다보며 눈부신 듯 눈꺼풀을 깜빡였다.

"응. 소설을 별로 읽지 않는 모모세가 하룻밤 사이에 읽은 책이잖아? 재미있을 것 같아서."

"그야, 뭐, 그렇긴 하지만."

나는 말끝을 흐렸다. 줄거리 자체도 분명 재미있었지만, 개인적으로 흥미로웠던 건 여주인공 외에 등장하는 또 한 명의 소녀였다. 주인공 소년은 여주인공에게만 관심이 있을 뿐, 이 소녀에게는 잔혹할 정도로 관심이 없었다. 무정함을 넘어서 냉정하다고까지 할 만한 태도를 보였다. 심지어는 자기에게 호의와 흥미를 슬쩍슬쩍 내비치는 그 소녀가 성가셔서 노골적으로 자기를 싫어하길 바랄 정도였다.

나는 이 소녀가 너무도 불쌍했다. 내 모습이 그대로 겹쳐 보였기 때문이다. 그래서 주인공 소년의 언행에 대해 일일이 '그건 아니잖아' '까불지 마'라는 식으로 화를 내면서 마음껏 소설 속 세계에 빠져들었다는 말은 사쿠타로한테는 못 한다.

"내가 이 책을 다 읽고 나면 같이 얘기해 보자."

사쿠타로는 그런 소름 돋는 제안을 하고는 가볍게 웃었다.

내가 애매하게 얼버무리려고 할 때, 갑자기 도서관 문이 열리더니 학생회장이 뛰어 들어왔다.

"늦어서 미안해요. 좀 더 빨리 오려고 했는데 내일 운영에 관한 협의를 세세하게 하다 보니 이야기가 길어져서."

학생회장은 가슴에 손을 대고 숨을 고르면서 그렇게 말했다. 이어서 "그래서 어떻게 됐나요?" 하며 걱정스러운 듯 물었다.

사쿠타로가 모두를 대표해서 내일의 계획을 전했다. 학생회장은 눈을 동그랗게 뜬 채 이야기를 듣고 있었는데, 마지막에는 웃었다.

"분명 잘될 거예요. 아니, 꼭 잘 해야 돼요. 올해 학생들이나 관람객들에게 좋은 반응을 얻으면, 새로운 전통이 생길지도 몰라요."

"응. 우리도 그걸 노리고 있어."라고 말하며 사쿠타로가 머리를 끄덕이면서 맞장구치고 있는 가운데 준비실 문이 열렸다. 이윽고 이부키 씨가 학생회장에게 다가갔다.

"살짝 들었는데 '새로운 전통'이라니, 좋은 표현이야."

"감사합니다."

학생회장은 정중하게 감사를 표하면서도 낯선 학교 사서가 갑자기 말을 걸어와서인지 당혹감을 감추지 못하는 모습이었다. 이부키 씨는 상관하지 않고 계속 말했다.

"나는 개인적으로 학교의 전통이란 건 본래 시대나 학생에게 맞춰서 유연히 바꿔야 하는 가로 생각해. 그래서 여기에 있는 모두와 학생회장을 응원하고 싶어. 꼭 새로운 전통을 만들어 주기를 바라. 뛰어넘는 거야, 낡은 전통을!"

"헉."

평소의 몇 배나 더 뜨거운 감정을 내비치는 이부키 씨를 보고, 나도 사쿠타로도 입이 떡 벌어진 채 가만히 서 있었다. 이부키 씨는 파마머리를 긁적이더니 동그란 안경을 밀어 올렸다.

"초대 학생회장이 새로운 학교의 상징을 만들고 싶다는 엄청난 꿈이 있어서 토요일의 댄스를 생각해 낸 건 아니라고 봐."

"네?" 하고 학생회장이 눈을 크게 치켜떴다.

"개교 당시 노아고의 교칙은 지금보다 훨씬 엄했기 때문에, 어떻게 하면 체육 대회가 펼쳐지는 단 하루를 축제로 만들 수 있을까, 참가한 학생들 모두를 즐겁게 할 수 있을까, 촌스러운 교복이나 체육복을 벗어 던지고 멋을 낼 수 있을까? 하는 생각으로 계획한 정도였지. 그러니까 초대 학생회장은 당시 유행했던 댄스 음악으로 학생들이 기분 전환하길 원했던 거야."

이부키 씨는 그렇게 말하더니 후후, 하며 수줍은 듯 웃었다.

"그리고 학생회장이 단순히 'Saturday Night'를 부른 베이 시티 롤러스의 열렬한 팬이었다는 점도 있고."

"이부키 씨가 어떻게 그걸?"

눈이 휘둥그레진 사쿠타로의 옆에서 나는 이부키 씨의 나이가 곧 환갑이거나 환갑을 막 지났을 거라 보고 손가락으로 나이를 세어 보다가 "앗" 하고 고개를 들었다.

"이부키 씨, 혹시?"

"이부키 씨가 그 전설의 초대 학생회장이신가요?"

학생회장이 날카로운 목소리로 내가 하려던 말을 낚아챘다.

이부키 씨의 동그란 안경 속 눈에 얕은 미소가 띠었다. 학생회장은 몹시 감격한 표정으로 중얼거렸다.

"초대 학생회장이 학교 사서가 되어 모교에 있었다니……."

"그렇다고 노아고를 무진장 사랑해서 돌아온 건 아니야. 내가 학생회장을 하던 시절의 기억도 이젠 희미해졌는걸. 근데 토댄이 설마 이렇게 오랫동안 지속되고 있을 줄은……."

쓴 사탕을 핥은 것처럼 이부키 씨의 얼굴에 주름이 졌다.

"10년 전에도 지금도 그 밖의 다른 해에도 이따금 토댄을 둘러싸고 문제가 일어날 때마다 나는 왠지 미안한 마음이 들었어. 그런데 올해는 그 문제로 학생회장까지 휘둘리고 있어서……. 미안함에 넉살 좋게 앞에 나서게 됐지."

나는 '당사자 초치'라는 학생회장의 치트 키를 가르쳐 준 게 이부키 씨였다는 걸 기억해 냈다.

"아뇨, 엄청 영광입니다. 이 문제는 노아고 학생회 역사에 있어서 해결하지 못하고 미루기만 했던 악습이니까요. 누군가가 어느 시점에는 반드시 마음을 굳게 먹고 맞붙을 필요가 있었던 일이에요."

학생회장은 얼굴 전체가 새빨갛게 달아올라서 상기된 목소리로 말했다. 그리고 양손을 내밀며 악수하러 다가가서는 이부키 씨의 손을 감싸듯이 잡았다.

"제가 그 '누군가'가 돼 보겠습니다. 그러니까 선배님, 또 상담에 응해 주세요."

"나는 지금은 그냥 학교 사서야. 학생회장 때의 기억은 이미 아득히……."

"선배님의 존재 자체가 기쁜 거예요. 엄청 든든해요."

"어, 그래? 그런 건가?"

"네. 그런 겁니다."

이부키 씨가 동요하다니, 신기했다. 나와 사쿠타로는 싱글벙글하며 그 모습을 쳐다보았다.

말은 안 했지만 이부키 씨도 노아고에서 오랜 세월 근무하면서, 자신이 재학 중이던 시절 기획에 불과했던 토댄이 전통이 되어 버린 무게를 계속 어깨에 짊어진 채 느껴 왔던 모양이다. 우리가 그 묵직한 무게를 가볍게 해 줄 수 있다면, 그건 꽤 멋지지 않을까?

나는 사쿠타로에게 속삭였다.

"내일 방주 계획 꼭 성공시키자."

물론, 하며 고개를 끄덕인 사쿠타로는 잠시 망설인 후 결심한 듯 말했다.

"일단 내일 우리 둘 다 무사히 학교에 도착하자고."

그 농담 같은 말이 얼마나 절실한 마음에서 우러났는지, 사쿠타로와 함께 『하늘을 나는 교실』의 수수께끼를 쫓아 온 나는 안다. 그래서 엄지손가락을 세우고 답했다.

"걱정하지 마."

*

학생회장과 사쿠타로가 먼저 귀가하고, 나는 이부키 씨와 함께 뒷정리를 한 뒤 도서관 문을 잠갔다. 이부키 씨가 교무실에 열쇠를 반납하러 가겠다고 하자, "제가 할게요. 오늘이 도서 당번 마지막 날이라서."라고 말한 다음 열쇠를 받아 홀로 교무실로 향했다.

이미 귀가한 선생님들도 많아서 교무실은 한산했다.

사쿠타로가 가르쳐 준 장소에 열쇠를 놓고 옆에 매달려 있는 관리 노트에 반납 시간과 담당자 이름을 적고 있을 때, 둘둘 만 모조지 몇 개를 팔에 안고 지나가는 가즈미 선생님이 보였다.

"야, 모모세. 오늘 수고."

"수고 많으십니다."

"어라? 사쿠타로는?"

"먼저 귀가했어요. 볼일이 있다고."

가즈미 선생님이 노골적으로 아쉽다는 표정을 지어서 나는 고개를 갸웃했다.

"사쿠타로한테 용건이 있으세요?"

"응. 다름이 아니라, 오늘 임시 협의회에서 사쿠타로가 한 말에 대해 물어보고 싶었거든."

"사쿠타로는 임시 협의회에서 '당사자'가 아니라고 쫓겨났잖아요."

"아니, 그 전에 이렇게 말했잖아. 함께 즐기기 위해서는 모두가 즐길 수 있는 환경을 정비할 필요가 있니 어쩌니."

아아, 하고 나는 고개를 끄덕였다. 사쿠타로가 그 말을 하는 걸 몇 번이나 들은 적 있었다.

"그 표현을 꽤 자주 쓰더라고요. 어떤 사람이 했던 말을 그대로 따라 한 거라던데."

"그래? 다른 사람이 한 말이었구나."

가즈미 선생님은 말을 하려다 나와 눈이 마주치자 급히 화제를 바꿨다.

"방주 계획 고마워. 왠지 우리의 원통함까지 풀릴 것 같은 느낌이야."

"그렇게 생각해 주시면 감사하죠. 하지만 남의 일이 아닌걸요. 우선은 내일 아침 다니마치 선생님과 체실이 수락할지 어떨지가 가장 중요해요."

"그래. 우리 때의 게릴라 작전과는 달리 이번엔 공식적으로 당당하게 결행하는 거니까. 대단해."

"요즘 고교생들은 평화주의자들이에요. 좋은 의미로."

"맞아. 좋은 의미로."

가즈미 선생님은 "있잖아." 하고 말을 이어 갔다.

"아까 33기 녀석들한테 연락했어. 내일 체육 대회 보러 오라고. 가도다 빼고는 모두 올 수 있대. 기대하고 있더라."

"가도다 씨는…… 못 오시나요?"

"응. 아무래도 지금은 몸 상태 때문에 힘들어서."

그렇게 말한 가즈미 선생님은 내가 놀라서 "몸 상태라뇨?"라고 되묻기 전에 자신의 휴대 전화를 꺼내고는 재빨리 말했다.

"그러니까 묻고 싶은 거나 말하고 싶은 게 있으면 모모세가 직접 이야기해. 사정은 대충 말해 놨으니까."

"예? 그 전화는……. 지금 갑자기 가도다 씨하고? 잠깐만요. 아직 마음의 준비가……."

내가 당황해서 쩔쩔매는 사이에 저쪽에서 전화를 받았나 보다. 가즈미 선생님의 표정이 싹 바뀌더니 이내 온화해졌다.

"……여보세요? 나. 몸은 좀 어때? 응. 그래, 다행이다. 지금 모모세가 옆에 있어. 바꿔 줄게."

수업할 때보다 몇 배는 더 천천히 말하는 가즈미 선생님의 표정과 말하는 모습을 최근에 분명 본 적이 있었다. 역 승강장 끄트머리에서.

"설마. 가도다 씨는 가즈미 선생님의……."

"자, 통화해."

마지막까지 물어보기도 전에 휴대 전화를 받았다. 가즈미 선생님은 그대로 교무실을 나갔다.

"여보세요."

처음 듣는 가도다 씨의 목소리는 졸업 앨범에서 본 인형 같은 순수 일본풍 외모에 어울릴 만한 시원하고 아름다운 목소리였다. 문득 이 목소리로 부르는 'Saturday Night'를 들어 보고 싶다는 생각이 들었다.

"처음 뵙겠습니다. 저기, 저는 모모세 가논이에요."

"응, 이야기 들었어. 잘 부탁해. 내 이름은 가도다 메이였지만 지금은 군지 메이로 바뀌었단다."

역시 그랬다. 가도다 메이는 군지 가즈미의 아내가 되어 있었다.

내가 물개 같은 소리를 냈다. 전화기 저쪽에서 가도다 씨가 "그렇게 놀랄 일?" 하며 이상하다는 듯 웃었다.

"죄송합니다. 선생님이 결혼하셨다는 건 전부터 알고 있었지만, 설마 사모님이 노아고의 같은 도서 위원이었을 거라고는 상상도 못 해서."

"그렇겠지. 나도 가즈의 아내가 될 거라고는 고교생 때 상상도 못 했으니까."

"아, 그러세요? 그럼, 고교 시절부터 사귀신 게……."

"아니야. 나는 사사노 여친이었으니까."

메이 씨가 선뜻 말해 준 그 사실로, 지금까지 가즈미 선생님이 평소와 다르게 심각한 표정을 지었던 이유를 알 것 같았다. 또한 미이케 씨와 다이라 씨가 메이 씨에 관해 많은 이야기를 해 주지 않았던 이유도.

내가 말문이 막힌 듯 가만히 있자, 메이 씨가 사과의 말을 전해 왔다. 어디까지나 산뜻하고 온화하게.

"미안해, 모모세. 맞장구치기 힘들지? 하지만 이 얘기를 하지 않으면 진도를 나갈 수가 없어서."

"아뇨. 죄송합니다. 듣고 있어요."

"나는 초등학교 들어가자마자 척수 질환으로 다리를 못 쓰게 됐어. 이후에 큰 수술도 몇 번 했는데, 결과적으로는 평생 휠체어를 타야 하는 몸이 돼 버렸지. 지체 장애 등급도 1급이라서, 이상한 표현이긴 하지만 의심할 여지 없는 '몸이 불편하신 사람'인 거지."

메이 씨는 조소하거나 농담조가 아닌, 그냥 담담하게 있는 그대로의 사실을 이야기하고 있었다. 그럼에도 단어 선택에서 엿보이는 유머러스함이 그대로 전해져 왔고, 그게 아마도 메이 씨를 가장 메이 씨답게 만들어 주는 강인함과 현명함이 아닐까 하고 상상해 보았다.

"가족들의 열의와 더불어 학교의 이해와 협력 덕분에 초등학교도 중학교도 공립 보통학교를 다닐 수 있었어. 물론 친구들도 잘 대해 줬고. 수학여행이나 문화제 같은 행사도 문제없이 참가할 수 있었지."

여기서 잠깐 말을 끊더니 다시 이어 말했다.

"그런데 모모세 학생, 뭔가 이상하지 않아?"

"네? 그게…… 너무 자기를 낮춘다는 느낌이 드는데요."

메이 씨의 질문에 나는 엉겁결에 대답했다.

"그래, 맞아. 모모세 학생은 역시 '깨달을 수 있는 사람'이구나. 하지만 나는 오랫동안 깨닫지 못했어. 당사자인데 말이야. 그래서였을까? 휠체어를 타기 때문에 주변 사람들에게 민폐를 끼치는 나 자신을 '짐'이라고 비하했지."

"그런 메이 씨를 깨닫게 해 준 건, 사사노 씨?"

내 질문에 메이 씨는 수줍은 듯 웃었다.

"응. 내 최고의 은인. 하무랑 얘기하고 있으면 늘 눈앞이 확 트이고 밝은 빛이 보였어."

메이 씨가 휠체어를 탄다는 이유로 무엇인가를 포기하려 할 때마다 사사노 씨는 이렇게 말하며 격려했다고 한다.

"몸이나 마음에 여러 특징을 가진 사람들이 각각 자기 마음대로 살아갈 수 있는 것이 인류의 진보라는 거잖아. 그니까 장애인의 '장애'는 그들 자신의 특징이 아니라 주변 사회나 환경이 충분히 갖춰져 있지 않다는 걸 나타내는 거야. 그렇게 생각하기 때문에 난 그 장애를 없애 나갈 생각이야."

"방주 계획이네요."

나의 말에 모두를 태울 수 있는 방주, 라며 메이 씨는 그립다는 듯 목소리를 높였다.

"나뿐만 아니라 함께 도서 위원을 했던 절친한 친구들도 끌어들인 기획이었어. 우리는 그걸 함께 실현하려고 했어. 고마웠고, 가슴

두근거렸지."

이 말을 끝으로 한참 정적이 흘렀는데, 잠시 후에 들려 온 건 멀리서 중얼거리는 듯한 낮고 조용한 목소리였다.

"실행할 수 없게 되어서 정말 괴로웠어."

그 짧은 한마디에는 당시 메이 씨의 괴로움과 슬픔과 분노와 혼란스러움이 모두 담겨 있었다. 나는 무심코 말해 버렸다.

"세상이 한 번 파멸한 것처럼 느껴졌겠죠."

메이 씨는 한동안 침묵했지만, 이윽고 희미하게 들릴 정도의 목소리로 "역시 모모세 학생은 깨달을 수 있는 사람이네."라고 말했다.

"가즈가 나에게 모모세 학생이랑 직접 이야기하라고 부탁한 이유를 알 것 같아."

"저는 아무것도 몰라요. 군지 선생님이 기대할 만한 학생이 아니에요. 진짜로."

나의 정직한 고백에 메이 씨의 웃음보가 터졌다. 덕분에 목소리 톤이 다시 올라갔다.

"가즈의 사람 보는 눈을 의심하지 말아 줘. 안 그러면 아내로서 선택받은 나까지도 자신이 없어지잖니."

"아니, 사모님은 당연히 선택받을 만하시니 선택받으신 거죠. 군지 선생님이 사모님을 얼마나 좋아하시고 소중하게 생각하시는지는 저뿐만 아니라 노아고 학생 모두가 다 알고 있을걸요. 무엇보다도 전교생 앞에서 조금도 수줍어하시지 않고 사모님을 '사랑하는 아내'라고 부르신다니까요?"

"그게 뭐야? 이상한 선생님이네."

귀여운 말투로 부끄러워하면서도 메이 씨는 이어 한숨을 푹 내쉬었다.

"나, 사실 작년에 유산을 했거든. 고3 때 사고를 겪었을 때처럼 정신적으로 조금 불안정해지기 시작했었어."

"그러셨군요. 그건…… 또 힘드셨겠……."

나의 서툰 위로의 말을 의연하게 받아넘긴 메이 씨는 이야기를 계속했다.

"……하지만 이번에는 가즈가 옆에 있었지. 그 덕분에 빨리 쾌유할 수 있었어. 감사하게도 또 임신했고."

"축하드립니다! 그럼, 메이 씨는 지금 임신 중이신가요?"

"후후. 그렇답니다. 나도 가즈와 같은 고교 교사인데, 이번에는 의사 선생님의 권유도 있고 해서 안정기로 접어들 때까지 휴직하기로 결정했어. 그래서 가즈는 완고하게 하무에 관해 알고 싶어 하는 모모세와 친구를 나와 멀리 떼어 놓으려 한 것 같아."

"과거를 파헤치려 드는 우리 때문에 사모님이 스트레스를 받을 거라고 보신 거네요."

언짢게 생각하진 말아 줘, 라며 메이 씨는 작은 목소리로 말했다. 그래서 나도 그럴 리가요, 하고 답했다. 아마 가즈미 선생님과 메이 씨는 고교 도서 위원이 끝난 뒤, 재회했던 모양이다. 이후 두 사람은 다시 친분을 맺고 연인이 되고 부부가 되었다.

"이런 이유로 나는 안정을 취해야 해서 외출은 자제하고 있어. 그래서 내일 체육 대회는 못 가. 하지만 후배님들의 방주 계획이 실행될 수 있기를 기도하고 있고, 또 직접 관람하러 가는 다이라와 마키오가 영상을 보내 준대서 무척 기대하고 있어."

멍하게 생각에 잠겨 있던 내 귓가에 메이 씨의 시원한 목소리가 울렸다.

"헉, 열심히 하겠습니다."

이제는 그렇게 답할 수밖에 없는 상황이 되었다. 나는 마지막으로 혹시나 해서『하늘을 나는 교실』을 10년 만에 반납한 사람이 메이 씨인지 물어봤다. 답변은 예상한 대로 '노'였다. 당연히 그렇겠지. 배 속 아기를 위해서 안정을 취하고 있는 사람이 쉽게 외출하거나 하진 않았겠지.

"누가 반납한 걸까? 조금 신경 쓰이네. 의외로 하무 본인이었던 건 아닐까?"

"사사노 씨의 유령이란 뜻인가요? 그러지 마세요. 괴담은 질색이에요."

내 말에 웃은 후 메이 씨는 불쑥 말했다.

"유령이라도 좋으니까 꼭 한번 만나보고 싶은걸."

메이 씨와의 통화를 마치고 가즈미 선생님의 휴대 전화를 책상 위에 놓았다. 문득 누군가의 시선이 느껴져서 뒤돌아봤다. 조금 떨어진 곳에서 에모리가 눈을 크게 뜨고는 나를 바라보고 있었다.

……앗, 엿들었나? 어디서부터?

내가 불안해하고 있을 때, 교무실 문이 열리더니 다니마치 선생님이 들어왔다.

"어이, 부위원장. 와 있었네. 위원장은?"

"개회식 진행을 확인하는 중입니다."

"그래? 그럼, 전교생 하교 시간이 다가오고 있으니까 먼저 시작하자. 필요한 부분은 부위원장이 위원장에게 전해 줘."

네, 하고 에모리는 진지한 표정으로 답했다. 두 사람은 그 자리에서 내일 체실이 수행할 일의 구체적인 순서에 관한 협의를 시작했다. 상당히 진지하고 성실한 모습이었다.

……어떤 입장에 있는 사람도 모두 열심인 거야.

그런 당연한 것이 이제야 겨우 납득이 갔다. 내가 체실을 차가운 벽이라고 느끼는 것처럼 체실 사람들은 우리를 성가신 참견쟁이라고 여기겠지. 다른 입장의 수만큼 정의가 존재하고, 정답은 언제나 멀리 있다.

잠시 후 가즈미 선생님이 복사 용지를 가득 안고 돌아왔고, 나는 감사를 표한 뒤 휴대 전화를 돌려주었다.

"어, 그래. 수고. 곧 전교생 하교 시간이니까 서둘러 귀가해."

가즈미 선생님은 휴대 전화를 아무렇게나 주머니에 쑤셔 넣으면서 손을 흔들었다. 나와 메이 씨가 어떤 대화를 했는지 궁금하지 않은 걸까, 아니면 아는 게 두려운 걸까?

나는 잠깐 생각에 잠긴 뒤, 인사를 하고 머리를 숙였다. 그리고 은근슬쩍 덧붙였다.

"가즈미 선생님도 일찍 귀가하세요. 사모님이 기다리시니까."

"기다린다고?"

가즈미 선생님은 멍한 표정으로 나를 내려다보고는 눈을 깜빡였다. 그 표정에서 나는 확신에 가까운 추측을 했다. 사실 가즈미 선생님은 메이 씨를 사사노 씨의 연인이었던 고교 시절부터 좋아했던 건 아닐까.

교문을 나오자 가로등 아래에서 일정한 거리를 두고 역을 향해 걷고 있는 학생들 무리가 몇몇 보였다. 체육 대회를 하루 앞두고 들떠 있는 건지, 여기저기서 환호성이나 괴성이 들려왔다. 나는 그 북적임과 밤하늘을 대비해 보며, 한발 앞서서 축제 이후를 맛본 것 같아 왠지 씁쓸해졌다.

*

역시 오늘은 혼자서 하교하고 싶지 않았어. 이렇게 생각할 무렵, 뒤에서부터 가벼운 발걸음 소리가 나를 따라잡았다.

사치나 여자 배구부 선수일 거라고 생각하고 미소를 띠며 뒤돌아보았다. 그곳엔 에모리가 서 있었다.

"수고."

"수고했음다."

나는 가볍게 손을 흔들고는 옆으로 비켜섰다. 에모리는 그대로 나를 앞질러 갈 줄 알았으나, 당연한 듯 옆에서 나란히 걷기 시작해서 조금 놀랐다. 게다가 정수리가 보일 정도의 키 차이에 당황하고 말았다.

긴장하고 있는 나는 아랑곳하지 않고, 에모리는 임시 협의회 때와 마찬가지로 따지는 말투로 내게 물었다.

"그렇게 천천히 걷는 건 부상 때문이야?"

"그런 셈이지."

나는 체실 부위원장 앞에서 조심성 없는 발언을 하지 않도록 정신을 바짝 차리고 고개를 끄덕였다. 에모리는 바짝 경계하는 내 어깨를 곁눈질하며 계속 말했다.

"그럼, 사쿠타로는 매일 이 속도에 맞춰 준 거네."

"뭐?"

"두 사람 요즘 함께 귀가하잖아."

에모리는 아무렇지도 않은 척 말하면서 내 얼굴을 올려다보았다. 뚜렷한 쌍꺼풀이 진 눈이 아이라인과 마스카라의 힘으로 더욱 커져서는 촉촉하게 빛나고 있었다.

"아아, 그니까, 그게. 도서 당번이었으니까."

고개를 끄덕이는 에모리의 표정은 마침 가로등 빛이 비추지 않는 곳이어서 읽을 수가 없었다. 나는 무슨 말이라도 해야겠다는 생각에 조바심이 나서 엉겁결에 말했다.

"하지만 오늘은 함께 귀가하고 있지 않잖아."

"그건 나도 알아." 하며 에모리는 어렴풋이 미소 짓고는 혼잣말처럼 계속 이어 갔다.

"사쿠타로는 일찍 귀가해서 유쇼지에 들렀을 거야."

"유쇼지?"

"우리 모교인 모리 초등학교 근처에 있는 절."

"설마 부처님께 체육 대회의 필승을 기원하러? 꽤 신앙심 깊구나."

나는 마음에 살짝 걸리는 게 있었지만 대충 얼버무려 버렸다. 에모리 호타루는 무슨 말을 하려는 표정이었지만, 결국 아무 말도 하지 않고 손바닥으로 까딱까딱 얼굴을 부채질했다.

그대로 한동안 둘이 말없이 걸었다. 우리가 마지막으로 하교하는 학생인 듯 뒤처져 오는 학생은 없었다.

헬멧 밖으로 긴 금발의 머리카락을 나부끼는 외국인 여성이 몰던 대형 오토바이가 요란한 엔진 소리를 내면서 옆의 국도를 지나갔다. 에모리가 다시 입을 열었다.

"아까 교무실에서 전화하고 있었지?"

"어, 응. 시끄러웠어?"

통화를 끝내고 뒤돌아봤을 때, 나를 바라보던 그 표정이 기억나서 물었다. 에모리는 "별로 시끄럽진 않았어."라고 중얼거리고는 차도를 바라보며 말했다.

"그 '사사노 씨'란 사람, 혹시 사사노 고 씨를 말한 거였어?"

"아는 사람이야?"

"토사 붕괴로 숨진 우리 학교 선배잖아."

"……유명한 사건이었구나."

내가 놀라서 말하자, 에모리는 내가 어떻게 사사노 씨를 알고 있는지 물었다. 잠시 망설인 나는 도서관에 어떤 책을 반납한 사람을 찾는 과정에서 10년 전 사고와 그 피해자인 사사노 고 씨에 관해 알게 된 내막을 간략히 털어놨다. 그리고 사사노 씨가 도서 위원이었다는 건 말했지만, 다른 도서 위원들에 관한 이야기나 또 그들이 기획했던 것에 관해서는 언급하지 않기로 했다.

"그거 사쿠타로도 아는 얘기야?"

"물론 알지. 내가 책을 반납한 사람 찾으려고 이 일에 끌어들였거든."

"하지만 누가 반납한 건지는 아직 모른다고?"

"응. 사사노 씨의 고교 시절 친구들에게도 확인했는데 모두 아니더라. ……이상하지?"

에모리가 고개를 갸웃거리는 나를 말끄러미 바라보았다.

"사쿠타로가 변한 이유를 이제야 알겠어. 모모세가 사쿠타로에게 전해 주지 않을래? 나는 이제 괜찮다고. 사쿠타로가 책임감 느끼지 않아도 된다고. 더 이상……."

　……나를 좋아하지 않아도 돼.

　에모리는 그렇게 분명히 말하고는 나에게 도전하는 듯한 시선을 던졌다. 그 눈을 피하면 왠지 지는 것 같아서 나도 똑바로 바라봤다. 처음에는 어리둥절했지만, 이윽고 화가 치밀었다.

　그런 식으로 말하는 건 좀 너무하잖아. 사쿠타로가, 사쿠타로의 사랑이 너무나도 가여웠다. 떨떠름한 기분이 짜증으로 바뀌었고, 결국 난 이렇게 말하고 말았다.

　"책임이라니, 무슨? 사쿠타로는 무리해서 에모리를 좋아하는 게 아니야……."

　솔직한 마음을 내뱉고 난 뒤에야 아차 싶었지만, 이미 늦었다. 나는 이어서 말했다.

　"사쿠타로가 이번 체육 대회를 둘러싸고 에모리와의 주장이 엇갈릴 때마다 얼마나 고민했는지 알아? 좋아하는 사람 편을 들어 주지 못해서 얼마나 괴로워했는데. 에모리는 아무것도 모른다니까."

　"그게 아니야."

　"아니긴 뭐가 아니야? 매년 차여도 계속 고백할 만큼 사쿠타로는 에모리를 좋아하잖아. 그건 이성도 상식도 안 통할 정도로 좋아한다는 뜻이야. 그 마음을 받아 주지는 못하더라도, 알아줄 수는 있는 거잖아."

　내가 어깨를 들썩이며 숨 쉬는 것을 보던 에모리는 괴로운 듯 웃었다.

"사쿠타로의 고백은 자기 자신에 대한 벌이야. 그걸 스스로가 깨닫지 못하고 있을 뿐이지."

"……뭐? 그게 무슨 말이야?"

내가 천천히 되물었지만, 에모리는 답하지 않았다. 그저 먼 곳을 바라보면서 혼잣말처럼 계속 중얼거렸다.

"내가 무슨 말을 하더라도 사쿠타로는 늘 내 곁에 있어야 하고 내 편을 들어야 한다고 굳게 믿고 있어. 그 마음을 '호의'나 '사랑'이라고 착각한 채로 말이야. 죄악감에 시달린 나머지 괴로움이 짝사랑으로 인한 괴로움인 줄 아는 거지. 그걸 빨리 사쿠타로가 깨달아서 납득하고 편해졌으면 좋겠어."

에모리의 이야기는 점점 복잡하게 얽혀서 결국 내 사고의 허용 범위를 넘어 버리고 말았다. 더 이상 견딜 수 없었던 나는 "잠깐만!" 하고 소리쳤다. 그리고 다시 물었다.

"그게 무슨 말이야?"

에모리의 눈에 이슬이 맺힌 듯 보였지만, 너무 어두워서 확실하지는 않았다. 잠시 강렬한 눈빛으로 나를 쩨려보다가, "아무튼."이라며 머리카락을 손으로 튕겼다.

"모모세, 그 반납된 10년 전 책의 수수께끼를 반드시 풀어 줘."

"좀……."

"네가 사쿠타로를 끌어들였다며?"

"그, 그건 뭐 그렇긴 하지만."

"그러니까 끝까지 풀어 줘. 반드시."

거듭 당부한 에모리는 역 쪽으로 뛰어가 버렸다.

"뭐야? 도대체."

나는 밤하늘을 우러러보며 혼잣말을 해 버렸다. 바람이 구름을 밀어내면서 별이 조금 전보다는 많이 보였다. 온통 뒤죽박죽되어 버린 머리를 식히기 위해 배구 경기에서 서브를 넣기 전에 늘 했던 것처럼 오감을 일깨워 보기로 했다. 벌레 소리와 국도를 달리는 차 소리가 규칙적으로 들려왔다. 건물에 가려서 보이지 않는 바다에서 지나가는 배가 내는 기적 소리도 아련히 들렸다. 폴로셔츠 밖으로 드러난 팔에 닿는 바람은 부쩍 시원해져서 이제 완연한 가을임을 느낄 수 있었다. 시선을 떨구자 바닥에 떨어진 초록 잎사귀가 가로등 아래에서 바람을 따라 빙글빙글 흩날리고 있었다.

나는 길가로 가서 발을 멈췄다. 에모리와의 대화를 정리하기 위해 조금 전 나누었던 말을 천천히 되짚어 보았다. 처음부터 순서대로, 가능한 한 정확하게 머릿속에서 에모리의 목소리를 재생했다.

그리고 대화 도중 마음에 걸렸지만, 넘어갔던 그 한마디에 다다랐다. 동시에 그 말을 이전에 누가 했는지도 생각해 냈다. 나는 즉시 휴대 전화를 꺼내어 메시지를 보냈다. 내일 직접 물어봐도 됐지만, 가능하면 나 혼자일 때 바로 답을 알고 싶었다.

내가 집에 도착했을 때 휴대 전화에서 알림이 울렸다. 어쩌면 체육 대회 전날 몰랐으면 좋았을 일이었다. 오늘 밤은 잠들 수 없을 것 같았다.

*

토요일의
댄스

*

토요일은 다행히도 맑은 하늘에 뭉게구름이 둥둥 떠다니는 좋은 날씨로 시작했다. 그만큼 기온도 올라서 올해 마지막 더위가 될 것 같았다. 쾌청한 하늘 아래, 이른 아침부터 여러 임무를 맡은 학생들이 운동장을 뛰어다니고 있었다.

　물론 나도 하품을 참아 가며 평소 등교하던 시간보다 두 시간이나 일찍 교문에 들어섰다. 졸린다고 투덜거릴 때가 아니었다. 모두가 참여할 수 있는 새로운 경기 계획의 발안자인 사쿠타로와 함께 체실 앞에서 발표해야 하기 때문이었다. 체육 대회 당일이라 언뜻 봐도 바빠 보이는 체실 위원들이 언제 시간이 날지 몰라 일단 대기하기로 했다. 사쿠타로와 나라 군은 이미 와 있었고, 가즈미 선생님도 내가 도착하고 나서 바로 오셨다.

　발표 기회는 생각보다 빨리 찾아왔다. 개폐회식 예행연습이 시작되면서 운동장 가득 울리는 시끄러운 악단 연주 때문에 대화를 할 수 없게 된 것이었다. 우리는 일단 하얀 천막으로 철수했고, 마침 무료해하던 다니마치 선생님에게 가즈미 선생님이 말을 걸었다. 다니마치 선생님은 곧바로 학생회와 체실의 중추가 되는 학생 몇 명을 재빨리 불러 모았고, 연주음을 피해 대화를 하기 좋은 장소인 학교 안마당까지 함께 이동했다.

에모리는 희끄무레해진 잔디를 밟은 채 팔짱을 끼고 있었다. 어제 나와 단둘이 이야기한 게 꿈인가 싶을 정도로 데면데면했다. 사쿠타로는 그런 에모리에게 주눅 들지 않고, 한발 다가가서 손에 들고 있던 일정표를 펼쳤다.

"토요일의 댄스 다음에 있는 교원 참가 경기인 줄다리기를 저희가 정한 경기로 변경해 주실 수 있을까요?"

"그렇게 해 주신다면 시간도 밀리지 않고 학생들 경기도 방해하지 않을 수 있어요."

내가 빠른 말로 덧붙였다. 체실 학생들과 함께 일정표를 들여다보던 다니마치 선생님이 얼굴을 들었다.

"선생님들이 딱히 불평하실 것 같지는 않지만, 줄다리기를 걷어치우고 뭘 할 생각이지?"

"자유형 토요일의 댄스입니다."

"자유형?"

에모리의 눈빛이 예리하게 변했다.

"네. 원조 토요일의 댄스를 막 끝낸 재학생은 물론 선생님, 관람석의 학생 가족이나 친구, 이웃 주민, 졸업생 등 누구나 춤추고 싶으면 참가할 수 있는 댄스. 어떤 복장이든 상관없고, 대열도 필요 없고, 자기만의 안무로 자유롭게 춤추는 댄스. 여러 사정으로 춤출수 없는 사람은 그냥 그 자리에 있는 것만으로도 좋은 댄스. 그것이 자유형 토요일의 댄스입니다."

체실 위원들은 서로 눈빛을 교환했다. 그다음엔 나라 군이 바로 설득력 있게 덧붙였다.

"음향 설비는 그 전 순서인 원조 토댄에서 이미 설치해 놓았으니, 즐기려는 마음만 있으면 아무것도 준비할 필요가 없습니다."

"이 정도면 다니마치 선생님이 제시하신 세 가지 조건에 꼭 들어 맞지 않나요?"

사쿠타로는 그렇게 설명을 마무리하고 한 박자 쉬더니, "어떠십니까?" 하고 다시 한 번 물었다.

다니마치 선생님이 짐짓 위엄 있는 헛기침과 함께 고개를 갸우뚱했다.

"분명히 조건은 다 갖췄군. 하지만 무리한 요구로 급조된 경기에 참가할 관객이 얼마나 될까? 선생님들 줄다리기도 처음에는 일반인 참가 경기였는데, 해마다 참여하는 사람들이 줄어들어서 결국 엔 교사들만의 경기가 되었잖아. '함께 춤춰요'라고 안내 방송했는데 결국 운동장이 텅 비어 버리면 좀 민망한 상황이 되지 않을까?"

교원 참가 경기 탄생의 슬픈 역사에 관해서는 오늘 처음 알게 되었다. "정말?" 하며 중얼거리는 나를 제쳐 두고, 사쿠타로는 적어도 겉으로는 동요하는 기색 없이 자신 있게 말했다.

"걱정 없어요. 당연히 우리는 참가할 거고, 사이좋은 친구들이나 선생님들께도 협조를 요청할 테니까."

"모모세도 참가할 거야? 그 다리로?"

갑자기 에모리한테 지목받은 나는 당황해서 왼발을 내려다보았다. 나에게 쏠리는 시선 가운데 사쿠타로의 불안해하는 눈빛이 섞여 있음을 깨닫고는 천천히 고개를 끄덕였다.

"스텝 밟는 춤은 안 되겠지만 꼭 참가할 거야. 자유형 토댄은 자유롭게 참가하면 되니까."

감당 못 할 상황이 될 것 같은데, 라며 체실의 누군가가 나직이 중얼거렸다.

"감당 못 할 정도가 딱 좋은 거 아닐까요? 체육 대회는 축제니까요."

그렇게 잘라 말한 건 학생회장이었다.

"대열 이동이 없으니까 한 장소에서 움직이지 않고 상반신만으로 춤출 수도 있겠죠. 노래방 음악에 맞춰서 노래하거나 악기를 연주하는 등 춤 이외의 참가 방법도 있을 수 있고요. 올해 이런 시도를 해 두면, 내년 이후에는 원조 토댄에도 활용할 수 있는 새로운 전통이 생길지도 몰라요."

학생회장이 그렇게 말을 끝맺자, 주변이 쥐 죽은 듯 조용해졌다. 각자 자기 마음에서 답을 찾고 있는 듯했다.

"해 볼까?" 하고 입을 연 것은 다니마치 선생님이었다. 놀라는 체실 위원들을 둘러보며 선생님은 고개를 끄덕였다.

"이런 시도를 한다고 해서 올해 체실이 준비해 온 것들이 유명무실해지는 건 아니잖아. 부정당하는 것은 더더욱 아닐 테고. 오히려 체실이 포용력을 발휘한 기념비적인 체육 대회가 될지도 몰라."

"그럼, 운영은 누가 하나요?"

에모리가 다니마치 선생님에게 물었다. 학생회장이 재빨리 손을 들었다. 아무도 반대하지 않았다. 그런데 그때까지 그림자처럼 숨죽이고 있던 가즈미 선생님이 찰싹하고 손뼉을 쳤다.

"선생님들한테는 나와 다니마치 선생님이 보고할 테니, 모두 돌아가서 체육 대회 준비를 하도록 해. 체실과 학생회는 체육 대회 당일이라 바쁠 텐데 시간 내 줘서 감사하게 생각하고 있어. 고마워."

가즈미 선생님은 그럼, 해산이라며 손을 흔들었다. 학생들은 운동장 쪽으로 되돌아갔다. 그러고 보니 악단의 연주음도 더 이상 들리지 않았다. 예행연습이 끝났나 보다.

안마당을 다 빠져나갈 때쯤 나는 슬며시 뒤돌아봤다. 방금 모두가 모여 있던 곳에서 가즈미 선생님이 다니마치 선생님을 향해 고개를 푹 숙이고 있었다.

*

악단의 팡파르로 시작된 체육 대회는 꽤 재미있고 화려했다. 나는 개회식의 선수 입장 행진에도 참가하지 못했다. 학생 관람석에 덩그러니 앉아 있으면 적적할 거라고 염려해 준 선생님들의 배려로, 예행연습 때와 마찬가지로 운동장 끝에 설치된 구호용 하얀 천막 아래에서 개회식을 관람했다. 하지만 여기서도 혼자인 건 마찬가지였다. 단지 일반 관람석에서 이곳이 잘 안 보일 뿐이었다. 이러한 처우는 사전에 설명을 들었고 일단 납득도 했지만, 역시 마음속이 텅 빈 듯한 느낌이 들었다. 헛헛한 마음을 달래려고 나는 휴대 전화로 반 친구들이나 사쿠타로의 모습을 마구 찍어 댔다.

그때 뒤에서 "모모세, 모모세." 하는 낮고 무게감 있는 목소리가 들렸다. 놀라서 뒤돌아보니, 철망 너머 저쪽 편 구역에 편의점 비닐 봉지를 손에 든 미이케 씨와 다이라 씨가 서 있었다.

"거봐, 여기 있을 거라고 했지? 예로부터 관람하는 학생은 이 천막으로 보내졌거든. 야기도 매년 여기에 있었지. 냄새 나는 걸 덮어버리자는 태도라며 하무가 분노했었고."

미이케 씨가 옆에 있는 다이라 씨를 보고 열심히 설명했지만, 그는 나 몰라라 하는 태도로 페트병 콜라를 들이켜고는 "덥다."라며 투덜거렸다.

한여름 같은 뜨거운 햇살에도 라이더 재킷을 벗지 않는 미이케 씨가 더 더울 것 같았지만 본인은 시원하다는 표정으로 올백 머리를 매만지고 있었다.

다이라 씨가 편의점 비닐봉지에서 스포츠 음료 하나를 꺼내 철망 사이로 밀어 넣었다. 미이케 씨가 바로 덧붙여 말했다.

"내가 주는 거야. 내가 돈 냈거든."

"감사합니다. 응원석에 물통을 두고 와서 마침 목이 마르던 참이었어요."

나는 철망 사이에 꽉 낀 페트병을 어렵사리 빼내서 곧바로 뚜껑을 비틀었다. 그러고는 한꺼번에 반 가까이 마셔 버렸다.

미이케 씨는 만족한 듯 고개를 끄덕이더니 체실 위원장의 인사를 듣고 있는 학생들의 뒷모습을 바라보았다.

"드디어 시작하네."

"네."

"근데 방주 계획은 결행할 수 있을 것 같아?"

"승인은 받았어요. 원조 토댄 다음 순서인 교원 참가 줄다리기가 '우리 모두'의 토댄으로 바뀌게 되었거든요."

나는 엄지손가락을 세운 뒤 철망에 달라붙었다.

"문제는 재학생이나 관람객이 얼마나 참가하느냐인데……. '이 넓디넓은 운동장에서 저와 사쿠타로와 다른 몇 명이 춤추는' 비극? 희극? 잘 모르겠지만, 그런 사태는 피하고 싶어요."

그건 그렇네, 하며 팔짱을 끼는 미이케 씨에게 나는 신신당부했다.

"그니까 미이케 씨랑 다이라 씨께도 부탁드릴게요."

"어? 우리?"

"노래 'Saturday Night'가 흘러나오자마자 가즈미 선생님과 함께 운동장으로 뛰어나와 주세요. 그런 다음 사람들이 운동장으로 나올 수 있도록 유도해서 댄스에 가능한 한 많이 참가하도록 해 주시면 돼요."

"그래? 책임이 막중하네."

갑자기 소극적으로 바뀐 미이케 씨를 밀어젖히듯 다이라 씨의 굵은 손가락이 철망을 꽉 쥐었다.

"맡겨 줘."

"어, 다이라, 너 할 수 있냐? 현역 때 체육 대회 땡땡이치려고 했던 네가?"

"잠자코 있어."

다이라 씨가 낮고 아름다운 목소리로 호통치자, 미이케 씨는 입을 꾹 다물었다.

"나는 하무가 기획한 토댄에서 춤추고 싶었단 말이야. 그니까 오늘 10년 만에 난 반드시 춤추고 말 거야."

"다이라 씨…… 감사합니다."

내가 고개를 숙이자, 다이라 씨는 진지한 얼굴을 하고는 덥수룩한 천연 파마머리를 긁적였다. 미이케 씨는 노골적으로 뾰로통한 얼굴이 되어서는 가방에서 소형 캠코더를 꺼냈다.

"의욕이 넘치는 건 나도 만만치 않아. 야기한테 보낼 영상 찍으려고 업무용으로 구매한 최고급 캠코더도 가져왔다고."

"미이케 씨도 감사합니다. 그럼, 잘 부탁드려요."

"오케이."

개회식이 끝났다. 미이케 씨는 "그럼, 나중에 봐."라며 기분 좋게 자리를 떴고, 다이라 씨가 문득 나를 향해 뒤돌아봤다.

"어제 메시지, 그걸로 답변이 됐을까?"

"답변이 됐습니다. 지나칠 만큼."

내 굳은 표정을 보고 다이라 씨는 뭔가 또 질문하려다 입을 다물었다. 그러고는 가볍게 인사하고 발걸음을 옮겼다. 그 뒷모습을 배웅하면서 나는 '저 사람이 쓰는 이야기라면 어떤 장르라도 기분 좋은 배려가 느껴지고 균형 잡혀 있겠지.' 하고 상상했다. 다이라 씨가 '이거다' 싶은 이야기를 부디 완성시켜 주었으면 좋겠다. 진심으로 그가 쓴 글을 읽어 보고 싶어졌다.

*

"다음 순서는 전교생이 참가하는 토요일의 댄스입니다."

다니마치 선생님의 목소리가 마이크를 통해서 울려 퍼지자 관람석에서 환호와 박수가 터져 나왔다. 일정을 알리는 방송은 아침부터 쭉 방송 담당 학생이 맡았는데, 이 종목만큼은 준비가 필요하므로 다니마치 선생님에게 마이크를 넘겨준 듯했다. 작년까지는 이런 사정을 전혀 눈치채지 못했는데.

체실 고문을 오랫동안 맡아 온 다니마치 선생님이 버스 가이드가 명소 안내를 하듯이 토댄에 관한 설명을 이어갔다.

"본교 창립 이래 변함없는 전통 안무와 각 반에서 정한 주제에 맞는 분장과 대열 이동으로 학생들이 각자의 개성을 마음껏 발휘하고 있습니다. 전 학년 총 24개 반을 향하여 박수와 환호 부탁드립니다. 여름 방학도 반납하고 꾸준히 연습해 온 학생들의 멋진 모습을 마음껏 즐기시기 바랍니다."

다니마치 선생님의 소개에 관람석에서는 박수가 이어졌다. 박수 소리가 잦아들 때쯤 'Saturday Night'가 흘러나왔다. 최고의 타이밍이었다. 스피커에서 흘러나오는 음이 다소 갈라지긴 했지만, 운동장에 있는 학생들이 모두 한마음으로 흥얼거려 주어서 크게 문제될 건 없었다.

작년에도 재작년에도 당연한 듯 분장하고 운동장에서 춤췄었는데. 나는 다니마치 선생님의 지시대로 방송석 천막 아래에 앉아 있었다. 옆에는 반 티셔츠를 입고 밀크티 색상의 버섯 머리를 바람에 나부끼고 있는 나라 군이 있었다. 또 그 바로 뒤에는 일반 관람석 맨 앞줄에 나란히 서 있는 미이케 씨와 다이라 씨가 보였다.

"하나도 안 바뀌었네."

"응."

미이케 씨와 다이라 씨가 나누는 졸업생다운 대화가 등 뒤에서 들려왔다. 내 눈은 사쿠타로를 찾고 있었다. 결코 눈에 띄는 편은 아닌데 나는 단 3초 만에 그 모습을 찾아냈다.

춤을 너무나도 열심히 춰서 왠지 더 웃겨 보이는 사쿠타로의 댄스에 나도 모르게 입가에 미소가 번졌다. 그때 갑자기 옆에 있던 나라 군이 "혹시." 하고 말을 거는 바람에 황급히 표정을 가다듬었다.

"뭐?"

"저기 저분, 이부키 씨 아닌가요?"

나라 군이 손가락으로 가리키는 쪽을 바라봤다. 운동장을 둘러싸듯 설치된 관람석 맨 끝에 새빨간 티셔츠를 입은 사람의 모습이 보였다. 레깅스 위에 반바지를 덧입고, 목에는 수건을 둘렀으며, 파마머리 위에 튤립형 모자를 눌러썼다. 거기에 얼굴에서 비어져 나올 정도로 큰 선글라스를 낀 사람이었다. 야외 페스티벌에 온 것 같았다.

"이부키 씨치고는 복장이 너무 파격적이지 않아?"

도서관에서는 언제나 단정한 원피스나 카디건에 주름 스커트를 입고 있었다. 나는 바로 그 사람이 이부키 씨라고 단정 지을 수는 없지만, 나라 군은 틀림없이 이부키 씨라고 확신했다.

"새빨간 티셔츠, 제가 빌린 다음 세탁해서 돌려드린 거예요."

나도 그제야 고개를 끄덕였다.

"뭐? 이부키 씨? 어디, 어디?"

우리 대화를 엿들었는지 미이케 씨가 두리번거렸다. 조금 전 미이케 씨와 "처음 뵙겠습니다."라고 인사했던 나라 군이 바로 알려주었다. 그러자 미이케 씨는 다이라 씨의 등을 밀며 걷기 시작했다. 나라 군이 당연하다는 듯 그 두 사람을 따라나서서 나도 선생님들의 눈을 피해 방송석 천막에서 벗어났다.

"이부키 씨, 오랜만이에요."

미이케 씨가 어깨를 '탁' 치자, 이부키 씨가 펄쩍 뛰며 놀랐다. 그러고는 큰 선글라스를 슬쩍 내린 뒤 검은 가죽 라이더 재킷과 올백 머리를 쭉 훑어봤다. 그녀는 어머나, 하며 선글라스를 벗었다. 선글라스를 벗었는데도 늘 끼고 있던 동그란 안경이 씌워져 있자 그 모습에 모두 어안이 벙벙했다. 막상 이부키 씨 본인은 그런 건 신경도 안 쓰는 듯 후후, 하고 웃었다.

"누군가 했더니, 미이케와 다이라네. 두 사람도 새로워진 토댄을 보러 온 건가?"

"네. 복수할 생각으로."

미이케 씨의 섬뜩한 표현에 이부키 씨는 살짝 인상을 찌푸렸지만 아무 말 하지 않았다. 미이케 씨는 이부키 씨가 입은 새빨간 티셔츠에 그려진 5인조 남성 삽화를 손가락으로 가리키며 물었다.

"베이 시티 롤러스죠?"

그 순간 번쩍 빛났던 이부키 씨의 얼굴은 아주 오랫동안 잊지 못할 것 같다. 이부키 씨의 몸에 쌓여 있던 시간은 순식간에 다 떨어져 나간 듯했고, 얼굴은 껍질을 벗긴 삶은 달걀처럼 매끈하게 보였다. 그 모습이야말로 17세 때도 25세 때도 혹은 환갑 가까이 된 지금도 언제나 변하지 않는 이부키 씨의 얼굴인 듯했다.

"맞아. 어떻게 알았지?"

"학창 시절 매년 토댄에서 듣던 음악에 문득 호기심이 생겨서……. 인터넷으로 검색했을 때 본 레코드 재킷이랑 이 삽화가 어딘지 닮았어요."

"그들이 일본에서 인기를 끌던 당시 근처 상점에서 산 티셔츠야. 얼마 안 되는 용돈을 다 털어서 산 거였는데, 아까워서 입지도 못하고 도서관에 장식해 뒀었지."

"그런데 제가 먼저 입었네요. 죄송합니다."

나라 군이 어쩔 줄 몰라 하며 고개를 숙이자, 이부키 씨는 고개를 좌우로 흔들었다.

"아니, 오히려 잘된 거지. 색도 너무 튀고 해서 나이가 들수록 입기 꺼려졌거든. 그리고 이젠 새 옷이 아니니까 오늘도 가볍게 입고 나올 수 있었잖아."

"잘 어울리십니다."

바로 칭찬하는 미이케 씨를 툭 치는 시늉을 하면서, 이부키 씨는 후후, 하고 수줍은 듯 웃어 보였다.

나는 관람석에 자리한 사람들을 쭉 둘러보았다. 재학생 가족이나 친구들에 섞여서 여러 명 혹은 혼자 온 어른들의 모습도 꽤 보였다. 운동장에서 뛰고 춤추고 하느라 바빴던 작년과 재작년에는 전혀 시야에 들어오지 않았던 면면들이다.

'Saturday Night'는 원래 3분도 안 되는 곡이라서 토댄에서는 전 학년 총 24개 반이 춤추는 동안 반복해서 나온다. 관람석 바로 앞 제일 좋은 위치에서 공연하던 마지막 반이 이윽고 점점 작아지는 음악 소리와 함께 공연이 마무리되었다.

후렴 부분이 울려 퍼지는 가운데, 미이케 씨가 흥분과 설렘으로 몸을 떨었다.

"곧 시작한다."

나도 고개를 끄덕이고 나라 군과 함께 관람석 앞으로 이동했다.

"잠깐, 뭐니?"

뒤에서 이부키 씨의 목소리가 들렸다. 돌아보니, 이부키 씨가 미이케 씨와 다이라 씨한테 양팔을 잡힌 채 끌려오고 있었다.

"그냥 보고만 있긴 아깝잖아요. 이부키 씨도 우리와 함께 새로운 토댄에 참가해요."

"아니야. 나는 됐어. 부끄럽게."

"새빨간 티셔츠를 이렇게 멋지게 차려입은 어른한테 부끄럽다는 말은 안 어울려요."

미이케 씨는 다짜고짜 이부키 씨를 데려다가 내 바로 뒤에 세웠다. 운동장에서는 댄스를 마친 전교생들이 시원섭섭한 표정을 하고는 정렬해 있었다. 그러고는 "감사합니다."라고 가볍게 인사하고 달음박질로 퇴장했다. 이어서 박수가 터지고 흙먼지가 뿌옇게 날아오르는 가운데, 스피커를 통해 나오는 목소리는 다니마치 선생님이 아닌 학생회장이었다.

"다음 순서는 교원 참가 경기인 줄다리기였습니다만, 급하게 새로운 경기를 준비하게 되었습니다."

처음 소식을 듣는 학생들이 대부분이기에 주변에서 웅성거리는 소리가 들리기 시작했다. 학생들의 동요는 관람석으로까지 옮겨졌다. "뭐?", "무슨 일이야?" 하며 여기저기서 당황하는 목소리가 등 뒤에서 들려오자, 몸이 덜덜 떨리기 시작했다. 배구 시합 때와는 또 다른 긴장감이 나를 짓누르고 있었다.

그러나 학생회장의 목소리는 떨리지 않았다. 자기 임무를 완수하겠다는 완고한 의지만이 느껴질 뿐이었다. 똑 부러지는 안내 방송이 계속 이어졌다.

"노아고 재학생들이 꾸민 올해 토댄은 어떠셨나요? 종합 순위에도 크게 영향을 끼치는 이 경기의 득점 집계를 기대하면서, 아직 더 춤추고 싶은 재학생 여러분과 옛 추억을 그리워하는 졸업생 여러분, 그리고 관람객 여러분! 이번에는 여러분 한 사람 한 사람이 주인공이 되어 춤추는 순서입니다. 이름하여 토요일 댄스 자유형 버전!"

학생회장의 지시로 운동장에는 또다시 'Saturday Night'가 나지막하게 흐르기 시작했다. 웅성거리는 소리가 점점 더 커졌다. 그 웅성거림을 제지할 만큼 큰 소리로 학생회장이 외쳤다.

"자유형 토댄에는 대열이 없습니다. 안무가 있긴 하지만, 눈썰미로 간단히 따라 배울 수 있는 오리지널 댄스만으로 충분합니다. 머리 스타일도 복장도 자유! 서 있어도, 앉아 있어도, 드러누워 있어도 상관없습니다. 춤추지 않고 노래를 부르거나 손뼉만 치는 것도 대환영입니다. 모두가 함께 어울려서 즐길 수 있는 시간이 됐으면 합니다."

그때 학생회장 옆에 서 있던 가즈미 선생님이 마이크를 넘겨받아 이어서 말했다.

"배우기보단 익숙해져라. 생각하지 말고 느껴라. 춤추는 바보에 바라보는 바보. 같은 바보라면 춤추지 않는 게 손해다. 자, 해 봅시다!"

갑자기 'Saturday Night'가 최대 음량으로 들려오자, 온몸에 전류가 흘렀다.

미이케 씨가 와아, 하고 괴성을 지르며 운동장을 향해서 뛰쳐나갔다. 손에는 어느새 캠코더가 들려 있었다. 다이라 씨가 그 뒤를 따랐고, 자연히 그들 사이에 끼어 있던 이부키 씨도 운동장으로 함께 딸려갔다. 그래도 아직 내 몸은 움직이려 하지 않았다. 그때 원조 토댄을 막 끝낸 사쿠타로가 인기 애니메이션의 수수한 단역 분장을 한 채 숨을 헐떡이며 달려왔다.

"모모세, 이쪽으로."

"응"

돌처럼 굳었던 내 몸이 스르르 풀리듯 천천히 움직이기 시작했다. "아, 와라!" 하고 뺨을 두드리고는 왼발에 부담을 주지 않을 정도로 천천히 운동장 가운데로 나아갔다. 방송 안내 역할을 마친 학생회장이 운동장으로 뛰어나오는 것이 보였다. 가즈미 선생님은 운동장 오른쪽 부근에서 미이케 씨와 다이라 씨 그리고 이부키 씨 무리에 합류해 있었다.

"사쿠타로 선배님, 모모세 선배님."

뒤돌아보니, 조금 떨어진 곳에서 반 티셔츠를 입은 나라 군이 주먹 쥔 손을 치켜올리며 기쁨을 표현하고 있었다. 격렬한 댄스와 함께 누나가 염색해 준 밀크티 색깔 머리가 좌우로 흩날리며 햇빛에 반짝였다.

클래식이건 아이돌 노래이건, 뛰어난 음악에는 공통점이 있는 것 같다. 그것은 취향이나 세상의 이치 등을 넘어서, 듣는 사람의 가슴을 뛰게 한다. 'Saturday Night'는 40년 전 아이돌에 버금가는 인기를 풍미한 해외 음악가의 노래지만, 시간도 초월한 노래를 통해 지금도 우리는 계속 마법에 걸리고 있다.

나는 사쿠타로가 있는 운동장 한가운데에 다다랐을 때 크게 손을 흔들었다. 다른 3학년들과 마찬가지로 1, 2학년 체육 대회 때마다 지겨울 정도로 연습했던 토댄의 안무는 몸에 배어 있었다.

내 시야에 33기 도서 위원, 즉 '다 큰 개구쟁이들'이 이부키 씨를 가운데 두고 춤추는 모습이 들어왔다. 미이케 씨도 다이라 씨도 가즈미 선생님도 완벽하게 안무를 기억하고 있었다. 어느새 가즈미 선생님이 캠코더를 들고 있었다. 이부키 씨는 나와 눈이 마주치자 매우 자랑스러운 듯 새빨간 티셔츠를 입은 가슴을 펴고 크게 입을 움직였다. 목소리는 들리지 않지만 토댄을 즐기는 표정이었다.

우리끼리 있기에는 운동장이 너무 넓다고 느낄 즈음이었다. 관람석에 있던 어린이들이 말리는 어른의 손을 뿌리치고 뛰쳐나왔다. 이렇게 흥이 나는 곡을 듣고도 가만히 있을 수 있는 아이들은 없을 것이다. 어린아이들이 새된 목소리로 부르자, 함께 온 어른들도 자리에서 일어나 쭈뼛거리며 운동장으로 들어왔다. 그들은 살짝 부끄러운 듯 당황하면서도 마지못한 듯 춤추는 무리에 섞였다. 어린아이들은 자기들 마음대로 춤을 추었고, 토댄을 잘 모르는 어른들도 자연스레 리듬에 맞춰서 몸을 흔들기만 하면 되는 분위기가 되었다.

후렴 부분이 끝난 시점에 재학생들의 보호자라고 하기에는 너무 젊은 관람객들이 빠짐없이 운동장으로 나왔다. 만반의 준비를 하고 나선 졸업생들인 듯했다. 토댄을 관람하면서 지난 학창 시절에 추었던 안무를 기억해 낸 건지, 이들은 정확한 동작으로 서로 맞춰서 춤추기 시작했다. 누군가가 춤추면서 'Saturday Night'를 노래하자, 몇 명이 그것을 따라 했다. 음역에 깊이가 생겼고, 여러 음색이 조화롭게 들려왔다.

가장 마지막에 움직인 건 바로 재학생들이었다.

그들은 토댄 의상을 그대로 걸친 채 반 친구들과 삼삼오오 어울려 함께 뛰어 들어왔다. 나라 군은 금세 야구장을 주제로 분장한 반 친구들에게 둘러싸였고, 내 옆에도 고양이로 분장한 사치가 다가왔다.

재학생의 참가 인원수가 늘어나면서 운동장에는 형형색색의 무리가 이리저리 뒤섞였다.

"엉망진창이다!"

"이런 혼란스러움이 좋은 거야."

사쿠타로의 외침에 이부키 씨가 답했다.

몇 번인가 곡이 재생된 후, 나는 하얀 천막 밑에 앉아 있는 체육 대회 실행 위원들을 쳐다봤다. 역시 당연하게 그들 중 단 한 명도 자유형 토댄에 참가한 사람은 없었다.

그때 에모리와 눈이 마주쳤다. 그 살벌한 시선은 가장 먼저 사쿠타로에게로 향했고 다시 나에게로 돌아왔다. 나는 재빠르게 손을 흔들었다. 에모리의 예쁜 입술이 어이없다는 듯 둥글게 열렸으나, 곧 희고 작은 치아가 드러났다. 그리고 힘차게 '메롱' 했다. 예쁜 사람은 메롱을 해도 예쁘구나. 불공평하다.

한국 아이돌 의상을 입은 학생회장이 어깨를 들썩이며 숨 가쁘게 춤췄다. 잠시 후 내 시선을 느꼈는지 쑥스러운 듯 웃었다.

"모모세." 하는 소리와 함께 갑자기 누군가 뒤에서 내 팔을 끌어당기는 바람에 몸이 휘청했다. 사쿠타로였다. 그는 얼른 휘청이는 나를 받쳐 주었다.

"어, 미안. 군지 선생님이 메이 씨한테 보여 주고 싶다며 모두가 함께 춤추는 걸 찍고 싶대."

사쿠타로는 그렇게 말하고는 작은 목소리로 덧붙였다.

"가도다 메이 씨가 군지 선생님의 사모님이라면서? 선생님께 방금 전해 듣고 놀랐어."

나는 어제 새롭게 알게 된 사실을 아직 사쿠타로에게 전하지 않앉다는 걸 그제야 깨달았다.

내가 "깜짝 놀랐지?" 하며 뒤돌아보자, 춤추는 무리에서 살짝 벗어난 곳에 캠코더를 들고 있는 가즈미 선생님과 다이라 씨, 이부키 씨가 모여 있는 게 보였다. 미이케 씨는 그들과 조금 떨어진 곳에서 나라 군과 대화에 열중하고 있었다. 두 사람은 이야기에 빠져 춤추는 것도 잊은 듯했다.

내 시선을 따라 주변을 둘러보던 사쿠타로는 "프로그래밍 동호회 선후배니까 쌓인 이야기가 많겠지."라며 웃음을 지었다.

"어이! 빨리 와."

가즈미 선생님이 우리를 향해 손짓했고, 나는 주춤했다.

"내 엉터리 댄스가 기록에 남겠네. 조금 부끄러운데?"

사쿠타로는 머쓱한 표정으로 내 얼굴을 올려다봤다.

"그럼 나도 옆에서 같이 춰 줄게."

"그게 무슨 말이야?"

"엉터리 춤도 둘이 추면 덜 부끄럽지 않겠어?"

사쿠타로가 어서 가자며 내 팔을 붙잡자 혼란해졌다. 사쿠타로인데, 사쿠타로 주제에, 라는 말들이 머릿속에서 빙글빙글 소용돌이쳤다. 목이 뜨거워져서 소리도 나오지 않았다. 아무도 보지 않았기를, 하고 기도하면서 우리는 사람들 틈을 비집고 나아가 가즈미 선생님이 들고 있는 캠코더 앞으로 갔다.

렌즈 앞에 다다르자, 사쿠타로는 아무런 미련 없이 내 팔을 놓더니 혼자서 춤추기 시작했다. 내 옆에서 요상한 스텝을 밟는 건 고맙지만, 리듬감도 없어서 댄스라기보다는 이상한 의식을 치르는 것처럼 보였다. 그런 사쿠타로에게 나는 "저주 걸지 마."라는 독설을 퍼붓고는 상반신만 움직여 안무를 소화했다.

가즈미 선생님이 조용히 캠코더를 움직이면서 나와 사쿠타로를 앵글에 담았다. 사쿠타로가 나를 바라보고 있었다. 그의 커다란 눈동자 속에 내가 비쳤다.

사쿠타로가 눈을 깜빡깜빡하더니 별안간 카메라를 정면으로 응시하고는 질문을 던졌다.

"사사노 씨, 기뻐하고 계신가요?"

그것은 카메라 뒤에 있는 가즈미 선생님, 다이라 씨, 이부키 씨, 그리고 조만간 렌즈를 통해 이 영상을 보게 될 메이 씨를 향한 질문인 듯했다. 아니면 자문자답 같기도 혹은 사사노 씨에게 던진 물음인 듯했지만, 결과적으로는 하늘에 붕 뜬 상태가 되었다.

"에스, 에이, 티, 유, 알, 디, 에이, 와이, 나이트, 에스, 에⋯⋯."

드디어 마지막 순서입니다, 라는 에모리의 목소리가 스피커에서 들렸다. 'Saturday Night'를 외치는 소리가 울려 퍼졌다. 운동장에 있는 사람들의 목소리도 합쳐졌다. 그런 가운데 불쑥 "하무가 기뻐하고 있는지 어떤지는 모르지."라는 매정한 답변이 던져졌다. 다이라 씨였다.

다이라 씨가 이렇게 대답하자, 가즈미 선생님은 캠코더를 든 채 그 자리에서 빙글빙글 돌기 시작했다. 화면 안에는 운동장에 있는 사람들이 고속으로 찍히고 있을 터였다.

다이라 씨가 또 입을 열었다.

"하지만 적어도 우린 다시 한번 하무를 추억하고, 고3의 하무와 우리가 계획했던 것도 떠올릴 수 있었어. 오늘의 기억을 더해서 앞으로도 하무는 마음속에 영원히 남을 거야. 그렇지, 가즈?"

가즈미 선생님이 답하기도 전에 미이케 씨가 답했다.

"나도 생각했어. 왠지 고3 때의 기억도 되살아난 것 같아."

"춤은 소원을 비는 것과도 통하니까."

이부키 씨의 냉정한 목소리에 앗, 하고 숨죽이는 우리의 표정까지 캠코더에 그대로 기록되었을 것이다.

문득 시선이 느껴져서 눈길을 돌리자 사쿠타로가 나를 보고 있었다. 나도 사쿠타로를 보았다. 사쿠타로는 순간 웃기 시작했지만, 내 표정을 보고는 신기하다는 듯이 눈을 깜박거렸다. 하지만 나는 지금 내가 어떤 표정을 짓고 있는지 알 수 없었다.

푸른 하늘은 높고, 짙고, 눈부셨다.

*

체육 대회가 모두 끝나고 서로 헤어지기 아쉬웠는지 각 반 학생들은 모두 뒤풀이 자리로 몰려갔다. 하교 시각 출입구에는 만날 장소라든지 가게 위치 등을 서로 확인하는 소리로 웅성거려서 아직 한창 축제 중인 것처럼 떠들썩했다.

"6시에 고라이역 앞이래. 한 시간 남았는데 미스터 도넛이나 맥도널드에 갈래?"

신발장 앞에서 그렇게 묻는 사치에게 나는 아직 실내화를 신고 있는 내 발을 내려다보았다.

"나 아직 조금 할 일이 남아서……. 이따 가게에서 보자."

"뭐? 고쿠타로와 차라도 마실 예정이야?"

"설마. 걔랑 약속 같은 걸 할 리가 없잖아."

나의 필사적인 부정에 사치는 "농담이야."라며 실망스러운 표정으로 어깨를 으쓱했다. 그리고 신발을 갈아 신으면서 말했다.

"고쿠타로와 모모세, 너희 둘 다 두 번째 토댄을 기획하는 데 참여한 거 맞지?"

"그걸 어떻게?"

"서로 앞다퉈 운동장에 뛰어드는 그런 행동, 모모세도 고쿠타로도 평소 같으면 할 수 없는 행동이잖아."

"……그건 그렇지."

나도 모르게 인정해 버렸다. 사치는 애교스럽게 살짝 웃었다. 그러더니 발끝을 바닥에 콩콩 찍었다.

"왜 도서 당번이 체육 대회와 얽히게 된 거야? 가르쳐 줘."

"그건…… 다음에 또 기회 되면 말해 줄게."

"그게 뭐야? 얘기가 그렇게 길어?"

"그래. 길어. 게다가 지금은 아직 할 이야기가 부족해."

"긴 데다가 아직 부족하기까지 하다고?"

고개를 갸웃하는 사치에게 나는 두 손을 모아 사과한 뒤 복도로 되돌아갔다. 마침 전교생 하교 시간과 맞물려서 교내 안팎은 매우 혼잡했다. 하교하는 학생들 무리와 반대 방향으로 걷기 시작할 때였다. 나는 몇 명의 여학생들과 함께 출입구로 향하고 있던 학생회장과 맞닥뜨렸다.

내가 가볍게 인사하자, 학생회장은 놀란 듯이 눈을 부릅떴다. 토댄에서 분홍색 가발을 쓰느라 가려져 있던 머리가 어느새 제자리로 돌아와 흔들리고 있었다.

"모모세 선배님, 귀가 안 하세요?"

"뭐 좀 빠뜨린 게 있어서."

이해한 듯 웃는 학생회장의 뺨에는 푸른색으로 '2-6 VICTORY' 라고 쓴 페이스 페인팅이 있었다. 주변 여학생들도 마찬가지였다. 뒤풀이 전에 2학년 6반 친구들이랑 스티커 사진이라도 찍으려나 보다. 내가 이번 한 주 동안 접했던 학생회장의 모습은 위엄 있는 '학생회장' 그 자체였다. 지금 보니 큰 행사를 마치고 긴장이 사라 져서인지 조금 더 어려진 것처럼 보였다. 이것이 '가사하라 미도리 코'의 본모습인 것 같아 한편으로는 기뻤다.

서로 수고했다며 인사를 나누고 학생회장과는 헤어졌다.

교무실에 들어서자 가즈미 선생님의 자리는 비어 있었다. '설마 벌써 귀가하신 건가?' 하고 당황하자, 옆자리 수학 선생님이 "군지 선생님은 도서관에 계셔." 하고 알려 주었다.

나는 감사하다는 인사를 하고 교무실을 빠져나왔다.

남쪽 건물과 북쪽 건물을 잇는 안마당 연결 통로까지 왔을 때, 이번에는 저 앞에서 나라 군이 걸어왔다.

"모모세 선배님인 줄 금방 알았어요. 키가 크셔서."

가벼운 인사도 없이 내뱉은 말에 나도 지지 않고 되받아쳤다.

"나도 금방 알아봤어. 머리색이 그렇게 화려한 사람은 나라 군밖 에 없으니까."

"오늘은 그렇지도 않아요."

그렇게 말하고는 나라 군이 뒤돌아보았다. 나라 군의 시선을 따 라가 보니 녹색, 분홍색, 파란색 등 현란한 색으로 염색한 무리가 다가왔다. 그러고 보니, 토댄 분장도 있고 하니 체육 대회를 핑계 로 염색하는 학생들이 종종 있긴 했다.

"나라 군, 고라이역에서 모인대."

"일찍 가서 오락실 들르자."

"나는 만화책 사고 싶어."

"그것보다 우리 반 여학생들 찾아서 다 같이 스티커 사진 찍자. 모처럼 염색도 했는데."

그들은 각자 내키는 대로 이야기하고 있었다. 내가 눈짓으로 누군지 물었다. 나라 군은 "반 친구들이에요."라고 소개했다. 그러자 몸집이 큰 남학생 한 명이 앞으로 나왔다.

"나라 군 스타벅스 한턱 쏴라. 네가 빠지는 바람에 맥주 판매원들 역할이 무진장 힘들어졌거든."

"미안. 내가 한턱 쏠게. 하지만 스타벅스는 좀 무리고, 아이스크림은 어때?"

배가 다 드러난 민소매와 미니스커트를 아무런 저항 없이 입었을 이 남학생은 "협상 성공!"이라며 웃었다. 그러곤 통나무처럼 굵은 팔로 나라 군의 어깨를 휘감았다.

이런 친구라면 분명 나라 군이 여장하기 싫은 이유를 아무 말 없이 끝까지 들어 주었을 것이다. 그리고 후에도 변치 않는 우정을 이어 갈 수 있을 것 같았다.

앞으로 두 번이나 더 노아고의 체육 대회를 경험할 수 있는 나라 군을 나는 진심으로 응원했다.

*

도서관 문을 열자, 에어컨 바람이 불어와 앞머리가 날렸다. 대출 카운터 앞에서 이부키 씨와 가즈미 선생님이 얼굴을 맞대고 서 있었다. 두 사람 다 체육 대회 때 입었던 복장이라서 도서관을 풍경으로 왠지 붕 떠 있는 느낌이었다.

"실례합니다. 일하시는 중이신가요?"

내가 말을 걸자, 가즈미 선생님이 천천히 뒤돌아봤다.

"이참에 이부키 씨와 내가 도서 목록을 정리하려고."

"시간 외 노동을 좋아하진 않지만, 오늘은 시간 때우기야."

두 사람은 장을 보러 간 미이케 씨, 다이라 씨와 곧 합류한다고 했다. 가즈미 선생님 집으로 가서 메이 씨와 함께 뒤풀이를 할 모양이었다. 이는 집에서 안정을 취하지 않으면 안 되는 메이 씨가 제안한 것이라고 했다.

가즈미 선생님은 손목시계를 내려다보고는 목록이 담긴 종이를 클리어 파일에 끼웠다.

"우리도 슬슬 나갈까 하던 참이었는데. 무슨 일이지? 나와 이부키 씨한테 할 말이라도 있니? 아니면 뭔가 빠뜨린 거라도."

"그냥 여쭤보고 싶은 게 있어서요."

가즈미 선생님과 이부키 씨가 얼굴을 마주 보았다. 나는 한숨 돌릴 겨를도 없이 바로 질문을 던졌다.

"내일은 일요일인데, 혹시 도서관에 들어올 수 있나요?"

"일요일에도 활동하는 동아리를 위해서 학교를 개방하고 있으니까 교무실에서 도서관 열쇠를 받을 수 있으면……. 아, 그렇지만 사전에 선생님께 양해를 구해야 돼. 그렇지 않으면 무단 입실이 되니까."

"알겠습니다. 그리고 한 가지 더요. 도서실 소장 도서라는 건 데이터상의 숫자와 일치하게 해 두면 되는 거죠?"

"……무슨 뜻이지?"

이부키 씨가 안경테를 잡고 끌어올리며 물었다. 나는 두 어른의 얼굴을 번갈아 보며 어깨를 으쓱했다.

"한 번 분실한 것으로 처리된 소장 도서는 새 책으로 보충이 됐다면 그냥 분실한 것으로 봐도 상관없겠죠?"

뭔가 말을 하려던 가즈미 선생님을 제지하며 이부키 씨가 한 발짝 앞으로 나왔다.

"그게 그 책한테 가장 좋은 결과가 된다면."

나는 긴장한 채로 자세를 바로잡았다. 그러고는 이부키 씨에게서 눈을 떼지 않고 가볍게 고개를 숙였다. 내 말이 무엇을 의미하는지 이해해 준 것 같았다. 그리고 두 사람은 그 이상 어떤 질문도 하지 않았다.

나는 "먼저 귀가해도 돼."라는 가즈미 선생님의 말씀을 무시하고, 두 사람과 함께 끝까지 도서관에 남아 정리를 하고 학교를 나왔다.

교문 앞에 정차해 있던 붉은 BMW의 차창 밖으로 미이케 씨가 얼굴을 내밀었다.

"가즈, 왜 이리 늦었어? 기다리다 지쳤다."

어른들은 미이케 씨의 멋진 외제 차로 가즈미 선생님 집까지 갈 예정인 것 같았다. 미이케 씨는 역까지 태워 주겠다고 했지만, 나는 정중하게 거절했다.

인사하고 걸음을 옮기려 하자 가즈미 선생님이 뒷좌석 창문을 열고는 나를 불러 세웠다.

"조심해서 가. 그리고…… '마지막까지' 힘껏 버텨."

나와 가즈미 선생님의 시선이 허공에서 교차했다. 나는 "네." 하고 얌전히 고개를 끄덕였다.

"실례하겠습니다. 수고하셨습니다."

차가 껄끄러운 엔진 소리를 내며 사라졌다. 역으로 가는 길에 학생들 모습은 보이지 않았다. 각 반의 뒤풀이 장소로 향한 아이들은 아직도 체육 대회의 열기를 느끼고 있을까?

나는 길 위에 드리워진 기다란 그림자를 보면서 휴대 전화를 꺼내어 짧은 메시지를 보냈다. 말하고 싶은 내용은 단순했지만, 머릿속이 복잡해서 문장을 몇 번이나 고쳐서 입력했다.

문득 모두가 참가할 수 있었던 자유형 토댄이 아주 오래전 일인 것처럼 느껴졌다. 마치 10년 뒤의 내가 오늘을 회상하고 있는 듯한 이상한 기분이었다.

그 들뜨고 그립고 애달팠던 기분은 우리 반의 뒤풀이 장소인 피자 가게에 들어가 사치를 비롯한 반 아이들 얼굴을 보자마자 한순간에 어디론가 날아가 버렸다.

*

일요일의
도서관

*

노아고 야구부는 실력이 좋기로 유명했다. 매년 주요 대회에서 쟁쟁한 선수들을 스카우트할 수 있는 사립 고교 야구 강호들을 상대로도 공립치고는 꽤 분투하고 있었으니 말이다. 그렇다고는 해도 아직 창립 이래로 '전국 고등학교 야구 선수권 대회'에 진출한 적은 단 한 번도 없는 것 같다.

　그 야구부가 체육 대회 다음 날도 당연하다는 듯 오전부터 연습하고 있었다. 나는 운동장에서 들리는 야구공의 타격음을 들으며 복도를 걸어갔다.

　학생이 한 명도 없는 학교 건물은 마치 발굴 전의 화석처럼 시간이 멈춘 듯 고요한 정적이 흘렀다. 발소리도 유난히 크게 울렸다. 이윽고 북쪽 건물 4층에 다다랐고, 지난 한 주 동안 무척이나 익숙해진 도서관 문을 열었다. 창문이 닫혀 있어서 공기가 탁해진 실내는 덥고 숨이 막혔다.

　나는 창문을 열고 에어컨은 켜지 않은 채 카운터로 들어갔다. 그리고 월요일에 있었던 일을 떠올렸다. 혹시나 해서 카운터 밑에 누가 있나 보고는 안심한 뒤 그제야 의자에 앉았다.

희끗희끗한 무늬의 회색 폴로셔츠에 얼룩은 보이지 않았다. 걷기만 해도 땀이 흐르던 계절은 이미 지나 있었다. 통풍이 잘 되는 여름 교복 치마와 함께 3년간 입었던 이 폴로셔츠도 이번이 마지막이다. 10월이 되면 가을 교복으로 갈아입을 것이고, 어떤 진로를 선택하든 내년 여름에는 더 이상 교복을 입지 않을 테니까.

"설마 안 오는 건 아니겠지?"

갑자기 불안해져서 혼잣말을 했다. 나는 가방 주머니에서 『하늘을 나는 교실』을 꺼낸 뒤 손으로 턱을 괴고는 팔랑팔랑 페이지를 넘겼다. 읽은 지 얼마 안 됐기 때문에 한 장면만 보더라도 전체 줄거리가 머릿속에 그려졌다.

개성 강한 다섯 명의 소년은 한때 소년이었던 어른들의 보살핌 속에서 각자의 처지나 성격으로 발생한 벽을 인지하고 그것을 뛰어넘었다. 그렇다고 역사에 남을 만한 대사건이 일어난 건 아니다. 소년들의 학교생활 같은 일상과 크리스마스 휴가가 에피소드로 곁들여진 정도다. 그래도 소년들은 10년 후에는 분명히 다시 회상하며 이야기하고 싶어질 여러 경험을 했다. 어른이라는 계단을 하나씩 하나씩 밟고 올라간 것이다.

다시 책을 내려다보았다.

'빨리 와 줘.'

나는 기도했다. 그 순간, 조용히 문이 열리는 소리가 났다. 좁은 틈으로 등부터 몸을 비틀어 넣듯이 들어온 사람은 예상했던 바로 그 인물이었다.

"사쿠타로."

내가 이름을 부르자, 사쿠타로는 어깨를 움찔하더니 카운터 안에 있는 나를 신기한 듯 쳐다봤다.

"……깜짝이야. 모모세가 왜 여기 있어? 교무실에 열쇠가 없어서 이상하다고 생각했더니."

"아무래도 책이 신경 쓰여서."

『하늘을 나는 교실』을 도서관에 놓고 와 버렸어.

어제 나는 사쿠타로에게 메시지를 보냈다. 사쿠타로의 답변은 '휴일엔 도서관도 문을 닫으니까 주중에 찾으러 가는 게 좋지 않을까?'였다.

"일요일인데 도서관에 뭐 하러 왔어?"

내 질문에 사쿠타로는 "난……." 하고 말을 더듬거리더니 가방에서 허겁지겁 책 한 권을 끄집어냈다.

"『화성 이야기』를 반납하려고."

나는 "그래?"라는 말만 남기고 가만히 앉아 있었다. 사쿠타로는 내 눈치를 살피면서 컴퓨터 전원을 켜고 반납 작업을 시작했다.

"한 번에 다 읽었어?"

"뭐, 그럭저럭. 요 며칠 동안 바빠서 밤새 읽을 순 없었지만."

내가 이어서 책에 대한 감상을 묻자, "재미있었어."라는 간단한 답변이 돌아왔다. 평소엔 나도 누가 읽은 책에 대한 감상을 물으면 귀찮아 하는 편이라 사쿠타로의 대답에 불평은 못 하겠다.

반납 작업을 후다닥 끝낸 사쿠타로는 카운터에서 나가더니 멍하니 서 있었다. 나는 그것을 '시합 개시'를 알리는 신호로 간주하고,

『하늘을 나는 교실』 문고본을 카운터 저편에 있는 사쿠타로 쪽으로 밀었다.

사쿠타로의 눈썹이 씰룩거리며 올라갔다.

"왜 그래?"

"사실은 이걸 가지러 온 거지? 가져가도 돼. 노아고 데이터상에는 이미 한 권의 소장 도서가 있고, 이부키 씨랑 가즈미 선생님하고도 암묵적으로 합의된 거니까."

나는 천천히 일어나 사쿠타로를 내려다보았다.

"사사노 씨가 빌린 『하늘을 나는 교실』. 이 책은 반납된 게 아니었던 거야. 그렇지?"

사쿠타로는 내 말에 선뜻 대답하지 못하고 그대로 얼어붙어 버렸다. 나는 개의치 않고 계속 말했다.

"이건 사쿠타로의 책이었던 거야. 월요일에 내가 갑자기 도서관으로 들어오는 바람에 순간적으로 이 책을 수납장 사이에 감추고 카운터 밑에 숨은 거지. 그렇게 숨긴 책을 다시 꺼내 갈 기회를 찾고 있었는데, 우연치 않게 내가 청소하다가 발견한 거고."

나는 『하늘을 나는 교실』에 붙어 있던 '노아 고등학교'라는 라벨을 보고 당연히 도서관에 반납된 책이라 믿었다. 그리고 그날 사쿠타로에게도 분명히 그렇게 말했다. 사쿠타로가 어떤 표정으로 내 말을 듣고 있었는지는 안타깝게도 기억나지 않았다. 사치의 대리일 뿐이었던 도서 당번 일에 수수께끼라는 향신료가 더해져서 체육 대회를 대신할 축제를 발견한 것 같았다. 나는 나도 모르게 들떠 있었다.

"처음에 데이터상으로 한 권밖에 없어야 할 소장 도서가 두 권 있다는 걸 알아차렸어. 그러곤 이부키 씨까지 끌어들여서 '10년 만에 되돌아온 반납자 불명의 책'이라는 수수께끼를 부풀려 갔지. 나를 보면서 사쿠타로는 어떤 생각을 했어? 초조했어? 화났어?"

사쿠타로는 계속 참고 있던 한숨을 푹 내쉬었다. 그러고는 단념한 듯 머리를 긁적였다.

"그야 처음에는 초조했지. 그치만 내가 매년 9월이면 부적처럼 들고 다니며 계속 읽는 책이라고 말할 수도 없었어. 왜냐면 모모세는 분명 물어봤을 테니까. '책에 꽂혀 있는 메모는 뭐야?' '학교 데이터에 없는 책을 언제부터 빌렸던 거야?' 뭐 그런 시시콜콜한 것들 말이야."

"나를 꽤 성가신 인간으로 보고 있었구나."

"수수께끼가 늘어날 때마다 눈을 반짝이고 있었으니까."

사쿠타로는 순순히 인정했다.

그러고 보니 이 책에 관해 조사하는 걸 사쿠타로는 처음엔 몹시 반대했다.

"그렇지만 모모세한테 끌려다니면서 나라 군이나 미도리코에게 뜻밖의 도움을 받았고, 그 덕분에 수수께끼가 조금씩 풀리자 그제야 나는 깨달았어. 나 자신이야말로 누구보다도 메모의 의미, 사사노 씨가 기획했던 것, 사사노 씨와 친하게 지내던 사람들에 관해 알고 싶어 했다는 것을."

사쿠타로는 그렇게 말하고는 소중한 것을 대하듯 『하늘을 나는 교실』 표지를 매만졌다. 그리고 흘끗 나를 쳐다보았다.

"내가 10년간 이 책을 가지고 있었다는 거 언제 눈치챘어?"

"금요일. 사쿠타로가 먼저 귀가했던 날이었지. 그날 지하철역으로 가는 길에 에모리가 나한테 말을 걸더라."

"그래?"

에모리가 물어보기에 내가 10년이 지나 반납된 책에 관해 알려
줬다고 말했다. 사쿠타로는 도서관의 낮은 천장을 올려다보았다.

"······그랬구나. 그래서 에모리는 뭐래?"

"수수께끼를 반드시 풀어 달라고 조르던데?"

내가 그렇게 말하며 희미한 미소를 지었다. 사쿠타로도 따라 웃
어 보였다. 그래도 얼굴은 아직 굳어 있었다. 나는 사쿠타로가 괜
스레 겁먹지 않도록 최대한 온화한 목소리로 말했다.

"그리고 사쿠타로한테 전해 달래. '나는 이제 괜찮으니까 사쿠타
로가 책임감 느끼지 않아도 된다고. 더 이상 나를 좋아하지 않아도
된다.'라고."

"그게 뭐야?"

사쿠타로의 얼굴이 일그러지기 시작하더니 어깨를 떨며 금방이
라도 울어 버릴 것처럼 보였다.

"에모리는 아마도 죄악감과 연애의 감정이 뒤죽박죽된 채 얽히
고설킨 사쿠타로를 바라보는 게 괴로웠을 거라고 생각해."

"생각해? 생각해라니? 모모세가 뭘 안다고?"

사쿠타로는 날 째려보고 있었다. 슬프고 무서운 표정이었지만,
한편으로는 웃기고 사랑스럽기도 했다.

"사실 나도 그때는 아무것도 몰랐어. '뭐?', '무슨 말을 하는 거
야?' 하며 에모리에게 화낼 정도였으니까."

그러고 나서 에모리가 한 말을 하나하나 되짚어 봤다. 그리고 마
음에 걸리는 표현이 있었음을 말해 주었다.

"에모리는 사쿠타로가 유쇼지라는 절에 들른다고 말했어."

"그게 마음에 걸렸다고?"

"신경 쓰인 건 에모리가 말한 유쇼지의 정보였지."

우리 모교인 모리 초등학교 가까이에 있는 절. 에모리는 그렇게 말했다.

"모리 초등학교를 어디선가 들어 본 적이 있더라고. 꽤 최근에. 전에 다이라 씨가 모리 초등학교에 다닐 때 사사노 씨와 같은 반이었다고 말했잖아."

나는 바로 다이라 씨에게 문자를 보내 분명 두 사람이 유쇼지 부근의 모리 초등학교, 정식 명칭은 모리노메 초등학교에 다녔다는 사실을 알아냈다. 또한 다이라 씨는 이사를 갔지만 사사노 씨는 초등학교 때와 같은 집에서 계속 살면서 노아고에 다니고 있었다. 그리고 내 휴대 전화에 찍어 둔 10년 전 신문 기사 사진으로 토사 붕괴 사고 현장도 확인했다.

"쓰즈미시 모리노메 5번지의 시에서 만든 도로. 그러니까 인근 초중학교 통학로로 이용되는 길에서 토사 붕괴가 발생했어."

"그래서?"

사쿠타로가 괴로운 듯 얼굴을 찡그리면서 물었다.

"다이라 씨가 그랬잖아. 역으로 가는 고등학생들한테는 돌아가는 길인데, 사사노 씨가 왜 그 길을 이용했는지 모르겠다고……."

"모모세는 알게 된 거로구나."

"순전히 내 상상이지만."

나는 일단 한숨을 내쉬었다. 그렇다. 이것은 어디까지나 상상일 뿐이다. 사사노 씨가 그 사고를 당하기 직전에 빌린 책을 가지고 있던 사쿠타로. 33기 도서 위원들에게서 전해 들은 사사노 씨의 사람 됨됨이. 사쿠타로와 초등학교 때부터 함께였던 에모리 호타루. 그 에모리에게서 들었던 의미심장한 여러 말들. 그리고 사쿠타로가 가끔 입에 담았던 에모리를 향한 마음의 표현들. 그런 것들을 전부 합쳐서 내가 멋대로 상상한 것이었다.

"그러니까 10년 전, 사쿠타로와 에모리는 사사노 씨와 뭔가 교류가 있었던 거 아니야? 초등학교 2학년생과 고등학교 3학년생 사이에 싹튼 우정이었거나, 애정이었거나, 아니면 그냥 얼굴만 아는 사이였거나. 그게 뭔지는 몰라. 아무튼 붕괴 사고가 있던 당일, 사사노 씨와 함께 사쿠타로와 에모리도 현장에 있었던 거지. 사사노 씨는 너희와 함께 등교하려고 우회로인 초등학교 통학로를 이용했던 거야. 맞지?"

사쿠타로는 꼼짝도 하지 않았다.

"……모모세가 그렇게까지 생각하고 상상한 이유가 에모리가 『하늘을 나는 교실』의 수수께끼를 풀어 달라고 해서야?"

"그것도 이유가 될 수는 있지만, 가장 큰 건 사쿠타로를 알고 싶었기 때문이라고 생각해. 에모리가 거절해도 사쿠타로가 끝까지 좋아한다고 우기는 이유를 꼭 알고 싶었거든."

"왜?"

가볍게 되받아친 솔직하고도 잔혹한 그 질문에 나는 고개를 숙이고 말았다. 슬픔을 넘어서면 허무함을 느낀다는 걸 몸소 느낀 순간이었다.

하하하, 하며 나는 장승처럼 우뚝 서서 웃어 보였다. 에라, 모르겠다. 될 대로 돼라.

"사쿠타로가 미심쩍어서 그런 거야. 명탐정은 의심스러우면 일단 도전하잖아."

"미심쩍다니. 나만큼 알기 쉬운 사람도 없다고 생각하는데."

사쿠타로는 불만스러운 듯 말하고는 가볍게 한숨을 쉬었다. 그러고는 그대로 허리를 비틀어서 출입구와 가까운 벽에 붙여 둔 그림 편지들을 둘러보았다.

"이 아이디어, 나와 에모리가 고 선배한테 알려 준 거야."

"정말?"

사쿠타로가 '사사노 씨'에서 '고 선배'로 호칭을 바꾼 것을 알아챘지만 나는 짐짓 모르는 척했다.

"그냥 우리는 책 읽고 그림 편지 쓰는 여름 방학 숙제가 힘들었단 얘기를 한 것뿐이지만."

"초등학생의 숙제를 참고로 해서 사사노 씨는 노아고의 '도서 감상 그림 편지 대회'를 기획한 거였구나."

"응. '숙제처럼 하는 게 아니라 희망자만 참가하는 대회라면 분명 인기가 있을 거야.'라면서. 실제로도 그렇게 된 거 같지?"

사쿠타로가 정교한 그림과 열성적으로 작성된 감상문을 손가락으로 가리키며 미소 지었다.

"내 기획이 통과됐다며, 노아고 도서실의 명물이 될지도 모르니까 우리도 나중에 꼭 노아고에 입학해서 참가하라고 추천해 줬었지."

혹은 고 선배의 재미있는 고교 생활이나 친구들 이야기를 매일 듣다 보니 나도 애모리도 얼떨결에 노아고 학생이 되고 싶다고 생각했지 뭐야, 라고 덧붙이며 사쿠타로는 어깨를 으쓱했다.

"초등학교까지 함께 걸어가면서 고 선배는 늘 고교 생활에 대한 여러 가지 재미있는 이야기를 해 줬어. 학교생활에 완전히 질려 있던 나와 에모리를 위해서 희망을 보여 준 거지."

"학교를 싫어했어? 둘 다?"

내 물음에 사쿠타로는 고개를 크게 끄덕이고는 초등학교에 들어가서 아이들과 잘 지내지 못했던 일을 털어놓았다.

"뭐가 문제였는지 지금도 잘 몰라. 애들이 날 때리거나 발로 차기도 했고, 어떨 땐 사물함이랑 책가방 속 물건도 사라지곤 했어. 또 어떤 날은 하루 종일 아무도 나에게 말을 걸지 않았지. 비웃거나, 선생님께 나에 관한 온갖 고자질을 하거나……."

"심하다. 그거 심각한 왕따잖아?"

"그렇다고 할 수 있지. 하지만 그 말은 가벼워서 싫어."

그리고 내 얼굴을 올려다보더니 얼굴을 찡그린 채 웃어 보였다.

"초1, 2학년이 할 만한 장난은 뻔한 거 아니냐고 말하는 사람도 있어. 하지만 악의란 건 그 행동의 크고 작음이라든지, 심각하고 덜 심각함과 같은 그런 문제가 아니잖아? 더 간단하게 말하자면, '있냐?' 혹은 '없냐?'의 문제인 거야. 악의를 가진 사람들에게 둘러싸여 있던 그 시절의 나는 무척 힘들었어."

에모리는 유일하게 그 왕따에 가담하지 않은 초2 때의 반 친구라고 했다.

"에모리는 타고난 정의감으로 늘 나를 감싸줬어. 언변도 지금만큼 좋아서 곁에 있으면 무척 든든했지. 한심하게도 에모리의 등 뒤에 숨어서 울기만 한 적도 꽤 많아. 그때 에모리가 나보다 컸기에 나를 지켜 주는 늠름한 아이라고 생각해서 의지했던 거야."

"의지하고 싶은 마음, 알 것 같아."

내가 가볍게 고개를 끄덕였다. 사쿠타로는 선잠 자다 깬 것 같은 눈으로 나를 보았다.

"……에모리가 말했다고? 『하늘을 나는 교실』의 수수께끼를 풀어 달라고?"

"응, 왜?"

사쿠타로는 말해도 되겠네, 라고 중얼거렸다.

"내가 에모리한테 의지하면서 둘이 딱 붙어 다니니까, 이번엔 그 애까지 왕따 대상이 되었어. 우리는 둘 다 소외되어서 항상 따로 놀거나 심한 짓을 잔뜩 당했지……. 에모리는 날 도와줬는데 나는 그러질 못했어. 그냥 같이 당하는 수밖에."

사쿠타로는 그렇게 말하고는 쓴 사탕이라도 핥은 것처럼 얼굴을 찡그렸다. 노아고의 분수대가 있는 연못 앞에서 "진짜 강심장이면 고백 이외에도 할 수 있는 일이 있을 텐데."라며 반성하던 사쿠타로의 슬픈 모습이 되살아났다. 나는 속이 뒤틀렸다. 분명 분노였다.

"그건 사쿠타로가 마음에 담아 두고 끙끙 앓을 일이 아니야. 비난받아야 하는 건 나쁜 짓을 한 인간들이니까."

'왕따'를 '나쁜 짓'으로 바꿔 말하고는, 그 현장에 내가 있었어야 했는데, 하는 생각이 들었다. 나는 진심으로 조바심이 났다. 어린 두 사람을 어떻게든 지옥에서 끄집어내 주고 싶었다.

"모든 사정을 털어놓았던 날, 고 선배도 지금 모모세와 같은 얼굴을 하고 있었어."

"뭐?"

"등굣길에서도 애들이 괴롭히는 바람에 더 이상 참을 수가 없어서 하루는 에모리와 같이 통학로에서 도망쳤거든. 그렇게 둘이 역을 향해서 마냥 걷고 있었는데, 지나가던 동네 형이 '학교 안 가니?' 하고 말을 걸었어."

"그게 사사노 씨?"

"응. 그때까지는 근처에 사는 것만 알았지 이름도 잘 모르는 형이었어. 나는 틀림없이 학교에 안 갔다고 우리를 혼내거나 선생님 혹은 부모한테 알릴 거로 생각해서 너무 무서웠던 나머지 그 자리에서 울어 버렸어."

"초2 입장에서 보면 고3 남학생은 거의 어른이니까."

내가 감싸 주자 사쿠타로는 어색한 듯 어깨를 움츠렸다.

"뭐, 그렇다고 봐야지. 하지만 에모리는 울지 않았어. 나를 대신해서 고 선배한테 사정을 털어놓았지."

"과연 에모리네."

"응. 나보다 훨씬 더 훌륭하고 대단해. 하지만 그때는 사실 자기도 무척 떨렸다고 나중에 말하더라."

초등학교 2학년 여학생이 하는 말을 참을성 있게 다 듣고 나서 사사노 씨는 "너희는 아무 잘못도 없어."라고 딱 잘라 말했다고 한다.

그러면서 고 선배는 "하교는 어렵지만 등교를 같이 하자며 제안했어. 그런 놈들은 보통 덩치 큰 남고생과 함께 걸어가면 나쁜 짓은 못 할 거라고."

"그래서 사사노 씨가 매일 아침 우회로로……."

"그래. 우리 둘을 초등학교 정문 앞까지 데려다줬어. 함께 등교하면서 자기 주변에 있는 친구들이랑 즐거운 고교 생활에 관해 많은 얘기를 해 줬지."

잘 알지 못했던 동네 형에서 영웅이 된 '고 선배'에게 미래를 향한 희망을 배웠던 사쿠타로와 에모리의 초등학교 생활은 조금씩 호전되었다고 한다. 특히 에모리는 자신을 향한 왕따를 되레 받아치는 강인함을 키우게 됐다고.

나는 그제야 이해가 가서 말했다.

"사쿠타로가 늘 말하던 '함께 즐기기 위해서는 모두가 즐길 수 있는 환경으로 만들 필요가 있다.'는 사사노 씨가 한 말?"

"응. 메이 씨 일도 있고 해서 가즈미 선생님도 그런 말을 한 것 같아. 나 역시 지금에서야 알겠더라고."

나는 고개를 끄덕이고는 꾹꾹 눌러 두었던 조심스러운 질문을 꺼냈다.

"그럼 사고가 있었던 그날 아침에도 세 명이 함께 초등학교로 향하고 있었던 거야?"

사쿠타로는 아무 말 없이 고개를 숙였다. 나는 가만히 답변을 기다렸다. 도서관이라는 공간이 주는 고요함이 우리를 부드럽게 감쌌고, 시곗바늘이 움직이는 소리만이 들려왔다.

"그날 아침에는 고 선배가 도서관에서 빌린 책 이야기를 해 줬어. 외국 소설인데, 개성 강한 다섯 명의 소년이 활약하는 무척 재미있는 이야기라면서. 도서 위원 친구들도 마찬가지로 다섯 명이라서 더 친근한 느낌이 든다고 했어."

"『하늘을 나는 교실』이구나."

나는 사쿠타로가 들고 있는 책을 손가락으로 가리켰다. 사쿠타로는 고개를 끄덕이고 책으로 시선을 떨구었다.

"에모리가 보여 달라고 졸라서 고 선배는 가방에 들어 있던 이 책을 꺼냈어. 에모리가 책을 받아 들었을 때 고 선배의 신발 끈이 풀려 있는 걸 발견하고는 말해 줬지. 고 선배는 쭈그리고 앉아서 신발 끈을 묶기 시작했어. '금방 따라갈 테니까 먼저 가고 있어.'라고 말해서 나와 에모리는 책장을 넘기면서 걷기 시작했지. 바로 그다음 순간이었어. 뭔가가 폭발하는 듯한 소리가 나더니 땅이 울리는 게 느껴졌어. 깜짝 놀라 뒤돌아봤을 땐 이미 눈앞에 흙이 산더미처럼 쌓여 있었어……."

사쿠타로는 지금도 그 광경이 생생하게 떠올라 괴로운지 눈을 질끈 감았다.

"즉시 사람들이 몰려왔어. 토사 붕괴로 혹시 누군가 다치지는 않았는지 궁금했던 거야. 산처럼 쌓인 흙더미를 향해서 소리 지르는 사람도 있었지만, 아무런 대답도 들려오지 않았어. 그때 사람들 중 누군가가 나와 에모리를 발견하고는 '뭔가 본 거 없니?' 하고 물었어. 하지만 우리는 답할 수가 없었어."

"큰 충격을 받았기 때문이겠지. 그런 상황에서 어떻게 제대로 된 대답을 할 수 있겠어."

"하지만 만약 고 선배가 밑에 깔려 있다고 그 즉시 어른들에게 말했다면 살았을지도 몰라."

"그건……."

그렇지 않아, 라고 쉽게 단정할 수 없었다. 하지만 그 '만약'이라는 가정을 안고 살아간다는 건 너무나도 가혹한 일이다. 나는 말문이 막혀서 결국 "어쩔 수 없었어."라는 아무런 도움도 되지 않는 말을 허무하게 허공에 내뱉었다.

사쿠타로는 창밖으로 시선을 돌리더니 잠꼬대처럼 계속 중얼거렸다.

"나도 그랬지만 에모리는 훨씬 더 힘들어했어. '내가 책을 보여 달라고 하지 않았다면' '신발 끈이 풀렸다고 알려 주지 않았다면' '고 선배는 거기서 멈춰 서지 않았을 텐데.' 하면서."

그렇게 10년 동안 사쿠타로와 에모리는 감당하기 어려운 큰 비밀과 상처를 그 누구에게도 말하지 못한 채 마음속에 품고 살아왔던 것이다.

"함께 경험했던 괴로운 과거를 사쿠타로는 에모리와 서로 나눠 가지면서 살아가려 했구나. 반대로 에모리는 서로가 거리를 두고 각자 앞으로 나아가는 편이 낫다고 생각한 거 아닐까?"

내가 조심스럽게 말했다. 사쿠타로는 시선을 천천히 내게로 옮기고는 "그렇구나. 그런 거였구나."라며 살짝 웃었다.

"절대 답변 받을 수 없는 고백을 계속해 온 거였구나. 나는 에모리를 위해서 내가 계속 곁에 있어 줘야 한다는, 주제넘은 생각을 하고 있었던 거야."

나는 맞장구치지 않았다. 칠 수가 없었다. 나 또한 착각하고 있었으니까. 금요일 귀갓길에 에모리가 했던 말과 행동을 새삼 떠올려 보면, 사쿠타로의 생각은 전혀 주제넘은 것이 아니었다. 분명 에모리도 사쿠타로에게서 많은 위안을 받았을 것이다. 그래서 오히려 사쿠타로와 거리를 두고 싶다고 생각한 거겠지.

'죄책감에 시달린 나머지 그 괴로움이 짝사랑으로 인한 괴로움인 줄 아는' 사쿠타로의 고백은 전혀 기쁘지 않으니까. 왜냐면 에모리는…… 에모리도 역시…….

"사사노 씨를 기억하는 건 좋은 일이야. 하지만 죄책감은 이제 버려야지."

내가 강한 어조로 말하자, 사쿠타로의 얼굴에서 슬픈 미소가 서서히 사라지더니 눈살이 찌푸려졌다. 그러고는 사사노 씨의 '유품'으로 언제나 자신의 곁에 두었을 『하늘을 나는 교실』을 꽉 끌어안았다.

"나는 늘 이해가 안 됐어······. 아니 사실은 지금도 이해가 안 돼. 왜 고 선배가 죽어야 했는지. 죽은 듯이 살고 있던 내가 아니라, 꿈과 희망에 부풀어 있던 선배가 왜······."

목소리가 부자연스럽게 떨리고 말도 중간에 끊어지곤 했다. 이윽고 눈물이 뚝뚝 떨어지기 시작했다. 나는 그를 바라보면서 여덟 살 사쿠타로를 느끼고 있었다.

"나는 바퀴벌레 뺨치는 생명력을 가졌다는 이야기를 옛날부터 들어왔고, 실제로 세상이 어떻게 되어도 살아남을 의욕이 충만한 사람인데 말이야."

나는 더 이상 생각할 여유도 없이 머릿속에서 정리도 안 된 말을 여덟 살의 사쿠타로를 향해 내뱉었다.

바퀴벌레 뺨치다니, 하며 사쿠타로가 울다가 웃는 모습을 본 나는 한층 더 기세가 올랐다.

"내가 살아가는 데 이유 같은 건 없어. 엄청난 목표나 꿈이 있는 것도 아니고, 삶의 의미 같은 것도 생각해 본 적 없어. 미래는 알 수 없지만, 지금은 아무튼 그냥 살아 있으니까 살아가는 거야. 죽을 때까지 사는 거지. 그뿐이야."

"단순하네."

사쿠타로가 어이없다는 듯 말했다. 바보 취급당한 건가 싶기도 했지만, 나는 솔직하게 인정했다.

"응. 세상을 조금 더 단순하게 살아도 된다고 봐. 물론 사사노 씨가 너무 어린 나이에 사망한 건 정말 슬프고 안된 일이지만, 그건 그 누구도 아닌 사사노 씨의 생명인 거야. 다른 누구도 대신해 줄 순 없어. 사쿠타로가 자기 생명과 비교해도 아무 소용없는 거라고."

"하지만 나는 고 선배한테 엄청 많은 도움을 받았거든······."

"사쿠타로도 사람들을 돕고 있잖아. 내가 본 지난 한 주 동안만 해도 나라 군, 학생회장, 33기 도서 위원분들, 그리고······ 나도 도와줬잖아."

"모모세를, 내가?"

어리둥절해하다니. 아아, 진짜 화가 난다.

"그래! 나는 사쿠타로와 도서 당번을 한 덕에 따분했을 한 주가 재미있는 시간이 되었어. 하루하루가 좋았다고. 그러니까 나는 지금 사쿠타로가 살아 있어서 기뻐. 이상."

하고 싶었던 말을 거칠게 표현하고는 딱 잘라 버렸다. 눈꺼풀이 뜨거웠다. 더 이상 무슨 말로 내 마음을 전해야 할까?

귀가 멍해질 정도의 적막함이 흐르고 사쿠타로가 눈썹을 치켜올렸다. 그러더니 애교스러운 목소리로 물었다.

"모모세, 오늘 시간 있어?"

*

도서관 열쇠를 반납하고 학교를 나와 우리가 찾아간 곳은 쓰즈미역. 사쿠타로가 사는 동네였다.

여름철 쓰즈미역 앞은 외지에서 온 해수욕객들로 붐빈다고 했다. 이미 철이 지난 지금은 지역 주민인 듯 보이는 한 가족이 채소를 가득 담은 에코백을 들고 걷고 있을 뿐이었다. 우리도 해안 도로를 등지고 세련된 최신 분양 주택과 오래된 주택이 사이좋게 늘어선 거리를 걸었다. 그렇게 15분 정도를 걷다 보니 언덕길 한가운데에 갑자기 사찰이 나타났다. 사찰로 올라가는 기다란 돌층계 앞에서 사쿠타로가 말했다.

"여기가 유쇼지야."

"금요일 사쿠타로가 일찍 하교하고 들렀던 그 절?"

고개를 끄덕이는 사쿠타로의 등 뒤로 절의 담벼락 넘어 큰 건물이 보였다. 나는 저것이 아마도 모리노메 초등학교일 거라고 짐작했다.

"여기에 선배가 묻혀 있거든."

"……그랬구나. 그럼, 금요일에도 사사노 씨 만나러?"

"응. 무슨 일이 있을 때마다 찾아오곤 해. 꽃 같은 것은 챙기지 않지만."

그러고 보니 오늘도 빈손이었다.

"모모세, 다리 괜찮겠어?"

돌층계를 손가락으로 가리키며 묻는 사쿠타로에게 나는 괜찮다고 말했다. 왼발을 조심하면서 천천히 계단을 오르기 시작했다. 등과 이마에 땀이 났을 때쯤, 우리는 정문을 지났다.

본당의 안쪽에는 크지도 작지도 않은 규모의 묘지가 있었다. 경내 나무에 앉아 있는 까마귀들의 울음소리가 끊임없이 들려왔다.

아담한 구역에 만들어진 묘지는 이곳으로 오는 동안에 보았던 동네 풍경과 마찬가지로 품위 있고 정돈된 분위기였다.

사찰을 관리하는 사무실 앞에 놓인 양동이와 바가지를 빌렸다. 우린 묘지 한쪽에 있는 수돗가로 향했다. 양동이에 물을 가득 채운 뒤 내가 바가지를, 사쿠타로가 양동이를 들고 좁은 돌길을 따라 걸어갔다. 걸음에 맞춰 양동이에 담긴 물이 찰랑찰랑 소리를 내며 출렁이다가 이따금 넘쳐서 돌길을 적셨다.

얼굴도 모르는 수많은 사람이 잠들어 있는 비석을 똑바로 바라보는 게 왠지 꺼려져서 나는 머리를 숙였다. 그렇게 사쿠타로의 신발만 쳐다보며 사사노 씨의 무덤으로 향했다. 걷기 힘든 돌길 때문에 잠시 멈추려던 순간, 그 구역 가운데쯤에서 사쿠타로가 멈춰 섰다. 고개를 들어 보니 '사사노'라고 새겨진 비석이 눈앞에 있었다. 주변의 다른 묘에 비하면 오래돼 보이지 않은 묘였다. 문득 가슴이 조여 왔다. 자식을 먼저 묻어야만 했던 부모의 마음을, 아직 자식의 입장밖에 경험해 보지 못한 나는 감히 상상조차 할 수 없었다. 그래도 너무나 슬펐다.

"체육 대회와 방주 계획이 무사히 끝났다는 보고와 인사를 드리겠습니다."

사쿠타로는 비석에 정중하게 물을 끼얹고는 쭈그려 앉아서 손을 모았다. 나도 따라 했다. 얼마나 시간이 흘렀을까. 눈을 뜨자, 이미 일어서 있던 사쿠타로가 신기하다는 듯 나를 내려다보고 있었다.

"꽤 길게 기도하네."

"······사사노 씨하고는 첫 만남이니까 쌓인 얘기가 많았어."

"나보다도?"

얄미운 목소리에 나는 웃어 버리고 말았다.

다시 사찰 관리실로 돌아왔을 때, 부적을 판매하고 있는 걸 발견했다. 나는 '순산 기원' 부적 하나를 집어 들었다. 사쿠타로의 눈이 휘둥그레졌다.

"그거 사려고?"

"응. 메이 씨한테 전해 달라고 가즈미 선생님께 부탁하려고."

"아, 메이 씨한테 줄 거구나."

사쿠타로는 크게 한숨을 쉬고는 분명 효험이 있을 거라고 확신하듯 말했다.

내가 관리실을 나가려 할 때였다. 사쿠타로는 갑자기 나를 멈춰 세우더니 자기도 부적을 두 개 샀다. 두 개 다 '합격 기원'이라고 적힌 녹색 주머니였는데, 그중 하나를 나에게 건넸다.

"체육 대회도 끝났고, 고교 생활 마지막 이벤트는 최종 보스인 시험 합격뿐이야. 열심히 하자고, 모모세."

"아, 응. 고마워."

생각지도 못한 선물을 받았다. 나도 모르게 입가에 번진 미소를 숨기고는 부적을 양손으로 감쌌다.

"왠지 합격할 것 같은 느낌이 들기 시작했어."

"신에게 빌기만 한다고 되는 건 아니지."

아니, 이렇게 바로 초를 치다니. 내가 부루퉁해지기 전에 사쿠타로는 이어서 말했다.

"나는 이제 시험 때까지 입시 학원이 있는 날 외에는 방과 후 도서관에서 자습할 생각이야."

"그것도 괜찮겠네. 자습용 책상이 있으니까."

"모모세도 오지 않을래? 같이 공부하자."

혁, 하고 말문이 막혀 버린 나를 사쿠타로는 똑바로 올려다보며 말했다.

"그러면 또 만날 수 있잖아."

사쿠타로는 옆쪽으로 시선을 돌렸다. 귀가 발그스레했다. 하지만 신경 쓰지 않았다. 내 얼굴도 분명 그것 못지않게 붉을 테니까. 뺨이 뜨거워지는 걸 보면 알 수 있다.

"그럼…… 또 도서관에서, 잘 부탁해."

"응. 도서관에서."

우리는 비석 앞에서 어색하게 서로 고개를 숙여 인사하고는 동시에 웃음을 터뜨렸다.

왠지 월요일의 도서관이 무척 기대된다.

힌트, 하늘을 나는 교실

1판 1쇄 펴낸날 2024년 3월 15일

지은이 나토리 사와코
옮긴이 이미향
펴낸이 김민지

편집 최성휘, 박다예
디자인 서정민
마케팅 장동환, 김하연

펴낸곳 미래M&B
등록 1993년 1월 8일(제10-772호)
주소 04030 서울시 마포구 동교로 134 미진빌딩 2층
전화 02-562-1800(대표)
팩스 02-562-1885(대표)
전자우편 mirae@miraemnb.com
홈페이지 www.miraeinbooks.com
블로그 blog.naver.com/miraeibooks
인스타그램 @mirae_inbooks

ISBN 978-89-8394-963-9 (43830)

＊잘못 만들어진 책은 구입처에서 바꾸어 드립니다.
＊미래인은 미래M&B가 만든 청소년, 성인을 위한 브랜드입니다.